奈須蘑菇
之境界
GARDEN of sinners
下

空之境界

THE GARDEN OF SINNERS

下

6. Fairy Tale.

7. ......not no g heart.

6／忘卻錄音　Kurogiri Satuki

境界式

7／殺人考察(後)　Sirazumi Rio

空之境界

解說　笠井潔

......is nothing id,nothing cosmos

Kinoko Nasu

Cover Design/Veia　Illustration/Takashi Takeuchi (TYPE-MOON)

6/忘卻錄音
fairy Tale.

濃霧瀰漫的森林深處，
綠草芬芳與蟲兒鳴啼。
我一路前往遠方。
我一路走向遠方。

在沒有太陽的草原上，
我和美麗的小傢伙們邂逅。

就快接近中午時分，
我必須趕快回家。

「不用回去，這裡一直是永恆。」

孩子們開始唱起歌來。
不過，永恆到底是什麼？

「就是一直留在這裡。」
「就是一直沒有改變。」

搖籃曲般的合唱。
星空下的小山丘。
牛奶般的霧氣逐漸消散，
回家之路消失無蹤。

我不了解永恆。
我必須盡快回家。

遙遠的彼方有我的家。
遙遠的彼方是我的家。
綠草芬芳與蟲兒鳴啼，
濃霧瀰漫的森林深處。

我一定，永遠回不去了。

／忘卻錄音

忘卻錄音／1

天氣不是很冷的十二月過去了，我也迎接了生平第十六次的新年。

「新年快樂」這句話所代表的新年溫情，讓我無論聽幾遍都不厭倦，感到愉快。

話雖如此，我卻無法享受這個新年。

因為我的心情低落到只能想著「啊～～可惡！我到底是怎麼了！」我甚至開始認真思考，乾脆忘掉有關新年的記憶。但人心沒可這麼方便，到頭來我的問題還是沒有解決。即使待在房間裡，心情也好不起來，我忍住摔枕頭、踢枕頭發洩的衝動，出門前往橙子老師的事務所。

我家的家境明明只是小康，卻又大費周章地準備新年這種節日。雖然家裡替我準備了新年參拜時穿的和服，我卻沒有穿上它的心情，所以還是穿上平常穿的服裝出門。

「哎呀，鮮花，妳要出門嗎？」

「嗯，我打算去向平日照顧我的人拜年，傍晚之前會回來。」我笑著說完之後，便離開了黑桐家。

一月一日午後，天際一片陰暗。

我總覺得那正代表我現在心情，腳步下的步伐變得輕快了些。

我原本也是很喜歡新年的。

我會變得憎恨新年，是因為三年前難忘的一月一日，在邁入一九九六年的那一天，我從鄉下的親戚家搬回老家。

……我，黑桐鮮花，身子相當虛弱，雖然我體育課從沒拿過A以外的成績，但身邊的人對我的印象就是如此。

在十歲的時候，我因為「不適應都市空氣」的理由被寄放在鄉下叔叔家，從此之後，我只有在寒暑假才會回老家住幾天，但其實我不想回家。

因為我有我自己的目的，才會接受叔叔把我收為養女的提議，並且到鄉下居住。我不惜謊稱身體虛弱也要離開家裡，原因出在我哥哥——黑桐幹也身上。

沒錯，如果想向哥哥告白，我就得這麼做。

我不知為什麼喜歡上不出色的哥哥。麻煩的是，這並不是兄妹之間的喜歡，而是把他當成異性喜歡，所以事情才會很棘手。雖然當時的我才就讀小學中年級，不過早已發現自己的精神年齡比同年齡的人高。我不清楚是因為容貌、成績等等都比他人出色，或者是我天生就很冷漠。現在回想起來，說不定那只是一種錯覺。

可是，我對幹也的感情是真的。

那不是「喜歡你」、「想和你在一起」這種程度的情感。我的認真程度已經嚴重到「想讓他只屬於我自己」、「可以的話想把他藏起來不給別人看」。

嗯，到現在我還是認真的，只是因為現在長大了，已經不能像小時候一樣撲向哥哥。這本來就是無法對人說的戀慕之情，所以我現在乾脆乖乖等待反擊的機會到來。

……反擊，對，就是反擊。

我之所以搬到鄉下去，說起來都是因為要離開幹也。如果我們繼續住在一起，幹也一定只會把我當成妹妹看。我不在乎戶籍登記上的事實，只是，讓幹也在無意識的狀態下認定我是妹妹，那可就糟糕了。所以我使用裝病的手段離家出走，之後只要等幹也忘掉我是他妹妹的之後，再突然回到家裡去就行了。

於是，我開始過著再淑女也不過的生活。然而，比起愛人，被愛還是比較好的，我徹底分析過幹也的喜好，要讓他愛上我，就像折斷竹筷那麼簡單。

——你看，我的計畫很完美吧。

明明是這樣，卻出現一個不得了的傢伙來攪局。

……唉，出現了。

這件事要回溯到三年前的新年。當我升上國中，終於到了可以談情說愛的年紀，因此我為了打探情況回老家一趟。就在那個時候，幹也居然帶了一個高中同學回家。

那個名叫兩儀式的少女，顯然正在和幹也交往。

所謂「煮熟的鴨子飛了」就是這麼回事。我真沒想到，居然會有女孩願意和幹也這種看上去靠不住的男人交往，說真的，和這種男人交往實在太沒眼光了！

總之，那天我因為太過驚訝，腦袋一片空白，在失魂落魄的情況之下回到了鄉下。

但在我煩惱接下來該怎麼辦時，我收到兩儀式的壞消息。她發生交通意外不幸昏迷不醒，幹也又變成孤單一人了。

當時我有點同情式喲，雖然我只見過她一面，卻一直記得她一臉開心的燦爛笑靨。

不過，這樣一來我就安心了，像式那種眼光特殊的人，應該不會再有第二個。接下來，我只要順利從高中畢業，然後去讀老家那邊的大學就好。如此便只差臨門一腳，經過八年之後，幹也應該就不會把我當妹妹看了。

……就這樣，在叔叔家的陽臺上啜飲著紅茶的我，露出了得意的笑容。

雖然如此，敵人可不是簡單的角色，式那個傢伙，去年夏天恢復了意識。幹也特地打電話告訴我這件事之後，我暗自下定決心。

我現在已經無法等到高中畢業了，我決定誠實地面對自己。打定主意之後，手腳就得快，我立刻在市中心找到一所名校，而且是全校住宿制的高中，然後辦好轉學手續。

幸好叔叔和爸爸不同，他是個著名的畫家，加上我成績優秀，又擁有無可挑剔的富家千金美貌，於是我很順利轉入這間重視父母財產甚於學生成績的禮園女子學院。

之後又過了半年，時序來到我現在覺得討厭的新年。本來今天準備和幹也去參拜，但昨天晚上式卻來把幹也帶走了。

……真是的。

事情已經發展成不容片刻猶豫的狀態。

◇

我的魔術老師蒼崎橙子的工房，位於工業區的正中央。

這棟奇怪的建築物，乍看之下雖然像是廢棄大樓，但裡頭卻有設施完善的事務所。

一樓是車庫，二、三樓功能不明，四樓是幹也受僱的事務所。對了，哥哥事務所的所長，也變成了我的老師。

「祝您新年快樂。」

「啊，新年快樂。」我走進事務所打完招呼之後，橙子老師以慵懶的表情看著我。

蒼崎橙子的年齡約莫二十幾歲後半，是個英氣凜然型的美女。

她身為所長，所以在職場上總是以身作則穿著正式套裝，今天還拿下了眼鏡，看上去更有壓迫感。

「怎麼了鮮花，妳今天不是要跟黑桐一起出門嗎？」

橙子老師坐在所長座位上提出犀利的疑問。

「式過來把他帶走了。雖然是我自己說要蹺課的，不過恢復原本的計畫也可以。」

「正好，我也有話對妳說。」

……？橙子老師有話對我說，真是稀奇。

我替她泡了杯咖啡，給自己泡了杯日本茶之後，坐回了自己的座位上。

「那麼，有什麼事呢？」

「啊，我在想，鮮花是不是已經向黑桐告白了？」

老師這個人也真是的，居然用開玩笑的口吻問人家這種問題。

「沒有，因為我不打算讓哥哥發現。怎麼了嗎？」

「──真無趣。如果是黑桐的祕密被看穿了，他一定會感到很慌張。可是妳卻是眉頭動也不動立刻回答，兄妹倆居然不像到這種程度也算少見。鮮花，妳懷疑過你們不是親兄妹嗎？」

「如果不是親兄妹，就不會有問題存在了。」

我有點彆扭地回答之後，橙子老師露出了微笑。

「哎呀，妳還真單純。抱歉，我問了個無聊的問題，就算是我，一年至少也會說錯一次話，妳原諒我吧。」

「把一年一次的口誤，在新年當天就用掉用，這種起跑點衝刺真了不起。對了，您要跟我說什麼？」

「和妳學校的事有關。鮮花，妳就讀的是私立禮園女子學院一年級吧？有關一年四班的事件，妳曾經聽說過嗎？」

一年四班？莫非是——

「是橘佳織她們班吧？我讀的是A班，所以我不太清楚D班的事。」

「橘佳織？那個人是誰？名單裡沒有她這個人耶。」

橙子老師不悅地蹙起眉頭。我也同樣偏著頭一臉疑惑。

我和橙子老師之間似乎有很大的代溝。

「……那個……老師說的是哪件事？」

「這樣啊，原來鮮花妳不知道啊。也是，班級不一樣，所以沒有成為話題。因為禮園分班上課，所以那件事也只有四班的學生才知道吧？」

橙子老師一個人若有所思，說起了事件的詳細經過。

事件是在兩星期前開始，在寒假前夕，禮園女子學院高中部一年四班教室裡，兩名學生在吵架之後拿美工刀互刺。

……在禮園這種封閉的異世界，居然會發生這種傷害事件，真是讓人感到難以置信。禮園這所學校如同收容所般，入學後沒有相當的特權，就無法出來。校內氣氛安靜、停滯得像是騙人似的，明明是個不可能有暴力事件發生，乾淨到有些病態的異世界。

「——那兩個人傷勢如何？」

「傷勢倒是還好，問題在別的地方。這兩名學生都受傷了。鮮花，妳知道這表示什麼嗎？」

「……這表示兩人吵完架之後，同時拿刀互刺對吧？換句話說，那兩個人沒有誰吵贏了，而且是在溝通毫無交集的情況之下，得出了相同的結論。」

「沒錯，吵架的內容之後再和妳說，問題還在持續當中，這個事件發生之後，並沒有被立刻呈報給校方，是修女校長在寒假翻閱保健室記錄的時候，看到兩個人受傷的報告，這個事件才會爆發出來。四班的導師似乎想要隱瞞這件事。」

四班——D班的導師，名字叫做葉山英雄，是禮園唯二的男老師之一。不過他在去年十一月，因為學生宿舍發生火災，被追究責任之後消失了。接任他工作的人不是修女，我記得是……

「我覺得玄霧老師不像是那種人。」

我終於脫口說出自己的想法。橙子老師也點頭同意。

「修女校長也這麼說，一年四班的導師玄霧似乎非常受信任，當修女校長質問他的時候，發現玄霧皋月好像不記得這件事。在修女校長點出來之後，他才突然回想起來。雖然看起來好像騙人的，但是根據修女校長的說法，玄霧皋月不像是在說謊，他好像真的忘了那件事。」

……怎麼可能會有這種事？

怎麼可能會把兩個星期前發生的事忘得一乾二淨？不過我心裡想……如果是玄霧老師搞不好真的有可能。

「回歸正題，我來說說兩個學生吵架的內容。因為這兩人是在下課後還有其他學生在的情況下爭吵，所以其中有些內容被別的學生聽到，好像是因為自己的祕密被人說了出來，而且那不是一般的祕密，而是自己已經遺忘的祕密被他人揭露出來。」

「——咦？」

「也就是說，連本人都已經忘卻的兒時祕密，卻被對方說了出來。聽說最近一個月以來，她們一直收到詭異的信件，信裡頭寫著連本人都不記得的事。剛開始，她們並不知道信的內容指的是什麼，等回想起那是自己過去發生過的事之後，不由得感到毛骨悚然。在感覺不對的情況下跑去質問對方，對方卻說自己也收到了一樣的信件，這兩人自小一起長大，要說誰能記得自己已經遺忘的事，那麼大概只有一起長大的彼此了。因此那兩個學生都認定對方是犯人，於是拿刀刺傷了對方。」

聽完故事後，我一時間說不出話來。

連本人都已經忘卻的回憶，竟然有人寫在信裡寄了過來？連本人應該都不知道的祕密，在某處的某人竟能寫在信上寄給本人。

「這該不會是什麼新的恐嚇手法吧，橙子老師。」

「不，因為信裡只寫著已經遺忘的往事，沒有威脅恐嚇的打算。即使對方像跟蹤狂一樣整天監視，也不可能得知以前曾經發生過、連本人都已經遺忘的事。若要說讓人毛骨悚然，這件事確實讓人毛骨悚然沒錯。」

我覺得這不僅是毛骨悚然而已了。

一開始看到這種信件，或許會覺得很有趣，但如果連續一個月都收到，那又會如何呢？知道連自己都不知道的祕密，卻有某個不是自己的人一清二楚，一天接著一天看著神祕的監視者寄過來的信，她們受到的精神壓力一定會越來越大。

……只發生拿美工刀互刺這種結果，或許也算是很幸運了。

「橙子老師，已經找到寄件者了嗎？」

「嗯，犯人是妖精。」橙子老師以篤定的口吻說。

她的回答讓我詫異得叫了出來。

「——抱歉，可以請您再說一次嗎？」

「我說，這是妖精做的。怎麼了，鮮花，難道妳沒聽過這件事嗎？聽說在禮園裡有很多通靈能力很強的女孩，因此有很多人親眼目睹。妳大概是因為眼睛的焦距沒對上靈體，所以妳才會看不見，不過，這件事在住宿生之間傳得沸沸揚揚。晚上會有妖精飛到枕頭旁邊，等到隔天醒來，就記不得過去幾天發生過的事。採集記憶似乎是妖精的工作之一，所以這恐怕是妖精做的。一年四班的事件，多半和妖精有關。」

橙子老師以平淡的語氣說。我雖然拜在這個人門下學習魔術，卻無法認同她的說法。

「橙子老師，您真的相信嗎？那些妖精的故事。」

「我沒親眼看過，所以不便多說，不過禮園裡應該有妖精存在。因為那裡具有那種氣氛，禮園與世隔絕，校內甚至連車聲都聽不到，在嚴格校規以及安靜的修女支配下，年輕男女之間流行的事物都無法進入校內。而占據了大部分校地的樹林，有如深邃森林一樣，如果在裡面迷路，可能大半天都走不出來吧。空氣裡飄著香甜的氣味，時間的指針就像老太婆的毛線棒針一樣緩慢前進著……妳看，這不像位於市中心的妖精故鄉嗎？」

「橙子老師，您還真清楚，聽您的口氣好像對學校很熟的樣子。」

「當然囉，我可是那裡的畢業生。」

——這次又讓我嚇到叫出聲來。

「幹麼那樣看我。妳認為莉茲拜斐修女校長，她會找外人商量學校的醜聞嗎？昨晚修女校長來委託我，希望我可以查明事件的原因。我開的雖然不是偵探社，但這畢竟是校長的請求，不能推託。不過，我親自潛進校內未免也太招搖了，真不知道該怎麼辦——鮮花，妳說呢？」

我把頭別向一邊，露出一副不想再聽的表情。

橙子老師不帶情感地盯著我好一會兒，然後她突然換了個話題。

「那麼，一聽到妖精，妳會聯想到什麼？」

「——妖精嗎？嗯，像是長了翅膀的小女孩吧。」

我毫無自信地回答。橙子老師別具深意地露出「有夢想是好事」的笑容。

「妖精也分很多種，或許真的有那種妖精存在。不過那些都是魔術師創造出來當使魔的妖精。妖精和惡魔不同，妖精並不是從想像幻化成型的實體，而是確實被列在生物系之中，因此身體構造不可能會違反生物學。像哥布林和紅帽子，從某方面來說是純種的妖精。

妖精和龍是具代表性的幻想種族，純粹的日本鬼也屬於其中一種，他們經常會和我們進行接觸。他們不像惡魔是因為人的慾念而生、而是讓人召喚的被動者，是擁有自己主觀意識的存在。

聽說現今蘇格蘭一帶還有妖精惡作劇的事件發生，其中有一種惡作劇會讓人失去記憶。另外像是引誘小孩進入森林一個星期左右不讓他們回家，把剛出生的嬰兒換成妖精的小孩、在家門口置放兔子屍體，淨是做些和孩子惡作劇一樣的可笑之事。

在那些不具相關性的惡作劇當中，有一個共通點存在，那就是妖精沒有得失之心。他們純粹為了享樂去做，並非企求在事後得到成果。但是，禮園發生的事件不一樣，將奪走的記憶寫在信上，不論怎麼想都具有惡意吧？加上在禮園現身的妖精，就和鮮花妳剛才想像的一樣，有很可愛的外型。」

……原來如此。真不愧是橙子老師，我完全沒想到這個層面。

好不甘心。

為了自尊，我自己先開口說了。

「換句話說，在禮園出現的妖精是人造使魔。之所以帶有惡意，也是因為背後有操縱的魔術師存在，應該是這麼回事吧？」

「嗯嗯。」橙子老師開心地點了點頭。

「以前我說明過使魔，可以分別為魔術師提供自己部分肉體創造出來的分身類型，以及使用其他動物做為材料替自己辦事的類型，這次的事件，一定是那種替自己辦事的使魔幹的，因為它只有竊取人類記憶的單項能力，居然有人去做這種像小孩一樣的惡作劇，真是無聊。」

……老師也沒替我想想被強迫處理這種無聊事的心情，兀自繼續說了下去。

「不過，這也是沒辦法的事，妖精很不容易控制，主人經常會發現到，在不知不覺間，本來是要妖精們替自己辦事，結果卻變成自己在替它們辦事。這是因為妖精老是會提出無理的要求。因此以前以妖精當使魔的魔術師就不多，如果有，也是第一流的高手。但這次不一樣，因為對方是一個只能使喚類似妖精使魔的初學者，因此妳就想成是修練吧。所以，鮮花，我以老師的身分下達命令，目的是要妳查明真相，期限是到寒假結束之前，雖然我不期待妳連事件的發生原因也一併解決，不過妳就盡力試試吧。」

……果然是這麼回事。

我不禁有些惱怒，不過還是努力冷靜下來，點頭答應。

「──如果這是修練的一環，那也是沒辦法。」

橙子老師站起來說著「那麼，我現就在拿詳細資料給妳」。而在那之前，我提出唯一令我不安的問題。

「不過，橙子老師，我看不見妖精啊，我又不像老師您有那樣的魔眼。」

聽了我的問題之後，橙子老師不禁竊笑。

那是我從未感覺過，甚至想一腳踹飛的不祥笑容。

「哎呀，這個妳就不用擔心了，我已經想好可以取代魔眼的方法。」

老師一邊忍著笑一邊說，但到最後她還是沒說到底是什麼方法。

忘卻錄音／2

我和她兩個人，一起從禮園女子學院高中部的教職員辦公室離開。

◇

「從以前我就一直在懷疑橙子腦袋有沒有問題。」

一月四日，星期一，陰天午後。

在我旁邊那個負責「代替眼睛」的傢伙恨恨地低聲說著。我則是把視這傢伙為敵的事暫時擱在一旁，並打從心底同意她說的話。

「對啊，誰不好找，竟然找妳來潛入我們學校，實在讓人懷疑她是不是腦筋不正常。」

「妳真過分，要說這次的犧牲者肯定是我啊。明明沒有轉學的打算，卻被強迫演一齣第三學期才轉學的戲碼。」

我們兩人走在高中部校舍的走廊上，沒看對方的臉彼此交談。

……現在走在我身邊的人，正是那個名叫兩儀式的少女。

禮園女子學院的學校制服，設計得像是修女參加彌撒時穿的服裝。雖然像是具有黑色禮服風格的學生服，卻不是適合日本人穿的制服。

即使如此，這套制服穿在兩儀式身上，卻完全不讓人覺得不合適。

她的髮絲比制服更加漆黑，卻沒融入身上那襲黑色衣裝，纖細的肩膀與脖子，因而看起來更白皙。連我也不得不承認，她給人的印象是如此強烈。

式的年紀明明比我大，為何看起來卻比我年幼？

即使身高和我差不多，身形卻非常端正，猶如一名沉靜的基督教少女。

……總覺得非常無趣。

「鮮花，那邊那兩個人一直盯著我們看。」

式看著剛才與我們擦身而過的學姊。

那兩個盯著我們看的學生會討論什麼，其實可以輕易地推敲出來……禮園是一所女校，學生之間不會為了男性而有利害衝突，雖然如此，她們畢竟還是對男性抱持憧憬，因此，具有中性氣質的美女，不論在哪個年級都是大受歡迎。

具有這種氣質的人，在禮園裡並不多，要是式真的轉學進來就讀，一定會變成校內的風雲人物。和我們擦身而過的學生們，必定是因為式具有男性英氣的容貌，因此才會竊竊私語，討論起內心的這份期待。

「她們只是覺得轉學生很少見罷了，和這次的事件無關。」

「哦，明明學校在放寒假，居然還有學生在學校啊。」

「因為我們學校採取全校住宿制，所以寒假留在宿舍的學生也意外的多。雖然校舍圖書館一樓和四樓都有開，不過宿舍本身就有代用圖書館，因此來校舍的人其實不多，不過，如果是違犯校規，被修女叫過來，那就另當別論了。」

如果被那位修女連續叫去三次就會被校方退學。老實說，我也曾經被叫去過幾次。

不論有什麼理由，這所學校不容許有學生隨意外出，即使是探望父母這種理由也不會被校方接受。來禮園這所學校就讀就是這樣，學生家長也是因為欣賞校方管理嚴格，才會讓自己的女兒入校就讀。

像我或者好友藤乃，雖然屢次外出，卻沒被校方退學，是因為我們有各自的背景。藤乃沒被退學，因為這間學校的捐款有三成是她爸爸捐的，換句話說，她不可能被校方退學。

至於我呢……嗯，畫家叔叔也可以替我撐腰，不過說穿了，我是禮園校方為了學校升學率雇來的傭兵，因此校方對我外出的事，也是睜一隻眼閉一隻眼不會過問。畢竟禮園是一間學校，如果學生能考上好大學總是件好事。禮園之所以會讓我進來就讀，就是因為我擁有只要報考T大就一定會合格的條件。

……的確，唸書這件事不是只有向神祈禱就能解決。禮園經營者的想法雖然勢利，但我並不會覺得不滿。至少我就是拜此原因所賜能夠自由外出。

在我獨自思考這些事的時候，身旁的少女一臉不感興趣、用倦怠的眼神觀察周圍的校舍。而她似乎很快就感到厭煩，開始玩弄起胸前掛的十字架。

「真是個詭異的學校，不知道是老師去當修女，或者是修女來當老師。說到這個，剛才我看到了教堂，那裡會舉辦彌撒之類的儀式嗎？就是『蒙上天召喚的天父啊……』那種儀式。」

式提出了一個很單純的問題。

不過她這個笨蛋，哪可能真的被上天召喚啊？

「——禮拜儀式早晚都有，彌撒則是每週日舉行一次，學生有義務參與的只有禮拜，彌撒可以自由前往。像我這種高中才進禮園就讀的人，因為不是基督教徒，所以並不會參加彌撒。雖然這樣會給修女不同的印象，但信仰是自由的，所以也沒有特別的強制規定。禮園本身雖是歷史悠久的學校，不過在幾年前變成千金養成學校後，對基督教不感興趣的女孩也不少。因為只要從禮園畢業，不管是品行多糟的女孩，介紹相親的邀請也會隨之增加。為此目的讓女兒前來就讀的父母應該就占了一大半，換句話說，真正為了信仰來就讀的人數變少了。我想，在現在的日本，應該也不會有家長為了讓女兒信基督教而讓她來這裡就讀吧？……話雖如此，學校裡確實有真正的基督徒存在就是了。」

「神嗎？真要說起來，那種東西或許存在吧。」

……總覺得有嚴重的不協調感。

雖說我早已習慣式的男性口吻，可是她現在這副清純修女的模樣，實在讓我感到很混亂。

「有沒有神我不知道，但是其他的呢？妳看到過什麼東西嗎？」

我一邊走著，一邊順口提出這個問題。

式搖了搖頭表示沒有。

「我完全沒看見，看起來只能等到晚上再說了。」

她露出一臉困倦的表情說道。

……這女人擁有可以看見常人肉眼看不見物體的能力，不僅僅是幽靈而已，據說還看得到物體容易損壞的部分，加上她的運動神經過人，本人的個性也很殘暴。

說得明白一點，就是和幹也完全相反的「特殊份子」。相較於其他人，我最不能忍受幹也被式奪走。

是的，我向橙子老師拜師的原因，說到底正是因為這傢伙。如果幹也的對象是普通的女孩，我在一天之內就能擺平她們，可是兩儀式她就非常棘手了。

在判斷出這樣下去我不是對手後，我拋棄了一般的常識，拜入魔術師蒼崎橙子的門下……不過遺憾的是，我的實力還是不如式，所以現在才得每天過著修練的生活。

話雖如此，但我現在的心境其實滿複雜的。

說到原因的話，那是因為——

「晚上要在鮮花的房間過夜嗎……算了，既然是妳的房間，那我就忍耐一下好了。」

式莫可奈何地嘆著氣說。

根據幹也的說法，式不在自己認定為床以外的地方睡覺。可是，她卻在還沒看過我房間之前，就說出她願意忍受。

這就是讓我心情複雜的原因。畢竟式根本不討厭我。我明明就討厭式，如此一來，總讓我覺得哪裡不太對勁，讓我很為難。

其實……如果沒有幹也這件事的話，我想兩儀式算是我會喜歡的那種人吧。

這次輪到我嘆氣了。

這時，式突然盯著我看。

「鮮花，妳要去哪？不是要去宿舍嗎？」

「去宿舍不是也沒事？總之，我打算去向四班的導師探聽消息，妳跟著我來吧。因為妳是我的眼睛，我見過的人妳都必須檢視一番喔。」

「——妳說的導師，是指那個叫葉山的傢伙嗎？」

「不是，葉山老師已經在去年十一月離開學校了。現在的導師是玄霧皋月，兩個人都是學校裡罕見的男老師。」

「女校裡的男老師啊？在其他地方雖然一點也不稀奇，但這所學校有男性就很怪異了。」式說得沒錯。

對於要將學生在畢業前培養成完美淑女的禮園來說，男老師只會是個麻煩的存在。明明為了防止不正當的兩性關係所以禁止外出，但敵人卻早已跑到學校裡，就像特洛伊木馬一樣。

「……妳說得對。不過，這可是有內幕的哦，葉山英雄這個人，在校內並不受歡迎，甚至連有沒有教師執照都很可疑，而且他似乎真的對學生下手，可是不只是修女，連校長都無法嚴厲懲戒他，原因出在我們學校的理事長，他現在雖然姓黃路，不過他入贅之前姓葉山。」

「原來是理事長的不肖弟弟啊？那他為什麼會離開學校？」

「在十一月的時候，我人在橙子的事務所，妳還記得嗎？當時我說高中部的宿舍發生火災，一年級和二年級C班以下的宿舍所在的東館，全部都被燒得精光。禮園的學生宿舍，不僅是以年級做為區分，更細分成各個班級區域加以管理，而起火點正是一年四班的區域。當時是葉山老師不知在想什麼的情況下縱了火，理事長也因而自行辭職，從那個時候起，葉山就從學校消失了。」

應該是逃走了吧，我又補上一句。

火災的消息對外完全封鎖，聽說連幫忙救火的消防員也被禮園的學生家長設法堵住了嘴……他們應該不希望女兒所就讀的學校傳出難聽的醜聞吧？

……明明，明明有一個人因此死了啊。

「玄霧那傢伙到底是個怎麼樣的人？」

「與其說玄霧老師完全沒有問題，不如說他和葉山相反，我想這整個學校應該不會有學生討厭他吧。」

去年夏天玄霧老師才在這所學校任教，不過他不像葉山有後臺撐腰，完全是因為校長親自推薦才過來的。我們學校追本溯源是英國某間名校的姐妹校，雖然英國的學校已經關閉，不過姐妹校禮園卻還存在。校長內心的期待是把所有教師全部都換成英國人，不過卻很難有會說日語的正統英國老師。在這一點上，玄霧老師因為在國外長大，所以發音非常完美，沒有難聽的美國腔，這一點也讓修女們很高興。

「那玄霧這傢伙是英文老師？」

式蹙起眉頭低語著……式這傢伙全身散發著日本風格，她該不會對英語完全沒轍吧？

「不僅僅是英文而已，聽說他還擁有德文和法文的教師執照，中文好像也不錯，他甚至連南美部落的方言都會講……是大家私底下叫他『語言翻譯機』的怪人……對黑桐鮮花和兩儀式來說，則是不同意義上的特殊之人。而我實在不太會和那位老師應對。」說完，我便停下腳步。

英文老師的準備室位於一樓的角落。

在禮園這所學校，教職員辦公室是處理日常事務的地方，而每一位老師都各有屬於自己的學科準備室。

玄霧老師使用的是葉山英雄用過的學科準備室。

我設法在不被式發覺的情況下，做了一個輕輕的深呼吸之後，伸手敲了準備室的門。

◇

玄霧皐月背對我們，面向桌子坐著。

他的桌子在窗戶旁邊，灰色日光映照室內。這裡不像是學科準備室，比較像研究室，裡面有些凌亂。

「玄霧老師，我是一年A班的黑桐鮮花，不知道校長是否已經告訴過您了？」

我話說完，他便應了聲「是的」之後，轉過頭來看著我們。

椅子「刷」地一聲轉了過來，玄霧皐月面對著我們。

「————」

我感覺到式不由得嘸了一口氣。

就連我第一次見到這位老師時，也有這種暈眩般的感覺。

「哎呀，妳就是黑桐同學吧？妳的外表果然和我聽說的一樣。先請坐，今天的談話可能會有點長對吧？」

玄霧老師輕聲說完之後露出了微笑。

他的年齡大約二十五歲，是這個學校最年輕的老師，纖瘦體格搭上黑框眼鏡，看上去感覺像是文學系出身的，在在顯示這個人的無害。

「是要談一年四班的事吧？」

「……是的，就是那兩名用美工刀互刺的學生。」

對於我的回答，玄霧老師遺憾地瞇起了眼睛。那一副寂寥的表情，讓我看了都不由得感到難過。

「那件事我幫不上忙，真的感到很抱歉，我自己對那件事的記憶也十分模糊。不但沒法記得很清楚，也沒辦法去阻止她們。的確，我在現場，但我卻什麼忙也幫不上。」

比起自己的無力，玄霧皋月更為受傷的學生感到難過，他因而閉起了眼睛。

……這個人也一樣。一樣深入去擔憂他人的悲傷，讓自己擔負不必要的重擔。絕對不會傷害他人，像是沒有刺一般、一個太過溫柔的人——

「那麼老師，您知道她們吵架的原因嗎？」

為了確定起見，我問了這個問題。

玄霧皋月靜靜地搖了搖頭。

「……根據其他學生所說，是我去阻止了她們。但我卻沒有那一天的記憶。嗯，雖然常有人說我是個健忘的人，但整段記憶完全不見這種情況還是第一次發生。等到聽別人說發生了某件大事，我才知道事情已經無可挽回。不對，其實原因或許出在我身上。那天我和她們在同一間教室裡，光是這樣，就應該追究我的責任。」

老師一臉沉重地說著。

這時候我才終於發覺，雖然對D班學生來說，已經忘記的祕密被人寫成信件，那股焦躁絕對非比尋常。但被看不見的不安所壓迫的人不只是她們，問題發生時，儘管在場卻完全不記得事情經過的玄霧老師，他的精神狀態也正處在危險的平衡下吧？

如果我處在和他相同的情況之下，內心一定會侷促不安。光是沒有記憶這件事就足以讓人不安了，在那段期間到底得到或失去什麼？連自己曾做過的事都不清楚，這種情況就像落入一個無底洞。

越是往壞的方面想，洞穴就越加深幽黑暗，連可以否定這一切的理由都忘了。老師會認為原因出在自己身上，也是無可厚非的事。

「——不過老師，1－D的學生都看到事情的經過，老師你只是純粹去阻止那兩人而已。」

「話不是這麼說，黑桐同學。妳要記住，在確認自己的記憶時，不可以依靠他人的記憶。畢竟只有名為回憶的自我天平，才能決定過去……所以我才會認為，這件事可能還是我的錯。

——啊，真抱歉，談這種事一點意義也沒有，雖然這種情況下的我不太可靠，不過還是請妳繼續發問吧。」

面對勉強微笑的老師，我輕輕地點頭回應。

「……我知道了。那麼，請問D班本身有沒有什麼異常的地方？像是全班都忘記寫作業之類的事。」

「沒發生過這種事，不過修女們的確說過，本班教室內的氣氛感覺滿緊張的……雖然我不清楚同學們的過去，不好擅自下結論，但四班教室真的是太過安靜了點。」

「請問，那種氣氛像是畏懼什麼事的感覺嗎？」

事情如預料般發展，於是我繼續進行確認。

對這兩名用美工刀互刺的學生，為什麼周圍的同學都沒有去勸阻她們激烈的爭論？是因為對那種事沒興趣？不，這麼一來連談話內容都不會去聽了。這樣推論雖然太過果斷，但恐怕一年四班的人應該全部都有收到記載忘卻記憶的信件。所以她們不去阻止開始爭吵的兩個人，因為只要她們繼續爭吵，至少能夠確認其中一名就是送信的犯人，……不過，玄霧老師的回答，卻未支持我的論點。

「……這個嘛，我覺得並不是在害怕什麼。」

「——大家不是感到害怕嗎？」

「對。與其說她們是在害怕，倒不如說是彼此監視還比較正確。不過她們相互監視的原因，我就不得而知了。」

她們在相互監視——是嗎？

雖然重點有些不同，不過我的想法大致上是正確的。

換句話說，她們確信犯人不是外人，而是班上的某人。

「請問老師，您能聯絡上D班的學生嗎？」

總之，要先向記得事件的當事人們問問她們的說法。順便也問問正流傳著的妖精之說，這樣就不至於會受到懷疑了。

「不必特別去聯絡她們了。因為我班上的學生全都留在宿舍裡，因此應該很快就能跟她們談談。」

玄霧老師的回答讓我感到驚訝。

一年四班的全體學生竟然都留在宿舍？這樣的偶然已經等於是某種必然了。

「那我先告辭了，之後可能還會來請教您一些問題，到時候還請多指教。式，我們走吧。」

我催促在身旁一言不發的式後站起身。

就在此時——玄霧皋月突然一臉驚訝地看著我。

「老師……請問怎麼了嗎？」

老師沒有回答。

相反地，式第一次開口了。

「老師，她說的式是指我。」

式用女性化的口氣說道。

老師開朗地回答了一聲：「啊。」

「對了，妳從剛剛就一直都在呢。之前沒見過妳，是新生嗎？」

「那可就不一定了，我想參觀一下學校，如果有興趣的話，真的轉校進來也很不錯。」

玄霧皋月一臉愉悅地點了點頭，一直盯著式瞧。像是畫家邂逅自己憧憬的模特兒般，觀察著對方的所有細部特徵。

我只能旁觀著這一切。

這時有人敲響了學科準備室的門。

傳來一道悅耳的聲音「打擾了」，一位留著長髮的學姊進入了準備室裡。

她有著一雙凜然細長的眼眸，一頭長及後背的烏黑長髮。

在美女眾多的禮園之中，這位美女依然非常搶眼，我認識她。

應該這麼說，我不可能不認識這位去年還擔任學生會長的學姊。

那雙高傲睥睨的眼眸，那對細長的眉毛，美麗之中帶著一股威嚴。這位宛如城堡裡的皇后的學姊，我記得她叫……

「哎呀，黃路同學，沒想到時間已經這麼晚了。」

玄霧老師對著走進來的黃路美沙夜這麼說。

渾身散發自信氣息的黃路學姊回答「是啊」。

「皐月老師，都已經過了約定的時間了，請您務必在下午一點到學生會一趟。時間可不是永恆啊，如果不好好掌握時間的話，我會很困擾的。」

黃路學姊就這麼責備起玄霧老師。

充滿威嚴的氣質，讓她在擔任學生會長時，以女暴君之名廣為人知。雖然我轉學進來的時候，學生會剛好正在交接，所以我不太清楚她的事，但是根據藤乃的說法，連修女們也不敢對黃路學姊有意見。

聽說連現在的理事長都管不動她。

不過也難怪，身為入贅女婿的現任理事長，與身為正統黃路家次女的黃路美沙夜，兩者的發言等級實在相差太多了。

……聽說黃路家的小孩每個都是領養來的，但如果因此感到自卑的話，憑這種程度的抗壓性，成不了黃路財團的繼承者。相反的，為了找出更堅強，更具有黃路家風格的養子，黃路家還是會把具有未來性的孩子收為養子……簡單地說，黃路學姊是性格堅強的鐵血女子。

不過，幸好黃路美沙夜是很有正義感的人，雖說對不遵守校規的學生毫不留情，但對於遵守秩序的學生來說，她是一個很會照顧人的好學姊。她本身也是個虔誠的基督教徒，聽說每個星期日都會參加彌撒。

「黃路同學真嚴格，又在說『永恆』那種難懂的話了。」

玄霧老師露出微笑站了起來，黃路美沙夜則是惱怒地瞪視著他……的確，對於像她這種循規蹈矩的人來說，玄霧老師的悠哉態度確實讓人看不順眼。

黃路學姊以帶有敵意的眼神看著我們，像是在說：「妳們是誰？」我認為再待下去就會有麻煩，因此我拉起式的手，打算早點離開這裡。

「那麼，我們到下一個地方去吧，式。」

我們往準備室的出口走了過去。

然後，玄霧老師幫我們打開門扉，態度就像管家送客一樣自然，讓我不禁很有禮貌地說了句不好意思。

「不，我沒能幫上忙才更覺得抱歉，祝兩位有個美好的假日。」

老師還是露出溫柔的笑容這麼說。

那是有點寂寞、空虛的笑容。

「——老師，您臉上的笑總是帶著哀傷呢。」

式突然脫口說出這件事。

老師略感意外地睜大了眼，點了點頭說道：「是這樣嗎？」

「可是呢，我從來沒有笑過喔——一次都沒有。」

玄霧老師臉上浮現淡淡的笑容如此回答。

◇

我們離開學科準備室之後，決定先回宿舍一趟。

我們穿越位於一樓的走廊，來到了中庭。

禮園女子學院的學校用地，就像大學一樣寬廣，為了運用這般寬廣的空間，從小學部到高中部的教室、體育館、學生宿舍等等，所有建築物都不彼此相鄰。

打個比方，校舍就像是遊樂場裡的各種不同的設施……這應該是最為貼切的說法。嗯，這種說法讓人有抱持著夢想的感覺，不如找一大講給幹也聽吧。

從高中部校舍到學生宿舍，路途非常遙遠。

雖然中途經過馬拉松比賽使用的樹林，但為了讓人可以穿室內鞋走到宿舍，沿路鋪設了一條木板走廊。

我跟式兩人漫步在這嘎吱作響的走廊上。

式的模樣有點怪，不過這也是無可厚非的。畢竟看到那麼相似的兩人，多多少少都會感到震驚吧？

「式，妳是因為玄霧老師很像幹也，所以嚇了一跳吧？」

對於我提出的問題，式坦率地點頭。

「沒錯吧？除了老師比幹也還帥一點之外。」

「是啊，玄霧的臉型比較沒有瑕疵。」

雖然說出來的話不一樣，但我們的意見還是相同的。

沒錯，玄霧皋月這名青年，和黑桐幹也簡直沒有兩樣。不僅外表神似，甚至散發出來的氣質都如出一轍。不，正因為玄霧老師年長了幾歲，因此比較能讓人感受到他可以自然地融入周圍的氣氛。

從我和式這種只會和周圍環境產生摩擦的人來看，那種「不會去傷害任何人」的普通人，光是他們的存在本身，便足以讓我們詫異不已。

事實上，就連我——發現自己和幹也屬於截然不同類型的人的時候，都沒來由地哭了出來。那是什麼時候的事呢？在這段我已回想不起來的童年回憶裡，因為某件事發生，讓我了解到黑桐幹也就是那樣的人。

我們以兄妹的身分生活在同一個屋簷下，不知從何時開始，我想要得到幹也。

我知道，以兄妹來說，這樣的想法確實異於常人。不過，我不覺得這是個錯誤。如果要說有什麼事讓我感到懊悔，那大概只有——

那個讓我發現他對我有多重要的契機，我回想不起來。

「——不過，那個人叫玄霧皋月。即使再怎麼相像，他也不是黑桐幹也。」

我說出一句無法反駁的事實，我想走在我旁邊的式，一定也跟我有同樣的想法。

不過，我以為會點頭同意的式，卻蹙起了眉頭。她臉上露出複雜的神情，喃喃自語地說：

「與其說很像——倒不如說是……」

她說到這裡，突然停下了腳下的步伐，像是瞪著樹木般凝視著森林深處。

「鮮花，森林裡有什麼東西對吧？感覺像是木造建築。」

「啊，那是舊校舍。已經沒人使用的小學校舍，預定在寒假的時候會整個拆掉，怎麼了嗎？」

「我過去看一下，鮮花妳先回去吧。」

式身上如黑色禮服般的裙襬翻飛，隨即迅速消失在森林之中。

「喂、式，等等！不是說好妳不能擅自行動嗎！」

我大喊著打算追上式。

「黑桐、鮮花同學？」

但是在這之前，我身後有一道聲音叫住了我。

/1

◇

『式，妳有新工作了。』

橙子在電話裡這麼說。

在一月二日晚上，橙子丟給我一件性質和之前截然不同的工作。

工作內容是鮮花就讀的禮園女子學院發生案件，希望我前去調查。這真是讓我提不起勁來。

我——兩儀式，之所以會協助蒼崎橙子，純粹是因為可以殺人，但是這次的工作卻只是要查明真相，這種工作不能滿足我空虛內心的飢渴。

說起來，橙子交待的工作內容雖然都會殺些某些東西，卻從來沒有殺過「人」，多半都是解決一些莫名其妙的怪物。夏天的時候雖然出現過一次機會，但結果我還是沒殺了那個「光用眼睛看就能讓東西彎曲」的傢伙……正確地說，主要是因為在做那件工作的時候，式了解自己為何會執著於殺人這件事，而我則只要能殺，不管對手是誰都行，於是便做出了妥協。

總之，就像是處於雖然吃飽了，但是味覺卻沒有獲得滿足的狀態。

在我開始對這種現狀感到不滿時，卻有個內容不明工作找上門，居然只要我找出事件的主謀就好。

我沒什麼幹勁，可是也沒有其他事好做。如果差別只是在於在房間裡或在禮園女子學院裡睡覺，那我也找不到拒絕的理由。

我聽完了整個事件的經過，由於鮮花的眼睛看不見妖精，於是我便充當她的眼睛，和她一同前往禮園女子學院。我偽裝成準備在第三個學期轉學，事實上只會待一個寒假的轉學生。

◇

我在森林中漫步。

鮮花沒跟在我身邊。

我從樹木間的空隙看見了森林深處的木造校舍，於是往那個方向走了過去。

或許是受到陰天的影響，森林裡彷彿起霧般一片灰暗。

禮園女子學院的校地廣闊，在校舍和校舍之間種植的樹木，已經茂盛到超出校內森林範圍了。

校地有一大半都是長滿濃密樹木的森林，這已經不是校園裡面有森林，而是森林裡面有學校。

我走在腐葉土的地面上，出神地嗅著空氣的氣味。

空氣充斥泉湧般的香氣，並且帶有顏色，混雜著樹葉散發的香氣和蟲鳴聲，讓人為之陶醉。

那是有如成熟果實似的甜膩空氣，彷彿時間緩慢前進般的景色，置身其中，像是漫步於水彩風景畫裡，全身輕飄飄地感到神奇又舒暢——這一所和外界隔離的學校，確實是一個獨立的異世界。

我突然想起一件事。

曾經有個男人，在一棟公寓裡製造出無人能入侵的異世界，那傢伙真是繞了一大圈，其實只要像這學校或者兩儀宅邸一樣，在土地四周築起牆壁，不讓他人進入，便可讓他的居處和外界隔離。

沒多久我便走出了森林。

這棟曾是小學校舍的建築，是古老的四層木造房屋。

在砍伐林木後形成的圓形廣場上，校舍毫無聲息地矗立著。

廣場上長滿雜草，感覺像是草原。

校舍彷彿臨終前的老人般，靜候著生涯最後一刻來臨。

我踩過草地走進校舍後，發現裡面並沒有像外觀一樣嚴重損毀。

可能因為是小學校舍的關係，建築物內整體的感覺也有點小，鋪著木板的走廊，每走一步就會發出「嘰嘰」的聲音。

嘰、嘰、嘰、嘰。

……昆蟲發出的聲音，在校舍裡也一樣聽得到。

我在空無一人的走廊中央停下腳步，不再往前進。

「玄霧、皐月。」

我回想起剛剛那位老師。

鮮花說他和黑桐幹也很神似。

若要說神似的話，兩個人確實很像。

因為人的臉部構造是一樣的，因此每個人看起來都很神似。但是他們兩人卻不只是外貌神似，連散發出來的氣質都一樣。

「……真的很像啊，那個樣子。」

不過，他們之間卻有某種決定性的差異存在。是什麼呢？

我找不出答案。

明明已經快想到了，卻就是差了臨門一腳。

知道但是卻不了解，我似乎也變得很像正常人了。

半年前——當我剛覺醒的時候，我沒有不了解的事。因為不了解的事就是兩儀式不知道的事，因此沒有加以思考的必要。

但現在，兩儀式曾經體會過卻不清楚的事，都被我當成知識體驗著。那堵阻隔在發生事故前的兩儀式和康復之後的我之間的絕望高牆，如今也越來越低了。

多半是因為原本沒有自我情感的自己，透過遭遇這些未知的事物，逐漸累積起「我的記憶」了吧？

我——只能把無聊的現實以及細微瑣碎的情感，拿來填塞我胸口的空洞。雖說依然沒有活著的實感，但是剛覺醒時的那陣虛無感，如今已經消失了。

那麼——總有一天，當我胸口的洞穴不再存在，或許我也能做些跟一般人沒什麼差別的夢吧！

「這個心願還真是微不足道啊，織。」

我獨自呢喃，知道不會有人回答我。

『不，那是一個笨拙的希望。』

——但是，卻有人回答了我。

嘰、嘰、嘰——

蟲發出鳴叫。

某種物體輕觸我的後頸。

「——啊！」

我的意識逐漸模糊，置身在此地的記憶變成空白一片。

眼前看到的景象，宛如橡皮擦擦掉一樣逐漸淡去。

……我真是太沒用了。明明知道這裡就是蟲子的巢穴才前來，我卻——

「這傢伙。」

頗感不悅的我伸出手臂。

把手伸到脖子後方之後，感覺確實抓住某種物體。

從手中握著的觸感，可以確認那是比手掌略大一些的人偶。

我將手裡的不明物體就此握碎。

發出了「嘰」的一聲。

逐漸模糊的意識恢復過來了。

我縮回伸到脖子後面的手，並緊盯那隻手看。

手掌上只剩一灘白色液體，而這灘黏稠的液體，啪答啪答地滴落到地上。

在握碎的瞬間，它就變成這副模樣。

我從沒見過妖精。

因此我判斷不出這是否就是鮮花口中說的妖精。

「……真噁心。」

我甩掉了手上的黏液，而這灘液體很不可思議，明明黏性很強，卻又不會附著在皮膚上的，很輕易地就能全部甩掉。

已經聽不到蟲的聲音了。

……因為非常不悅才順手捏碎了，如今看來好像是個失敗的舉動。

這裡原本充滿了許多妖精聚集的氣息，現在完全感受不到。

妖精們是因為看到同伴被殺所以逃跑了？還是妖精的主人見到我可以抓住妖精，因此所以要妖精們全部撤退？

無論如何，線索已經從這棟廢棄校舍裡飛走了。

我沿著走來時的原路回到走廊上。

當我回到了林間走道上，發現鮮花正默默佇立在原地等著我。

黑桐鮮花身材嬌小，有著一頭飄逸的長髮。

剛才那個叫黃路的女人像是城堡裡的皇后，而鮮花的舉止，則像是城堡裡的公主。

只是得再加上「好勝的」三個字罷了。

我不發一語走到鮮花身邊。

「咦？式，妳不去了嗎？」

……鮮花突然說了一句奇怪的話。

「不去？我不去哪裡？」

「──就是那裡啊！」

……我完全不了解她在說什麼。

鮮花則是一臉不可思議地看著我以及森林深處。

──原來如此，我終於理解了。

「鮮花，妳知道現在幾點嗎？」

「大概下午兩點左右吧──」

鮮花驚訝地閉上嘴，因為現在時間已經是下午三點了。

「可以在這裡呆呆地站上一小時，妳還真是悠閒呢！不過，如果妳記得自己做過什麼，那倒也無所謂。」

鮮花的手微微發顫，默默把手指抵在自己的唇瓣上。

她的臉上露出詫異神色，凝望著天際。

鮮花大概已經記不得在我回來之前這段時間她做了什麼事。

「式，我該不會……」

鮮花身體發顫，喃喃地說這怎麼可能。

那不是因為害怕，純粹是因為憤怒造成的。對於自尊心很強的鮮花而言，在自己不知情的情況下被擺了一道，這種感覺真是屈辱至極。

「應該不用我多說吧，妳的記憶被妖精奪走了。」

鮮花聽完我說的話，頓時漲紅了臉。

那其中混雜了自己的不成熟還有屈辱，反應充滿著羞憤及悔恨。鮮花總是一副冷靜的樣子，這麼率直地表現出自己的感情，雖然非常不協調，但從旁看來，肯定很可愛。

「——回宿舍去吧，看來得改變行動方針才行。」

鮮花像是在鬧彆扭一般，說完後就自顧自邁開步伐。

我看著她的背影，心裡有個想法。

如果我告訴她，其實連我也被那少女般的坦率所感動，鮮花不知道會有什麼反應。

……算了，那種事連想都不用想也知道結果如何吧！

我像往常一樣，刻意不發一語靜靜跟上她。

／2

回到宿舍跟幾位一年四班的學生談完後，外頭的天色已經暗了下來。

儘管學校放假，宿舍規章還是得要遵守，於是我們便前往鮮花的房間。

這裡在晚上六點以後，連宿舍內走動都被嚴格禁止。除了上廁所之外，似乎只有想去一樓自習室時才准離開房間。

高中才入學的學生常因為不習慣這個規定，總在前往朋友房間的途中被巡視的修女給逮到。至於小學就在此唸書的學生已經習慣不隨意外出，就算會，也因為熟知修女的巡邏路線而不會被抓到。

……鮮花很仔細地告訴我這些事。

這些都跟這次事件內容毫不相關，我想大概只是她的抱怨吧。

鮮花坐到自己的椅子上。

一年級學生的房間都是雙人房，而鮮花的室友已經回家去了。

房裡有兩張跟牆壁一體化的桌子，還有一張上下鋪單人床。個人所有物像是書架跟空箱子等占據了房間的角落，房間呈現長型的構造。

建築物年代久遠，因此房間也頗為老舊，由歷史累積出來的古風，散發出讓人放鬆的氣氛。

鮮花一回到房裡就脫下制服，換上了睡衣。我也很想脫掉身上這套悶熱的制服，可是我沒帶換洗衣物過來。

沒辦法，只好穿著制服躺在床上聽鮮花說話。

「……因為沒辦法在宿舍內活動，今天就到此告一段落吧！起床時間是五點，不過寒假沒有晨間禮拜，所以可以睡到六點左右……式，聽清楚了喔！其他學生還有修女並不知道我們在調查一年四班的事，所以行動盡量別太醒目。我跟妳不一樣，還得在這裡待兩年，可不想引起什麼騷動。」

鮮花今夜又把昨天說過的事重複了一次。

還真是杞人憂天啊！

對我而言只是把睡覺的地方換到這裡罷了，我個人一點幹勁也沒有。

「妳放心吧。我的工作只是負責看而已，所以沒帶刀子之類的武器來。況且我和妖精的主人也沒有結怨，我打算和平共存。說到情緒失控，妳還比較讓人擔心咧！」

「我很冷靜。我的目的只是查出真相，而不是將原因排除。在徹底調查之後，就可以交棒給橙子老師了。」

雖然我輕鬆地一筆帶過去，可是鮮花的眼神一點也不安分。

多半是白天妖精的事讓她認真起來。基本上，鮮花的個性是有仇必報的。

「是啊。鮮花，妳如果做得到的話，那當然最好。」

鮮花隨即瞪了過來。

「……妳別瞧不起人了。」

「真是冤枉。」

鮮花那種困擾又狐疑的眼神，實在和幹也很像，我不由得笑了出來。

「——算了。就算我犯了錯也不會造成問題，所以輪不到妳擔心。話說回來，在妳今天遇見的人當中有可疑人物嗎？」

鮮花迅速轉移話題。

「如果要說可疑的話，今天碰到的全部都很可疑啊！一年四班的那些傢伙，每個人脖子上都有那個……」

「那個，是指被式握碎的妖精血液嗎？」鮮花蹙起了眉頭……她大概認定我是個非常過分的人。不過這的確是事實，我也不想否認。

「不能說是血液，是像蝴蝶翅膀上鱗粉之類的玩意兒。因為若是體液的話，她們也會察覺對吧。還有，那個叫玄霧的老師脖子上也有。見面時雖然不知那是啥，但回想起來，他的脖子上的確也有。」

「——是嗎。式，妳覺得奪走記憶的理由是什麼？」

「不知道，因為又不是我幹的。」

「是、是、妳說得對。我會問妳的意見，看來我也變得相當沒自信了。」

鮮花兀自生起了氣，隨即陷入沉思。

「……十二月開始有信件寄到D班學生的手中，信件內容是『連本人都已經忘記的祕密』。同時間，學校裡妖精的流言也開始傳開來。這些妖精似乎會跑到枕邊奪取記憶。

在放寒假前的D班教室裡，兩名學生吵架後用美工刀互刺對方，吵架的原因果然還是因為信件。連續一個月，四班的學生不斷收到自己也不知道的記憶，精神狀態已經麻痺到無視同學吵架了。在跟四班的學生們談過之後，我了解到那真的是到有人自殺也不奇怪的情況。」

鮮花嘀嘀咕咕地整理出到目前為止的重點。

「式實際上遇到了妖精，我也有一小時的記憶空白……那段時間我做了什麼呢，有一個小時的話，做什麼事都有可能。」

看來鮮花對空白的記憶也相當在意的樣子。

……那我又是如何呢？

四年前……我還是高中一年級時的記憶充滿了漏洞，讓人感覺很不舒服。那時街上的人們正陷於隨機殺人魔的恐懼中。

雖然我認為那個事件跟我有關，但因為那時行動的是織，在他已經消失的現在，那些記憶也跟著他永遠消失了。

「——咦。」

我突然察覺到一件事。

為什麼至今都沒有發現呢？

之所以沒有三年前殺人魔事件的記憶，是因為織跟那件事有關的緣故。

那麼——我失去出事前的記憶又是為什麼呢？那時的我應該不是織，而是式才對。

若這個操縱妖精的人知道想起忘卻記憶的方法，說不定我就能取得我的過去了。

……但我總覺得不太對勁。

我是不知道鮮花相不相信妖精那玩意，但我總是無法接受它的存在。

感覺有什麼根本上的誤解，但我跟鮮花似乎都沒察覺到。

「喂、鮮花，連本人都忘記的記憶，要怎樣才能查出來呢？」

「這個嘛……可能要在催眠狀態下從大腦深處提取出來吧？妳知道記憶的四大機能嗎？」

「編碼（學習）、儲存、讀取、再確認對吧。跟錄影帶一樣，把錄下的影像貼上標籤編碼，接著小心儲存起來，要看的時候用錄放影機讀取播放。確認播放的內容跟以前相同。只要其中一環故障，頭腦就無法正常運作了。」

「對，就算本人忘記了，但只要頭腦正常，記憶就一定會存在腦子的某處。因為頭腦不會忘掉曾記錄過的東西，所以只能當作是妖精將它奪走了。」

……採集忘卻記憶的妖精。雖然橙子說它們帶有惡意，但我實在感覺不到惡意的存在。因為連本人都忘掉的記憶就算要被奪走，本人也不會有所察覺。

將那些記憶寫成信件送來，反而比較像是善意的行動吧？

這種行為就像是提醒你：您忘記這件事了，下次請別忘了喲！

「奪走記憶也可能是為了隱瞞某種證據，但是，讓人看見自己遺忘的記憶，這件事究竟有什麼意義呢？」

我將疑問不經意地說出口。

鮮花則是靠在椅子上答道：

「應該是在揭發罪狀吧？為了通知對方，你以前曾經犯過這種罪喔。」

「揭發不同的罪狀長達一個月嗎？那已經不算揭發，而是惡意刁難了，跟小鬼沒兩樣。」

照橙子的說法，一般想到妖精就會想到小孩子，說不定真的是這麼一回事。
這時我的思考停頓下來。
不管身為眼睛的我怎麼想，要找出結論的人還是鮮花自己。
於是我便直接躺到之前坐著的床上。
「式，我希望妳告訴我一件事。」
坐在椅子上的鮮花，感覺有點不好意思地問。
「那個，想要看到妖精的話，該怎麼做呢？」
……看來被妖精奪走記憶這件事。真的讓她相當不甘心。
不過，說實在我也不知道看見妖精的方法。
「誰知道，硬要說的話是看不到的，對妳而言沒辦法吧。如果妳無論如何也想找到，就去感覺比較暖和的地方隨意找找吧，感應力好的話就抓得到了。」
「空氣暖和的地方嗎。」
鮮花露出一副恍然大悟的表情。
雖然聽起來亂七八糟，但我並沒有胡說。
就算是妖精，活著的時候應該也會發熱。那麼只要是比其他地方暖和的場所，運氣好的話起碼能觸碰得到它們。
總之，談話就到此告一段落。
我借用鮮花大一號的睡衣，睡在雙層床的上鋪。

忘卻錄音／3

一月五日，星期二。

我拋下還在賴床的式，前往一樓自習室。

時間剛過早上七點。自習室裡沒有一早就來唸書的好學生，倒成了密談的好地方。

自習室是替住宿生設計的圖書室，從傍晚到熄燈為止，住宿生們各因不同的理由聚集在這裡，或閒聊或閱讀教科書。可是傍晚過後，魔鬼舍監——愛茵巴哈修女就會親自來此監督，所以得瞞著她才能偷偷聊天或做自己的事。

總之，傍晚就會變得恐怖卻也很熱鬧的自習室，一大清早則是空無一人。利用這一點，我約了D班的班長在此見面。

昨天回到宿舍之後，雖然找了幾個四班學生談過，不過每個人的說詞都一樣，對調查實在沒有幫助。畢竟她們面對我這個外人是不可能會敞開心房的。

既然如此，我也只得有所覺悟從正面進攻。戰鬥時，一對一是基本中的基本。於是，我便選擇感覺最能掌握事件的D班班長——紺野文緒。

進了自習室一看，果然沒有半個人影。

因為自習室沒開暖氣，所以裡面很冷。

「黑桐，我在這裡。」

一陣凜然的聲音從自習室裡傳來。充當圖書室的房間裡，內部擺滿了書架。紺野文緒像是預先躲在書架間等我的到來一樣。

我關上門扉往裡面走了進去。

簡單的描述，紺野文緒是個高大的女孩，和我一樣高中才進到禮園就讀。超過一百七十公分以上的高大身材，看上去很有魄力。

她本人也察覺自己不太像少女，因此剪了一頭短髮，讓她的臉看上去更顯沉穩，散發出即使自稱大學生也很具說服力的氣質。

「抱歉，這麼早把妳叫出來。」

畢竟是初次見面，我很有禮貌地打了招呼。紺野則不置可否地撇開視線，雙手抱胸口氣譏諷地說道。

「無所謂，反正我也跟其他人一樣睡不著。有事做還比較不會亂想。妳想要談什麼？葉山的事嗎？」

該怎麼說呢，紺野文緒的個性似乎很率直。知道我在調查某些事之後，立刻單刀直入一下說出重點。

「……葉山，是指葉山老師嗎？」

「我沒說錯吧？妳昨天不是帶了個陌生的美少女來找我們班的人問事情嗎？A班的首席有事找我們的話，肯定跟那傢伙有關。」

她一邊說著話，一邊瞪視著我。

……看起來她人也很聰明，這樣事情就好辦了。

我接下紺野銳利的視線。

「老實說，我並沒有想到葉山老師的事。但看來似乎是我了解不夠深……那麼我就直說了，我受校長委託來調查妳們班發生的事故。紺野同學，妳還記得那件事嗎？」

對於我的問題，高大的她顯得有些不安，臉色變得凝重起來。

「……傷腦筋，校長直接委託妳嗎？果然好學生就是不一樣。哪像我只能得到『快忘掉事故，專心用功吧！』這種回覆，我還真是甘拜下風啊！」

「──紺野同學也在調查那件事故？」

「那當然，我畢竟是班長啊。我跟玄霧老師一樣，明明在場卻沒辦法阻止，而且還完全不記得那天的事。回想起來，頂多就是『啊，真的發生過那件事』這樣而已。引發事件的那兩人……嘉島跟琉璃堂，送到醫院後也沒下文了。我想去探病順便問個清楚，但向校長詢問醫院所在地時就被趕回來了。」

紺野一邊撥弄著亮麗的頭髮，一邊有點害羞地說著。

光是這個動作，就讓我很中意她。

「那，我想──妳應該也有收到信件吧？」

「啊，那個啊，真是噁心極了。我還算是比較少的，多的人可是每天都會收到。聽說嘉島跟琉璃堂也是每天收到，肯定讓她們很難受啊。」

至於信件的內容，幾乎都是無害的往事。像是小學時跟喜歡的男生一起回家、養的貓不見了之類的。

「剛開始，我還覺得怎麼有人會寫這種無聊的事。不過仔細回想起來，那竟是自己的往事。與其說我覺得驚訝，倒不如說是會感慨：『嗯，真的有這回事呢！』不過，也有人怕到連提都不敢提就是了。」

「那是因為她們有不可告人的事嗎？」

紺野點了點頭說：「大概吧。」

「還是問一下，妳猜得出是誰寄這些信來的嗎？」

「……依照常理推斷是沒有，但這次的事已經超出常理了吧？若說是幽靈、妖精，我倒是有答案。」

可是，紺野文緒並未說出那個答案。她以「這不只是我個人的問題」為由拒絕回答。

於是我便試著換個角度提問。

「那麼，紺野同學怎麼看待這件事？」

「不知道，這之中的確充滿著不尋常，但我們班早就出問題了，怎麼說呢，這大概是間接的報應吧。黑桐妳可能不曉得，D班的學生幾乎都是高中才入學就讀的人，問題學生真是滿多的。」她又加了一句：「雖然我也是問題學生之一。」

我事後才知道，紺野文緒在國中時似乎是個有名的籃球選手，她身為某重點培育產業的會長獨生女，會來讀禮園據說是被強迫的。

「那麼葉山老師放火燒宿舍的事呢？」

我抱著在此一決勝負的決心提出問題，但紺野卻一臉苦澀地把視線從我身上移開。

「……我一點也不清楚那傢伙到底在想什麼，居然會跑去燒宿舍。葉山英雄這男人相當不正常，妳知道他的口頭禪是什麼嗎？竟然是『老哥為什麼不讓我當校長』，很難相信對吧？這是連高中都沒畢業的人所說的話嗎？那男人根本就是個混混，別說校長了，連老師都不該讓他當。佳織會死都是因為他，還有那個因為弟弟沒工作就讓他當老師的理事長哥哥！這件事跟我們沒關係，沒錯。也不是我的責任……！」

……雖然模樣相當堅強，但她的精神也已經相當脆弱了吧。她看也不看我一眼，一臉要哭出來的樣子恨恨地說著。

……傷腦筋，看來沒辦法從她嘴裡打聽出更多情報了。

「謝謝你。紺野同學，妳說的話讓我受益良多。」我轉過身背對著紺野文緒。「啊，可以再問一個問題嗎？妳相信妖精嗎？」

離開前，我隨口問了她這個問題，像隨機統計般。

「……是不相信，但我想妖精的確存在。因為我，還有其他人，一切都像是被捉弄一般，記憶模模糊糊的。」

「是嗎。」我這麼回答完後，便離開了自習室。

◇

之後，我試著去問過每個四班的學生，但她們的說法都一樣。

每個人都疑神疑鬼，都把自己關在房裡不肯出來。她們像在等待什麼似地將自己封閉起來。但是又異口同聲地說想要回家。不過只要我一說「那妳回家不就得了」。每個人就馬上閉上嘴……和我仔細談過的人只有紺野，其他學生話都說不上幾句。

從結論來說，她們都相信有妖精存在。換句話說，每個人都有遺忘的記憶，也都收到了信件。

另外，還有一件事是確定的。

——一年四班的全體學生聯合起來在隱瞞某件事。雖然不知道到底是什麼事，但是無法隱瞞這件事必定和前任導師葉山英雄有關這一點。

◇

於是我接著前往教職員辦公室。

葉山英雄雖然因為十一月的宿舍縱火事件而離開學校，但我仍期待會有什麼相關資料還留下來，可以當作線索。

「報告。」我打了聲招呼後打開辦公室的門。

讓人意外的是，裡面竟空無一人。

原本辦公室就是專供早上的教職員會議使用，修女們不太會過來，而辦公人員也因為放寒假中不可能會在。

「啊——神啊，真是感謝您。」

我竊笑著說了一句「阿門」之後，開始在資料櫃裡搜尋。

總之，去年十一月前後的資料全都得看過一遍。

我認真找了約莫一個小時，結果還是沒找到值得注意的情報。

「……真是麻煩。這下只好帶著式找遍學校每個角落了。」

雖然我不想做這種像是帶獵犬散步的事，現在也只能這麼做了。

我莫可奈何地整理起散亂的資料。

……就在此時，我突然瞄到一份讓我懷疑自己是否看錯的檔案。

「……葉山英雄。一九九七年二月就任，一九九八年十二月離職……」

乍看之下似乎很普通，但總覺得有地方很詭異。十二月離職？這怎麼可能？葉山英雄十一月初縱火燒了宿舍便從學校消失。既然如此，為什麼十二月他還在教職員名單上？

而且……他離職的理由是因為住的地方不固定。意思是指他行蹤不明嗎——？

我的腦海裡頓時一片混亂，我先把資料歸回原位，離開辦公室之後回到走廊上。

此時，我竟然遇到一個不太想遇見的人。

「哎呀，黑桐同學，妳來辦公室有什麼事嗎？」

「……玄霧老師早。」

老師見到我行禮問候，一派輕鬆地回應：「快中午了呢。」

昨天和式一起還無所謂，但我很不願意跟這個人單獨交談。

總之我就是對他這個人沒轍。

心裡的侷促不安，讓我的心跳不斷加快，那究竟是因為他很像幹也，或者單純是因為我感到不安？我實在無法分辨是何者。

「老師來辦公室有事嗎？」

總之先丟出問題敷衍一下吧！

對我隨口丟出去的問題，玄霧皋月認真地回答。

「嗯，我有校長交代的工作要做，必須把學生名冊譯成法語才行，因為那邊有幾所和禮園有關的大學。」

「哦，是要送出我們的名冊嗎？」

「嗯。對黑桐同學來說，可能和妳是切身有關的話題喲！妳和黃路同學可是兩大留學生人選之一呢！」

……這件事我倒是初次聽說。我露出笑容搪塞過去，就在即將走過玄霧老師身邊時，我突然停下腳步。我想起來了，還有一件事沒問過老師。

「玄霧老師，您知道現在學生間流傳的那個傳聞嗎？」

「啊，妳是說妖精的事吧？我有聽說過。」

「老師相信嗎？啊、我當然是不相信的啦！」

如果讓人知道自己相信妖精會有些丟臉，因此我補上一句不痛不癢的聲明。不過他卻以溫柔的笑容凝視著我。

「在日本，妖精或許是很罕見的傳說，不過在歐洲可是很普遍的呢！在蘇格蘭也有貓妖精和狗妖精的可愛故事，我個人還滿喜歡這些故事的。」

……我想起來了，玄霧老師原本是住在國外的人。那邊的大學在民俗學裡還把妖精分成獨特的一類，看來我這問題並不會太小孩子氣。

「貓妖精……是指穿長靴的貓嗎？」

「嗯？妳滿清楚的嘛！日本故事裡也有會說話的貓，所以這應該不算那麼特殊吧？」

看吧，開始有股充滿知性的香氣了。

我決定順勢繼續聊下去。

「那麼，在那邊真的實際發生過妖精惡作劇嗎?當然，我是以自然現象、地方風俗的角度來問的。」

「最近是不太常聽說，偷換小孩的事偶爾還是會發生，只是來幫忙農務的『外來者』已經不存在了。」

於是，老師又進一步為我說明。被稱之為幫忙小人或敲擊小人的妖精，會來去人們家裡或礦山等地方幫忙工作，聽說他們是無法居住在村裡的外來者幻化成的。

農村社會，是既單一獨立又沒有多餘因素的系統。也因此不容易接受由其他村莊流浪而來的外來者。結果造成外來者只好居住在森林或山上，等到收穫季節再前來幫忙，以建立彼此的情感。而這些便被當成「不是人類的他人」的妖精。

另一方面，往壞方向變化的妖精，則是偷換小孩的始作俑者，他們會把有錢人家的嬰兒，調換成不知從何處撿來的嬰兒。當時的社會，認為家境富裕代表受到神的祝福，生活貧困的人們，為了想獲得受到祝福的孩子，所以會把自己的孩子拿去偷偷交換。

「……那麼，被偷換的小孩會變成怎樣?」

我無意間試著提出腦海裡浮現的問題，老師則是笑著回答。

「放心，大多很快就換回來了。畢竟是有錢的家庭，要找回小孩非常容易。在當時，剛出生的孩子一定會送到教會一趟，沒在教會受洗的小孩，就會被當成不存在的小孩，將會失去市民權。所以不管家境再貧困都會去教會付錢，讓小孩受洗……不過，因為如果不受洗就會遭到拷問，所以根本就沒有選擇的餘地。換句話說，只要去一趟教會，便可得知有哪裡的誰生了小孩。只有真正的妖精，才做得出偷換小孩這種神祕事件。」

「哦，老師，您相信有妖精存在？」

「我認為有，但我並不喜歡它們。真正的妖精，做的惡作劇都很過分，剛才說過的偷換小孩就是實例。妖精會在經過幾年後，突然把小孩送回親生父母身邊。而回來的孩子幾乎都成了白痴，這樣只會讓他們的父母備感困擾，不會有絲毫的喜悅。」

的確，要把這些當作惡作劇也有些太過分了。

談到妖精，我似乎得將腦中關於妖精的純真無邪印象抹去才行。

「……哎呀，抱歉。我說太久了。」

「不會啊，我覺得很有趣哦！那麼老師，我先告辭了。」

我再度行了個禮，便快步離開玄霧老師的眼前。

◇

中午過後，我決定前往十一月燒掉的東邊學生宿舍看看。我沒有抱什麼特別的目的，只是認為起碼得去查看一次那個被葉山英雄燒掉的宿舍。

東館的四周拉起繩子，掛著禁止進入的牌子。

於是我跨過繩子走進東館之中。

……整個館被燒掉了一大半，裡頭房間並排的東側牆面完全消失了。

彷彿被什麼大怪物用利爪劃過牆壁般，已經消失無蹤。原本屬於房間的區域現在全都崩塌，感覺像是一碰就會變成灰燼。

相對的，走廊所在的西側反而完整地保存下來。若只是在走廊上行走，那裡完整的程度，甚至會讓人根本不知道發生過火災。

但是打開焚毀的房門之後，眼前只有外面的景色，以及幾乎燃燒殆盡的平台廢墟。

我漫步在這麼一棟對比強烈、如前衛藝術般的建築中。

……那個在這裡縱火，名叫葉山英雄的老師，我只看過他一次。

他主要負責三班到五班的課程。從來都沒來過A班。

我只知道在早晨禮拜的時候，葉山英雄總是無聊地翻著聖經，我記憶中的他是個大約三十歲左右的男性，長相也差不多那個樣子。

「調查只見過一次面的對象，真蠢。」

我自言自語之後，準備動身離開，於是下到一樓，穿越走廊走向大門。

就在這個時候。

一道曾經見過的人影，從大門方向朝我走了過來。

這位有著烏黑長髮，容貌凜然美麗的人物，在禮園不作第二人想。

學校的地下掌權者黃路美沙夜，不知為什麼走到離我約兩公尺處就停下腳步。

她看著我的臉，並露出微笑。

「情況怎麼樣?之後有什麼進展嗎，黑桐同學?」

黃路美沙夜用溫柔的口氣說道。

一瞬間，我感到背脊發涼。並沒有什麼明確的理由。

但光是如此而已。

我直覺認為，這傢伙正是昨天對我「打招呼」的妖精的主人。

——嘰、嘰、嘰。

我的確聽到有如昆蟲鳴叫般的聲音。

這樣下去會步上昨天的後塵，我又會在不知不覺間被奪走記憶，然後呆站在這裡幾小時。雖然懊悔自己為何沒戴手套，但現在也只能放手一搏。

我一邊瞪視著眼前的美沙夜，一邊感應空氣中不自然的溫暖區域。

……式是如何判斷我不知道，不過在探知熱源和加速方面，我已經擁有獨當一面的實力了。

只要一閉上眼睛，我就能感覺到空氣中那股不自然的溫暖——

「——在那裡！」

我空手抓住逼近我胸前的「那東西」。

手中的確感覺抓住東西，但我看也不看那個嘰嘰叫的玩意兒，雙眼盯著黃路美沙夜。

「哎呀，之前妳明明告訴我看不到妖精的，莫非妳現在已經看得見了嗎？」

美沙夜一副游刃有餘的樣子說道。

她那種高傲的態度，讓我完全把她認定為敵人。

「……原來如此。看來昨天，我和學姊閒聊了一個小時呢。」

「沒錯，多虧如此，我對妳的了解一清二楚唷。畢竟有整整一個小時嘛！關於妳是怎樣的人，只要有這些孩子，要問出來還不簡單？」

黃路美沙夜輕撫摸她的肩膀附近，「嘰」的叫聲響了起來。

恐怕那邊也有妖精吧？不對，在她身邊可以感覺到除了她以外的熱源存在。我試著數了一下，總數超過五十隻以上。

……對我這個看不到妖精的人來說，那是讓人絕望的戰力差異。

「黑桐同學，妳很冷靜嘛！妳不感到驚訝讓我覺得好無趣呢。連我在聽到妳的事情時都曾經驚訝過。妳能理解吧？沒想到在這個學校裡，竟然有我以外的人在學習魔術。」

「我一點也不驚訝，因為一開始我就知道有操縱妖精的人存在。不過感到吃驚的學姊為了除去我這個障礙，竟然慌張到埋伏等我，雖然這個行動本身並沒有錯……但是自己主動表明身分，看來妳的程度真低啊，黃路學姊。」

很好，總之先說完想說的話，再來思考怎樣才能逃脫。

原先我就只是負責找出原因而已，普通的打架我求之不得，但要與其他魔術師性命相搏戰鬥，就不是我願意的了。

「黑桐同學，我從來就沒打算除掉妳，因為妳是我極少數的同類呀！與其相互爭執，妳不覺得我們更該彼此了解嗎？」

「……一見面就直接指揮妖精下手，我想這不是想彼此了解的行為吧？」

「妳錯了，這些孩子可以用來建立一個有效率的溝通管道，但妳竟以毫無意義做為結論，真遺憾。」

美沙夜事不關己般地說著，裡頭不知有幾分是真心話。

我——則是確認背後的脫逃路徑，並稍微興起了想聽聽她說法的念頭。

「互相溝通，是指我和學姊嗎？」

「沒錯，黑桐同學，妳來到這個地方。光憑這一點就讓我對妳有好感了。因為這裡可是——」

「橘佳織身亡的地方嗎？」

她滿意地點了點頭。

但她的眼神卻像個毫無慈悲之心的女王，充滿了冷冷的憎恨。

「就是在十一月火災中來不及逃出的一年四班學生嘛，學姊，妳認識她嗎？」

對我這個明知故問的問題，黃路美沙夜優雅地點頭答道。

「佳織是我的學妹，從小學起就一直跟在我身邊，就像個可愛的妹妹一樣。雖然她不太聰明，老是吃悶虧，卻是信仰比誰都要虔誠的溫柔女孩。但是她卻死在這裡。她明明沒犯過非死不可的罪孽、明明是個純潔的孩子。信仰虔誠的她，就是因為這樣，才會選擇那條最艱苦的路。」

美沙夜似乎真的很痛苦、一臉悲傷地訴說著。

但是，在這之後她便沒有半點慈悲之心。

「可是她們一點也沒有悔改，佳織連命都賠上了，她們卻還是和以前沒有兩樣。那種東西已經不能算是人了。一年四班的學生每一個都有罪。我的學校不需要那種東西，應該全都燒掉，不是嗎？」

「妳的意思是，一年四班的學生殺了橘佳織？」

「——如果是那樣——不，若真是那樣還有救贖的機會。黑桐同學，佳織她是自殺的。這其中的意義妳是不會懂的。」

黃路美沙夜以輕蔑的眼神凝視著我。

她話裡曖昧不清的部分太多了。看來一年四班就是橘佳織被燒死的原因。

但是……她說「妳不會懂的」這句話，到底是什麼意思？

「我不會懂也無所謂，因為到頭來，這些騷動的原因就是為了替橘佳織報仇吧？」

「沒錯，只有地獄底層才適合那些人，我不允許她們在這所學校裡過著安穩的日子。」

「妳真的打算殺光她們嗎？」

我簡短地問道。答案已經很明顯了。因為黃路美沙夜也並不把一年四班的學生當人看，所以她會毫不猶豫的殺人……不，應該說是除掉她們。

但是，她卻搖了搖頭。

「怎麼可能，要是我殺了她們，她們就不會下地獄。所以我說妳是不會懂的。但我不會怪妳……收手吧，黑桐同學。我不想和妳起衝突。」

說完，她又輕撫了一下肩膀上的妖精。

「妳應該看不見吧？她擁有妳的記憶呢。很美吧？妳的回憶冰冷又光滑，如大理石般美麗、核心地帶卻燃燒著烈焰。我雖然看不見那核心地帶，不過光是靠著觸摸，就可以知道非常純真，妳──其實是個很善良的人。」

黃路美沙夜學姊說完之後，呵呵笑了起來。

我已經很久沒有這種感覺──對，那股衝動，在三年前兩儀式和幹也一起出現在我眼前之後，就不曾再有過……

若不好好教訓這個女人，我絕不善罷甘休！

…

很長一段時間我們彼此沉默，互瞪對方。

我的情緒已經激動到不再去想「逃跑」這個詞彙了。

美沙夜輕輕嘆了口氣。

「真拿妳沒辦法，我很期盼和妳互相了解。可是妳不這麼想嗎，黑桐同學？」

「沒錯，完全不想。」我立刻回答。

美沙夜呵呵笑了出來。

「是這樣嗎？我和妳可是很相像的喔！比方說，對了──像是愛上親哥哥這一點。」

「……咦？」沒想到會聽到她說出這件事，我一時之間完全說不出話來，而且我知道自己一定在瞬間便滿臉通紅。

「妳、妳、妳……」

雖然我很想說「妳在亂說什麼」，卻偏偏說不出口。

黃路美沙夜愉悅地閉上了眼睛。

「我不是說過，昨天我從妳的口中聽了很多有關妳自己的事嗎？像是妳哥哥，還有妳是魔術師的事，這些我都知道。我們連這種地方都非常相似。黑桐同學妳在半年前學會魔術，而我則比妳晚一點呢。」

魔術——這個字眼讓我的思考迅速冷靜下來。

美沙夜說的是——學會魔術？

「沒錯，佳織死了，我為了報仇去學習控制妖精以奪走他人記憶的魔術，我不是為了尋求真理去學魔術，而是為了私人目的去學習。

為了佳織——採集和她有關之人的記憶就是我的目的，我要把她受辱的痕跡全都抹消掉。我想做的只有這點，除此之外的問題都無足輕重。並不是破壞有形的東西，也不是去殺人。如何，黑桐同學？這樣算壞事嗎？」

「我不清楚，我只知道威脅四班學生的人就是妳，也知道原因是佳織。但玄霧老師妳怎麼解釋？」

美沙夜一震，有些動搖似地蹙起眉頭。

沒錯，無論美沙夜怎麼用盡各種藉口來正當化自己的行為，光憑這點就可斷定她所做的絕非好事。玄霧老師是在橘佳織死亡，葉山英雄失蹤後，才成為班導師，他和這些事情一點關係也沒有，卻還是被妖精奪走了記憶。

「妳沒必要奪走玄霧老師的記憶。」

我以篤定的語氣說道。因為我判斷現在正是攻破她理論盔甲的最佳良機。

但和我預測的正好相反，她只動搖了那麼一瞬間。

不，應該是說她看到我的眼神裡蘊含的意志更加堅強。

「不對，一點也不多餘。那個人不該和那件事扯上關係。我必須奪走他知道的所有事實才行。」

……這是怎麼回事？這種直襲而來的強烈斷定。

我也知道自己也被這股氣勢壓制住了，卻還是開口反問。

「——為什麼呢？」

黃路美沙夜甩了甩她那頭飄逸的長髮之後回答。

「這還用說嗎？因為他是我的親哥哥。」

「……妳說老師？他是妳親哥哥？」

儘管我認為這根本無法置信。但又覺得似乎可以理解。

雖然非常偶然，但並不是不可能的事情

黃路美沙夜，不，應該說黃路家的小孩全都是收養來的。如果她的舊名是玄霧美沙夜，也不能斷定她的這種說法是謊言。

黃路美沙夜無視我的詫異，繼續說了下去。

「……是的，我剛開始也沒發現。

自從我知道佳織死之後，我也和妳一樣，對一年四班抱持懷疑，於是，我跑去質問葉山英雄……後來我知道了為何佳織會做出那種事，除了去找四班的導師玄霧皐月商量之外，也沒有其他辦法了……因為情況已經不是我自己一個人能收拾的了。
玄霧老師個性很溫柔，奪走那個人的記憶，雖然讓我感到很心痛，不過為了認識他，我只得奪取他的記憶。不過，現在我很慶幸自己那麼做。因為老師的記憶確實證明他就是我哥哥。皋月對佳織死亡的真相非常清楚，他明明可以輕易地去告發，因為不告發會讓自己內疚痛苦，但是哥哥為了學生，最後還是決定沉默以對……當我逼問他時，他說：『比起死者，應該要更尊重活著的人才對。』
但是我無法苟同，我無法原諒她們把人逼到自殺，卻又若無其事般地過著每一天。最重要的是──我無法忍受看到哥哥為了這種骯髒的事而感到心痛。
所以我奪走了皋月的記憶，包括我是他妹妹的記憶，還有關於那件事的記憶，所有一切的我全奪走了。只要皋月他無憂無慮地平穩度日，並且愛著我就可以了。我完全不需要回報。」
……我完全說不出話來。
非常相似。　什麼相似？
誰？　　　和誰相似？
不過也就僅止於此了。
雖然彼此相似，但我們之間也只是相似而已。
希望的形式、想要的內容，以及為此而付出的努力。雖然這樣，我們依然有所差異。

「——不過，妳不是利用他了嗎？妳讓老師以一無所悉的導師身分守護一年四班的祕密，妳假裝自己沒看到這一點，還好意思說妳喜歡他。」

「那也快結束了。黑桐同學，我不是說過了嗎？我們很相似，所以我也可以了解妳心裡的糾葛。

如果是我的話——可以實現妳的願望。」

成為我的夥伴吧，黃路美沙夜說完之後伸出了她的手。

黑桐鮮花直盯著那隻手不放。

彷彿在瞪視著無法原諒的仇敵。

「——若是妳願意接受我的條件，即使要我假裝沒看到也可以。」

我說出了違反自己心意的話。

不過——如果。

如果真的可以的話，即使要將黃路美沙夜——

「如果妳可以取回我失去的記憶。」

即使要殺了她，我也要奪取她那種力量。

「失去的記憶？」

「對，我失去那段喜歡上幹也的決定性瞬間的記憶，在我發現的時候，我已經喜歡上他了。所以，如果妳能取回那段記憶的話——」

「那是不可能的。連本人都不知道的過去，不能稱之為記憶，只是一種單純的記錄。妖精只能掠奪妳的記憶。」

……原來如此。

太好了，我不由得鬆了一口氣。

「那麼──談判破裂了？」

好，接下來只能奮力一戰了。

我決定衝至美沙夜面前，朝她踢出我的必殺技高壓下踢。

在我暗自將重心往前移的時候，黃路美沙夜似乎又想開口說些什麼。我已經不打算再繼續和她交談下去，所以準備聽聽就算了。

「黑桐同學，妳知道創造使魔需要材料吧？」

這點芝麻小事我當然知道。霎時之間，我完全了解她到底想說什麼。

……我從來沒有像現在這樣，痛恨自己的思考能力如此卓越。

「那麼──妳從剛才就一直握著的那個物體，究竟是用什麼東西做的呢？」

美沙夜笑了出來。

我的視線落到她手上握著的那個東西。原本看不到的物體，現在可說看得一清二楚。

這個妖精的外型和我想像中的有點不同。

──像是我只見過一次的葉山英雄的人偶。

我在驚訝之際鬆開了手。

趁著這個空隙──美沙夜的手抓住我的臉。

我的意識宛如高空彈跳似的，筆直地往下墜落。

／3

⋯⋯

那個傢伙曾經說過。

「所謂的回憶，明明可以像影片那樣記錄下來，為什麼還可以忘卻呢。」

我這麼回答。

「因為記憶都是會隨意忘掉的嘛！」

那傢伙又說。

「妳一定還記得，只不過想不起來了而已，和無法記錄的我不同，人們的記憶是不會喪失的。」

我回答道。

「如果想不起來，就等於是失去了。」

那個傢伙說。

「所謂的忘記，其實是記憶劣化。回憶是一種不會消失、只會逐漸褪色的廢棄物。妳不覺得很可惜嗎？人們竟然讓屬於永恆的事物生鏽。親手讓身為永恆的事物化為塵煙。」

我無法回答。

『——沒有永恆便是一種永恆。』

那傢伙說。

「不回歸永恆是不行的，因為感嘆會再次重生。即使妳想徹底忘記，記憶還是確實為妳錄製起來了。」

我說。

「永恆是誰決定的？」

那傢伙回答。

「我不知道，所以我才一直在尋覓。」

——我這樣想……

對於連思考都做不到的那傢伙來說，解答並不是他自己求得的，而只能在他人身上尋覓。

…

我被一陣「叩叩叩」的敲門聲吵醒。

窗外天際一片灰暗，讓人弄不清楚現在究竟是早晨或是黃昏。

瞥了一眼時鐘，時間已經中午了。

「黑桐同學，妳在嗎？」

我聽到門外傳來這句話。

因為睡眠過多而產生的頭痛，讓我蹙起眉頭，我下了床之後去開房門。

佇立在走廊上的是某個修女，她看著我的表情充滿疑惑，應該是因為看到我這名陌生的學生而疑惑吧？

「我是兩儀式。打算在第三學期轉學進來。」我說完之後，修女「嗯」一聲點了點頭，然後對我說明她的來意——因為黑桐家有人打電話過來，所以她來叫鮮花接聽電話。

在鮮花的家人之中，會選在今天打電話過來的，應該也只有那傢伙而已吧？

「既然這樣，我可以代接嗎？因為我和黑桐同學的家人很熟。」

「也是，兩儀同學和黑桐同學是親戚。這樣應該沒問題，電話轉接到大廳旁的電話機了，妳快去那裡接吧！」

修女行了一禮之後隨即離開了。

我脫下鮮花的睡衣之後，換上了禮園制服後離開了房間。

宿舍大廳指的應該是大廳門口吧？

昨天當我來到這棟宿舍的時候，看見大廳沙發前面放了一具沒有號碼盤的電話。根據鮮花的說法，從外頭打來的電話，一律會先轉接到修女們所在的舍監室，打電話來的人，如果不是和學生有關的親戚，似乎一定會被她們掛斷。

只有在修女們認為打電話來的人「無害」時，才會將電話轉接到大廳，這是一套讓學生多少保有一些隱私的通話系統。

走到空無一人的大廳之後，我拿起了話筒。

「喂喂，是鮮花嗎？」

話筒裡傳出熟悉的男性聲音。果然是黑桐幹也打來的。

「鮮花她人不在，新年一大早就打電話來，你還真是愛護妹妹呀！」

不知為何，我刻意以冷淡的口吻說出這些話。

電話那一端的幹也，則是「呃」的一聲，將本來要說出口的話硬是吞了回去。

「……式，為什麼會是妳接電話？」

「我不是說鮮花不在嗎？她一大早好像就很有幹勁，看起來是打算早點解決這個事件，好早點回家吧。」

「……是嗎。鮮花就算待在家裡，也是讓人感覺她不太開心的樣子。更何況她也說在宿舍裡還比較能放鬆。」

「對那傢伙來說，只是放鬆不可能讓她感到滿足吧。」

幹也根本聽不出我話裡的意思，似乎正在歪著頭思考……算了，他聽不出來也好。

「幹也，那你打電話過來有什麼要事嗎？」

「沒什麼事，我只是想問問情況怎樣！」

「誰知道啊，你明天自己再打電話問鮮花本人，掰掰。」

「什麼掰掰……喂，等等，式！我們還聊不到一分鐘耶？」

話筒的另一端傳來幹也慌張的聲音。

我瞥了一眼自己映照在旁邊玻璃上的臉，上面映照出來的我，手裡拿著話筒，表情有些不悅。

……一張不知為何感到生氣的臉。

「你是要打給鮮花吧？你沒什麼話要和我說的不是嗎？」

「當然有啊！我是真的很擔心妳的情況才打過來的，再多聊一會兒啦。更何況，想打電話到禮園，也只能以打給鮮花做為理由啊。鮮花沒對妳說過這些嗎？」

……說是說過了。我這麼回答他。

「不用了。我不是很懂電話，也不喜歡聊天。」

「……是嗎。想想的確是這樣沒錯。那也沒辦法，那今天就講到這裡吧。因為禮園一天也只能轉接一通電話而已。」幹也遺憾地說。

……是嗎，今天就要在這裡道別了嗎？

「幹也，等等。既然你很閒就拜託你一件事。因為在這裡無法知道，所以你能在外面調查看看嗎？是有關一個叫葉山英雄的前禮園老師，還有叫玄霧皋月的老師，你找得到像是他們來這裡之前的經歷嗎？」

「——我不確定耶，我沒試過，還不知道。」

這就是幹也的承諾方式。

「因為不是什麼重要的事，所以不知道也沒差。話說在前頭，你可別太勉強哦！那麼，我還得找回一個人四處亂跑的鮮花，今天就先講到這裡吧！」

「啊，等等。我也有件事要拜託妳，禮園裡應該有個叫橘佳織的人，妳能不能去查她的成績？像是體育課出席率之類的。這個部分，因為禮園都把資料整理成冊，在外頭實在沒辦法取得。」

……？幹也說出令人出乎意料的話。

雖然我不知道原因，但應該有什麼意義在裡面吧？

「知道了，有空的話我就去辦。」

說完之後，我俐落地掛上話筒。

忘卻錄音／4

沉睡吧，黑桐同學。
在那虛無飄渺的沉睡之中，我將重現妳的嘆息——

黃路美沙夜在我的耳畔這麼呢喃著。
我在半睡半醒之間，輕閉眼睛凝望著什麼。
在這個彷彿是夢境的過程之中，我一直凝視著永恆——

⋮

『我不想那樣，我要與眾不同。』
……在孩提時代，我曾經對爸爸這麼說過。
那到底是什麼時候的事呢？感覺似乎非常遙遠，遙遠到回想不起爸爸和自己的模樣。
從黑桐鮮花有記憶開始，就很喜歡「唯一」這個字眼。雖然這和束縛無異，但是我就是無法不去喜歡那種感覺。
原因是什麼我不知道。
總之，我就是不想和身旁的人一樣平凡度日。

理所當然地醒來、理所當然地過活、理所當然地睡覺，我對這種事感到輕蔑。

我就是唯一的我。

因此必須和任何人都不一樣才行。

在心中漠然抱持這種想法的小孩，因為不太清楚什麼是特別，所以一直相信比周圍的人優秀，便是「很特別」。

為了想早點像個大人，我捨棄了容許天真的短暫幼年期。

我把勉強學成的知識，當成了自己的祕密，對周圍的人裝出普通小孩的模樣。

並且藉此讓自己比同年齡的小孩更特別。

我不想當個天才，也不想被當成好學生，因為那樣一點也不特別。我非得達成不可的事，是某種言語無法形容的「不一樣」。

即使不是第一名也沒無所謂。即使是最弱小的人也沒關係。

我只想成為特別的存在。

正因為如此，我捨棄了許多事物，逐漸與周圍脫節。我利用自己取得的知識傷害、疏遠、嚇唬接近我的人。

結果令我非常滿意，於是我開始捨棄更多事物。

除了老師和朋友以外，甚至連父母都開始閃避我，我終於獲得沉靜的自我。

當時我沒有支配黑桐鮮花的感覺。

雖然並非回到原點，可是我逐漸接近在出生之前最原始的地方——就是這樣的感覺。

當時還是個小孩的我，無法判斷出那是個錯誤。

我純粹是因為覺得舒服，至於是好是壞，我從沒思考過。
照這樣繼續下去的話，我確實可以成為不一樣的人、和別人不同的人、無法跟別人共同生活的人……只為了傷害他人而存在的人。
但是，我發現那是一件非常吃虧的事。
並非有正義使者或者白馬王子戲劇性地前來勸誡我，而是不知不覺間、自然而然地，我開始後悔錯過許多更有趣的事物。

「……妳在做什麼，鮮花？一個人玩很無聊吧，快點回家了，都已經這麼晚了。」

總是有個少年這麼說，然後前來接我。
我總是孤零零一個，因為那樣比較快樂，我討厭那個來接我的少年。更過分的是，我甚至認為他只是個行為和他年紀相符的少年罷了，因此我輕視他。
但是，那名少年總是會過來接我。
面對連父母都不願開口說話的我，他的微笑非常自然。
那笑容裡沒有心機，少年完全不考慮得失地對我說話，雖然我每次都在內心輕蔑他是個呆瓜，但少年卻不介意那些，拉著我的手帶我回家。
雖然那是身為一個哥哥會做的行為，但我想即使我是別人家的小孩，那名少年還是會這樣對我。
我希望自己可以很特別。

而他，就只是在那裡而已。
雖然心有點痛，但我還是一如往常地地浪費每一天。
而那一切，又是如何改變的呢？
當我察覺的時候，我的目光早已開始在追逐著那個少年。
像是在我快被狗襲擊的時候救我，惹父母生氣時挺身而出袒護我、或者是在河裡快溺死時，伸手救我上岸之類的事，這些事在我身上從沒發生過。
我毫無理由愛上了哥哥。
因為單純只是個人喜好？但是，對於自己築牆隔絕他人的我來說，原本就不可能喜歡上什麼人。
真的是毫無理由，在某天醒來之後，我就愛上了哥哥。
那時，我憎恨身為我哥哥的少年。
對於力求特別的我，為什麼非得愛上這種平凡無比的對象？我很不理性地感到憤怒。
但是，只有這一點我真是無能為力。
即使再想否定，我還是一直觀察著那個少年。一個人玩到傍晚，然後等著他來接我，這成為了我每天生活的原動力。
我那副輕蔑的笑容，果然只是未經思考且幼稚得讓人輕蔑，我反而暗暗感到寂寞了。
——理所當然地醒來。
——理所當然地過活。

——理所當然地睡著。

我厭惡這種生活，但卻不是如此。

……我有好幾次都想向哥哥道歉，一直以來，黑桐鮮花都對哥哥很任性，可是連句對不起也沒說過。

……可是，我已經說不出口了。

我只是擔心要一直過著那種生活。

哥哥，多謝你讓我發現這些事。

……這些話，對於捨棄了天真幼年期的我，怎麼都說不出口。

……但我思索著，哥哥到底對我做了什麼？

幹也並沒有徹底贏過我。

幹也也不可能對我說教。

如果這樣，我必定會出言反駁，而且辯到他無話可說才對。

沒有緣由的心境變化，以及沒有開端的愛情。

等到察覺時，只有強烈愛他的這個事實存在。

——不。

一定有什麼原因才對。只不過我忘卻了，遺失了某個重要的環節。

那麼，我必須想起來才行。

為了讓我可以相信自己。

為了讓我可以起誓這份愛戀之心是真的。

如此一來，鮮花——一定可以說出她有生以來的第一句對不起。

雖然口氣應該會很笨拙，但是這樣就能坦率地向哥哥道歉——

⋮

「鮮花！起床了，這樣會感冒啦！」

耳邊傳來熟悉的聲音，那男生般的口吻，讓我緩緩睜開了眼。

有人將我抱了起來，凝視著我的臉。我的腰際有著冰冷堅硬的觸感。

在朦朧之中，我知道有人叫醒了睡在走廊上的我。

「是幹——」

正當我要叫出名字，才發現對方是黑髮女孩，因此閉上了嘴。

我和那個女孩……兩儀式，彼此無言地對看著。

「……」

式突然鬆開了手。

我被她抱著的上半身，就這樣「砰」的一聲摔到地上。

「妳、妳這笨蛋，妳幹麼突然鬆手！」

我的背部猛烈地撞擊地面，讓我氣到跳了起來。

式以不帶情感的眼神瞥了我一眼，扯了個藉口說：「這麼一來，妳就會清醒了吧？」

「嗯嗯，醒了。我徹底醒了！這真是個讓我忘掉夢境內容的爽快起床法啊！」

「什麼啊……妳又被擺一道了啊？」

經她這麼一說，我回想起來了。

包括和黃路美沙夜交談，以及後來所發生的事。

我抓住了妖精，後來因為一時疏忽，被導入了睡眠狀態，然後現在和式在這裡交談。

「……咦，怪了。雖說我被打敗是事實沒錯，可是這次似乎沒被奪走記憶，我的記憶還很鮮明。」

「那妳看到妖精操縱者了吧？」

我「嗯」了一聲點了點頭。

如果要說意外，確實是很讓人意外，不過這次事件的元凶是誰已經很清楚了。我瞥了手錶一眼，發現離事件發生之後還不到幾分鐘的時間。

恐怕她打算在這裡除掉我吧，不過在下手之前，式正好趕到，因此才迫不得已撤退。我猜想整個過程大概是這樣。只是沒想到，我居然在不知不覺間被兩儀式救了一命。

「……式，謝謝妳。」

為了不讓式聽到，我很快地低聲說出這句話。然後，我告訴她這件事的元凶是黃路美沙夜。

「黃路美沙夜，昨天那個高個子的女孩？」

「嗯，她和我一直對峙到剛剛，似乎是因為妳過來了才逃走的。」

「這樣啊……」式點頭說道。

但她卻把手指抵在脣瓣，一臉無法釋懷的模樣。

「式，妳怎麼了？有哪個地方讓妳感覺不太對嗎？」

「因為，她明明自己就忘記了啊……」式沒頭沒尾地說出這句話。

……不過，那也是一句充滿寓意的單句。美沙夜自己也忘記了，換句話說……

「算了，反正人總是會忘記一、兩件事。對了，鮮花，幹也打了電話過來。他要我們調查看看一個叫橘佳織的女孩的在校成績。」

「……咦？」式的說法，讓我詫異得停下半調子的思考。

我不能容許幹也被扯入這種事。先前他在某個夏天被捲入幽靈事件，事件結束之後，他昏睡了三個月之久。幸好幹也因為一個人住才沒被父母知道，昏睡的身體也有橙子老師照顧所以還好，若是沒有橙子老師的幫忙，他多半不到兩天就掛點了！

自從那次之後，我為了不讓幹也被捲入無聊的麻煩，一直都緊盯著他不放。

……那傢伙對這種麻煩事意外敏銳，去年十一月的宿舍火災，他就做了不少推理。

因此，這次的事件我完全沒向幹也提起，明明我也要求橙子老師好好保密了。為什麼他會在這絕妙的時間點打電話過來，還交代我們調查橘佳織的成績？幹也到底是從誰那邊聽到這次的事──

「……原來如此。根本不用猜了。還是老樣子，元凶就是妳吧，式。」

「什麼啊，是妳自己不在房裡的啊。看樣子他明天也會打來吧，中午過後待在房間裡等不就得了。」

雖然她指的不是那件事，可是我隨即又發現……如此說來，幹也打來的電話也被她接了，因此我瞪著式的眼神變得更凶了。

式不理會我的眼神，兀自地繼續說下去。

「根據幹也的說法，體育課的出席率好像很重要。鮮花妳認為呢？我完全不知那傢伙在想什麼。」

「體育課的出席率？」那是什麼？

在我猜想這句話中隱藏有什麼新暗號的同時，突然有個念頭閃電般進入我的腦海中。

黃路美沙夜曾經說過，橘佳織並非逃不出火災，她是自殺身亡的。

我漏失了讓黃路美沙夜說出事情關鍵的機會。那就是橘佳織……

「……自殺的、理由。」

說完，我便跑了起來。

我離開了因火災而半毀的舊校舍，拚命跑出森林。

有如被什麼東西附身般拚命地奔跑。

要去的地方只有一個。要調查學生的健康狀況，只有去保管病歷的保健室了。

接著，我在那裡發現橘佳織的健康報告，以及使用保健室的記錄。九月後的體育課全都是在旁看，十月之後蹺課蹺得更嚴重，在火災發生前一個星期，連一次都沒到過學校。

為了保險起見，我問了保健室的修女；果然，她曾經和修女商量過某事。我的暗自確信，所有底牌全被掀開了。

／4

夕陽西下，校內三五成群的學生各自走回房間，禮園宿舍門禁從下午六點開始，六點過後學生們就失去了自由。

在餐廳和住宿生一起用完晚餐之後，我和鮮花回到了我們的房間。窗外早已被夜晚的闇黑籠罩。

只聽得見風吹過樹梢的聲音，宿舍的孤獨氣氛，甚至讓人感到有種寒意。

光是這點就讓我相當中意，如果禮園不是強制住宿制，要我真的轉學過來也無所謂，因為市中心的高中實在太煩人了。

我一邊想著這些事一邊坐到床上。

鮮花鎖好門後，長髮飄揚起來轉身面對我。

「式，妳藏了什麼吧？」鮮花豎起食指瞪著我這邊。

「我才沒有藏什麼呢，妳才有事瞞著我吧。」

「我說的是物質上的東西！別說那麼多廢話，快把剛才在餐廳偷拿的刀子交出來！」

鮮花以挑釁的口吻說道。

……真讓我訝異。正如鮮花所說，我剛才把餐廳切麵包用的刀，偷偷藏進袖了裡面。

但我真沒想到居然會有人發現，如此看來，我的暗器手法也生疏了……雖然說最近我常常大剌剌地帶著刀，讓我不習慣藏武器，但是被鮮花這種外行人識破，我實在是退步得太嚴重了。

「那只是餐刀而已吧！鮮花妳不必太在意。」

大概是因為被看穿的關係，我用鬧彆扭的口氣回答她。

鮮花不理會我的話，向我逼近過來。

「不行，即使是沒開鋒的刀刃，在妳手上也會變成達姆彈一樣的凶器，我可不容許禮園有殺人事件發生。」

「事到如今妳幹麼還在意。已經死了兩個人囉。早就過了計較這種問題的時間點吧。」

「不，殺人案件跟死亡意外不同，快把刀子拿出來。我們的目的只是查明原因，而不是解決問題。」

「……騙人，妳明明就一副幹勁十足的樣子。」

完全不打算交出刀子的我，回瞪了向我逼近的鮮花。

……即使是我，也不會為了惡作劇拿走刀子。我沒和鮮花說，不過早上起床前，我曾出現奇怪的感覺。

我不知道是不是有妖精和睡著的我意識同化了，但要是有下一次，我絕不會放過它，所以我才拿了刀來當成武器。禮園的餐具設計非常講究，我很喜歡，因此我決定回去的時候拿走這把刀回去觀賞，好好地收藏起來。

在我沉默不語的時候，鮮花走到我的面前來了。

「式，妳不管怎樣都不想交出來嗎？」

「真吵，妳真的很煩耶！妳就是這樣才會被幹也放鴿子。」

我說出了數日前在新年那天發生的事。但這樣好像只會讓鮮花的情緒更激昂……情況好像更糟了。鮮花的眼神霎時變得毫無情感。

「——我知道了，那我只好使用武力搶奪過來了。」

她說完這句可怕的話之後，隨即朝我撲了過來，坐在床上的我，完全無法閃躲飛撲上來的她。

於是，我和鮮花兩人就這樣一起倒臥在床上。

……以結果來說，刀子還是被鮮花奪走了。

雖然表面上鮮花看起來很可愛，但其實非常易怒，這樣的她要是真的生氣，可是會引起大大的騷動，讓人聯想到受傷的熊這種動物。要讓猛獸安靜，言語跟反擊都沒有意義，我下了這個判斷後，只好把藏起來的刀拿出一把給她，結束這無意義的扭打。

鮮花拿著刀走向自己桌子，我則繼續躺在床上。

「……妳的力氣也未免太大了，妳看看我的手，被妳弄紅了一大片，平時妳到底是吃什麼食物維生的啊？」

「真是沒禮貌，我只吃了點麵包和新鮮蔬菜罷了。」

鮮花頭也不回，把刀刃放入抽屜之後上了鎖。

「妳管那麼多幹什麼……」

我從床上直起身來，凝視著她的背影。我不由得說出了心中的想法。

「可是啊，還真教人意外，妳的運動神經真棒，這樣就可以把幹也撲倒啦，鮮花。」

鮮花突然滿臉羞紅。只看她的背影就知道了，因為連耳根都變紅了。

鮮花嚥下沒能說出口的話，轉過身來。

她的臉果然紅通通的。

「妳、妳，在說、說什麼啊！」

「沒什麼。沒有別的意思，只是我會這麼想而已。」

……雖然她的疑問是出於我會這樣想的原因，不過我沒有追究這件事的打算。

鮮花紅著臉凝視著我，我則以漠不關心的眼神回望她。

在秒針走了約幾百次之後，鮮花深深嘆了一口氣之後開口了。

「──果然看得出來？」

「這我不知道，因為發現的人不是我。不過，至少幹也本人沒發現，那應該沒關係了吧？」

「這樣啊……」鮮花說完之後，安心似地拍了拍胸口。

……其實知道她對黑桐幹也抱有愛情的人不是我。

在第一次見到鮮花時，是織一眼看了出來，式則是因為織才知道這件事。若沒有織所帶給我的這份知識，我也發覺不到吧？不論是她只對幹也嚴格的理由；以及當他不在自己身邊時，猶如說給自己聽一般，從不使用「哥哥」這個字的理由，都是一樣的。

鮮花在回復原先的冷靜後，這次反過來盯著我瞧了。

「真的讓人很不開心。式，妳倒是很有自信嘛？」

她說了一句沒頭沒尾的話。

聽到這個無法理解的問題，我感到疑惑而偏著頭。

「我是指妳覺得東西被我搶走也無所謂這一點，真的讓人很不開心。」

鮮花焦躁地重覆了相同的臺詞。

被我搶走的東西是指什麼？從她的話意推測，應該是指幹也吧？可是幹也又不是專屬於我的東西。雖然讓人懊悔，但他不是專屬於我兩儀式的東西——不行，接下來是禁止思考的主題了。

背後忽然出現一股寒意，於是我停下了思考。

「……我說鮮花啊，那傢伙真的有那麼好嗎？況且妳們是親兄妹吧？」

為了掩飾，我決定提出讓人討厭的問題。

鮮花眼神游移地回了一句：「說得也是……」

「式，老實講，與其說我喜歡特別的東西，還不如說我的天生會受到禁忌吸引。所以幹也是我哥哥這一點，完全不是問題，我反倒覺得很亢奮呢！何況我認為，喜歡的對象是近親是一件非常幸運的事。」

鮮花以一副冷靜的表情說出了不得了的事。

……看來，那男人對怪人真是充滿了吸引力呢！

「妳這個變態。」

「什麼嘛，妳這個怪人！」在幾乎相同的瞬間，我和鮮花開始互罵對方。不過那並未帶有嫌惡或輕蔑，而是非常坦率的意見交換。

⋮

鮮花說明天一早有事要調查，所以早早就睡了。

我則是因為平常夜貓子當習慣了，反而沒辦法輕易入睡。

即使時針已經過了兩點，我還是一點睡意也沒有，只是一直眺望窗外的景色。

外頭沒有亮光，只有樹木構成的黑暗。

連月光都無法照入森林，讓這間宿舍有如深淵般的寂靜。

我一邊單手耍弄餐廳拿來的刀，一邊看著森林與黑暗。我在餐廳拿走的刀有兩把，一把是為了在這裡使用，一把則是為了帶回家去，不過，那把預定做為鑑賞之用的刀被鮮花拿走了。

雖然希望不必用到另外那把刀，然而那果然是無法實現的夢想。

「你們今晚很忙嘛……」

我凝視著窗外的景色，獨自低語呢喃。

許多隻如螢火蟲般的生物，在禮園黑暗的夜色飛舞著。數量不只十幾、二十隻。相較於昨夜只有一、兩隻，今晚似乎特別活躍。

應該是因為我跟鮮花在到處打聽的關係吧，操縱妖精的人急忙提早了預定的工作。

「看這情況，非得使用這玩意不可了。」

我看著映照昏暗月光的刀刃，說出了這句話。

我在禮園過夜也是最後一晚了，無論結果如何，事件在明日劃上句點已是既定事實。

忘卻錄音　5／

◇

我說。

「已經不知道應該怎麼辦才好了。」

他回答。

「還有可用的手段吧？壞掉的東西，只要修好就行了。」

我說。

「但是，我修不好。」

他回答。

「那就由我來吧。妳沒有罪。美麗的人，不需要接觸骯髒的東西，妳只要保持原樣就好。」

我說。

「……我是美麗的嗎？雖然我一直抱持這種信念活著，但現在的我沒有自信了。」

他回答。

「妳並沒有變得汙穢，就算無法完全壓抑心中的黑色情緒，但妳的手仍然是白皙的。」

他點了點頭——溫柔的笑了。

「妳自己的手一定得保持美麗才行，這個世界上不容許有那樣的汙穢。汙穢由汙穢自己解決是最好的作法，因為不管是什麼人，想要清除汙穢，就一定會受到汙穢沾染，這是一個不祥的迴圈，我們稱之為『詛咒』。」

他說，為了不被弄髒，我只要使用自己以外的某樣東西就行了。我沒說話。因為就算那樣，結果也還是——

他回答。

「人終究得回歸永恆，重現那個嘆息。即使想打算忘記，記錄還是確實刻畫在妳身上。」

我說。

「我並沒有忘記什麼事。」

他回答。

「忘卻是無法意識到的缺陷，人不可能不忘記任何事。」

……那麼，我斷絕的記憶是什麼？

「我不知道。我欠缺的部分是什麼呢？」

他回答。

「那是妳對哥哥抱持的幻想。如果妳希望的話，我就替妳重現那個缺陷吧。」

我用YES做為回答。

◇

一月六日，星期三。

天際依然滿布烏雲，天氣感覺還是陰陰的。

我確認了醒過來的時間……我居然睡過頭一個小時，真是無法相信。

「……七點……半。」

我連忙爬起床，把睡衣換成制服。

我叫了睡在上鋪的式，卻怎麼也叫不醒她。她昨天大概很晚睡吧？她似乎沒換睡衣直接穿著制服就睡著了。

天氣寒冷或炎熱沒差別的式，只蓋了一條棉被就睡了，模樣猶如雕像般平靜，於是我放棄了把她叫起床的想法。

我們原本的任務只是查明真相，昨天和黃路美沙夜交手之後，我沒去找她是因為沒有必要。即使查出事件的犯人，我和式也不需要去抓她。

……老實說，我也不認為黃路美沙夜會老實地待在宿舍裡，事實上，她昨天也向修女校長提出回家的外出申請。

也就是說，單就文件上的記錄來看，黃路美沙夜從昨天早上起就不在禮園校區內了。從這一點來看，我想她應該不會再和我進行接觸了。

……不過，腦袋聰明又擁有熱情的她，或許還沒放棄邀請我加入的打算。

前天的白天和昨天的白天，美沙夜和我總共接觸了兩次，最後都因為式的打擾而沒有結果。雖然她在露出真面目之後，今天不太可能再來找我，不過俗話說得好：「無三不成禮」，為了預防萬一，我把蜥蜴皮製的手套放進口袋後，離開了房間。

我走在有如冰箱般寒冷的走廊上，然後去幾個一年四班學生的房間拜訪。大部分的學生都不在，正好留在房內的人也沒辦法好好談上幾句。

她們呼吸急促、眼神渙散，簡直與毒癮患者無異。

她們以像是在看仇人一樣的目光瞪視著我，在這種情況之下，我不認為自己能和她們好好交談，如果是式的話，她應該立刻會瞪回去，然後繼續逼問她們，不過我並未採取這種沒有效率的行為。

我決定放棄和一年四班的學生交談。

因為問的對象也不限於學生，於是我離開了宿舍前往校舍。

為了補救浪費的時間，我簡單向修女問了必要的問題之後，又回到宿舍裡。我為了整理手中的情報而回到房裡，式仍然還在睡覺。

……雖然心裡有點不滿，但期待「眼睛」會思考的我也實在太膚淺了。我整理一下思緒後坐到椅子上。

——那麼，

從昨天在保健室查到的資料裡，我大概推測得出橘佳織的狀況。

體育課時只跟在旁邊不上課，並不是什麼不得了的事，如果生理期來了，修女們也只能讓她休息。在禮園裡不上體育課，其實不是什麼大問題。

但重點不是她經常待在旁邊不上課，而是不上課的日期和她健康檢查日期之間的關係。

我不知道其他高中的情況，不過禮園可是替學生的生理期做了非常詳盡的表格。依據這張表格，橘佳織的生理期在原本不可能的日子來臨了，因此體育課只能跟在旁邊不上課。

這種不自然的地方，再加上她的藉口，會讓人聯想到相反的事實。

問過了修女之後，我得知橘佳織在十月時確實去討論過生理期遲來的問題。修女安慰她那大概只是因為壓力造成的暫時性變化，對不知事實真相的修女來說，說出這種答案也是理所當然的。

雖然只是我的臆測，但是橘佳織多半不是生理期遲來，而是生理期沒來吧。

……嗯，也就是說，她應該是懷孕了。如果事實真是如此，那可會成為非常充足的自殺理由。

最初只因為生理期沒來而感到不安，然而腹中胎兒的存在感，卻是與日俱增。從九月開始，到經過大約三個月之後的十一月，她的精神狀態大概已經被壓迫到無法挽回的程度了。

……在禮園，懷孕這種行為是比殺人還更不道德，原本被禁止擅自離校外出的學生，竟然私自外出，最後還發生性關係，甚至於懷孕，要是修女校長或者其他修女知道這件事，一定會昏倒的吧？

橘佳織本人受到他人輕蔑是理所當然的，她父母一定也不肯原諒這個女兒。

橘佳織每天都得擔心事蹟敗露，又沒有解決的辦法，若要墮胎就必須到醫院去，只是去城裡一趟是還好，如果和醫生接觸，對方一定會跟學校聯絡，她從小學開始就是禮園的學生，自然也不會知道密醫之類的事，她只能一邊擔心著終究會隆起的肚皮，一邊過著死囚般的日子。

我不認識橘佳織，因此不能說些什麼，但是那是她自作自受嗎？……不，從黃路美沙夜的口氣聽起來，橘佳織不像是會違反校規的女孩。那麼——

「應該是在宿舍內遭到性侵害……下手的人一定是葉山吧！」

若是如此，感覺每件事就能串連起來。

葉山英雄和橘佳織發生了性關係，還讓她受孕，為了消滅證據——也就是懷胎兩個月的佳織，因此他放火燒了宿舍。

……雖然有點曖昧不明，不過和事實真相應該差不了多少！我自顧自地點頭稱是。

不過，還是有個讓人介意的部分。

負責輔導橘佳織的修女說生理期遲來是因為壓力，我不認為那是沒有意義的安慰。修女們或許知道橘佳織處在壓力很大的環境底下。

那也許是身為老師的她們都發現有異，而且不能說出口的壓力。

一年四班的學生們，究竟在串通隱瞞何事？

「——集體霸凌嗎？」

我喃喃說道，感覺好像又離真相近了一點。

原本一年四班的學生大多高中時代才過來這裡就讀的。和純基督徒的橘佳織一定有處不來的地方吧！只不過四班班長是紺野文緒，我不認為性格爽直的她對這種事會坐視不管。

橘佳織之所以會遭到全班同學的迫害，一定會有相對應的理由才對。

比方說，像是……

「被班上同學知道懷孕的事。」

如此一來，事情就說得通了。

所有四班的學生，集體欺負懷孕的橘佳織，橘佳織沒辦法和修女商談懷孕的事，紺野文緒也認為她自作自受，因此束手旁觀。

其結果造成橘佳織自殺，她的事也變成全班的共同祕密而隱瞞事實──

「但──這樣還是有說不通的地方……」

雖然這麼覺得，但找不出是哪裡出了問題。

對我來說，用片段的情報與直覺構築故事，是一件輕而易舉的事，不過，對於蒐集足以斷定真相的證據，我卻相當不在行。

幹也很擅長這種工作。

打個比方，我是透過想像力解開犯罪手法的偵探，幹也則是憑腳踏實地的搜查來確定犯罪事實、逮捕犯人的警察。

我非常討厭偵探小說裡那些嘲笑刑警想法僵硬、任意指出犯人的偵探們。

畢竟他們只不過是靠推理得出的結論，就把「因為可能」稱之為推理，然後秀出超越凡人的聰明來說出犯人是誰。

偵探認為，只會做理所當然的搜查，卻又抓不到犯人的刑警們很無能，但我認為無能的是偵探才對。

刑警的工作，就像在沙漠裡找出一顆寶石，他們透過辛苦的工作，把過去發生的事形塑出每個人都能接受的形態。但偵探卻好像親眼看到一樣，在那裡說明自己一個人的憑空幻想來指出犯人，他們放棄在沙漠裡找出寶石的努力，只待在自己的象牙塔裡讓旁人理解事物。

一個是預先設想所有狀況，然後全部平等地逐一評價，找出唯一解答的凡人。

一個把靈光一閃的念頭當成真實，然後認定那是獨一無二的解答的天才。

的確，多半的事實都存在於唯有偵探想得到的靈感當中，但我覺得缺乏靈感的不是前者，因為被既定觀念囚禁的人其實是後者。

所謂的天才，到最後只是把自己當成對手。

因此他們才會被說是孤獨的……沒錯，一直是孤獨的。

「咦?已經離題了。」

我自己也感到啞然，於是把背部靠到椅背上。

我一邊暗自嘆息事件走到了死胡同，一邊看著時鐘。

時間快到中午了。

窗外的天氣依然是陰天。

當我正在想遲早會下雨的時候，有人敲了房間的門。

「黑桐同學，妳在嗎?」

那熟悉的聲音是修女的聲音。

「是，我人在房裡，有什麼事嗎?」

我一邊回答，一邊打開門扉，對方的確是修女，她跟我說，有人打電話給我。我立即知道那是幹也打來的，因此快速朝著大廳而去。

我悠閒地走進大廳後，拿起了話筒。

「喂？是式嗎？」

我聽見一陣從小就很熟悉的男性聲音。

話筒的另一端果然是黑桐幹也。

「式還在睡啦，你居然特地打電話到禮園來，還真關心你的戀人，哥哥。」

我刻意用冷淡的口吻說。

在電話另一端的幹也，「唔」的一聲嘆了口氣。

「我不是為了那種事打電話，我只是擔心情況的發展，所以才會打電話。」

「你那是無謂的擔心，我以前不是說過嗎？我不希望哥哥被捲入這類事件。」

「我也不想插手啊！可是沒辦法，妳和式都加入了，我怎麼可能撒手不管呢？」

雖然我認為他撒手不管也可以，不過他現在這句話讓我有些感動，因此我也沒再多說什麼。

……我這個人真是讓人失望啊，怎麼會在這種半吊子的地方才現實起來呢……

「那麼有什麼重要的事呢？你是要找式、還是要找我？」

「雖然是式她拜託我的，不過還是跟鮮花妳說比較好。妳要聽有關葉山英雄和玄霧皋月的調查結果嗎？」

我把差點脫口說出的「咦──？」給吞了回去。

我雖然有收到幹也委託我們調查橘佳織這項指示，可是我卻不知道式還拜託他調查那種事情。

我真是對式那種不考量先後順序的行為感到氣憤。

「──哦？式拜託你做那種事啊？我不知道說了幾次，不要讓哥哥陷入危險，但她好像還是沒學乖，一定是因為她不關心哥哥，所以才會把危險的調查工作推給你。哥哥應該快點和那種女人分手比較好。」

我充滿憤慨的言詞似乎對幹也沒用。他哈哈大笑地回答我。

「也是，式她關心人的方法確實和大家差很多。」

……真是的，電話另一端的聲音聽來有點愉悅，他到底在高興什麼啊！

我感到不悅，催促幹也說出關於葉山英雄的情報。話筒另一端傳來啪啦啪啦翻動資料的聲音，感覺份量很多，甚至把資料彙整成檔案夾的形式。

……電話似乎不是用公共電話或手機打過來的。

「哥哥，你現在在哪裡？」

「我在事務所裡，橙子小姐跟秋巳刑警出門了。」

幹也如此說道。我也因為這個事實而感到有點震驚。

「秋巳刑警──你是說大輔哥!?」

幹也像在使性子般「嗯嗯」地表示肯定。

秋巳大輔是我爸爸的弟弟，在警局擔任刑警的工作。他在父親所有的弟弟當中年紀是最小的，感覺就像我們的哥哥一樣。因此大輔很喜歡幹也，兩個人感情好得和親兄弟沒有兩樣。

「橙子小姐認識的刑警好像就是大輔，過年時我跟大輔哥提到我們公司的社長，他便大叫『那不是蒼崎橙子嗎』！今天他拿弟弟當藉口去跟橙子小姐約會，所長還說：『不能拒絕黑桐叔叔的邀請。』」

幹也不知在不開心什麼，一臉不滿地自言自語。

……我真沒想到，我們家的大輔居然是橙子老師的情報來源之一，不過，這倒也不至於無法置信，大輔在搜查一課裡也是怪人，仔細想想，他會和橙子老師交換情報也沒啥奇怪的地方。

「言歸正傳吧！關於葉山英雄這個人，鮮花知道多少呢？」

從幹也的聲音聽得出來他正在擔心我。

……這種不刻意表現出來的關心，我一下子就能了解他在擔心什麼。

「沒問題的，你不用擔心我。現在聽到什麼我大概都不會覺得驚訝了，因為我大致上已經知道葉山英雄到底是個怎樣的人。」

「那就好。」話筒另一端傳來聲音。幹也稍微猶豫一下之後，開始說了起來。

「——直接了當的說，葉山英雄好像讓禮園的學生從事援交工作，他把自己擔任導師的班上同學帶到外面，然後要她們做那檔事。」

「——什麼？」

對於這些在我意料之外的情報，我一時之間只能有這種反應。

幹也無視我的驚訝，一鼓作氣說出真相。

「我無法清楚地判斷他實際上要她們做什麼，不過，為了要靈活運用禮園學生的稀有價值，應該不至於叫她們做太過分的事吧。否則要提高價碼的話，客人也會不捨得掏錢吧。他帶學生出去的頻率大約一個星期兩次。每一次只帶幾個人出校，這種行為不算大膽也不算謹慎，不過葉山英雄經營得很順利。

他在繁華街本來就小有名氣，是一個喜歡手頭裝闊的人。在每天奢侈浪費的情況之下，他背了不少貸款。那一類的酒店大部分都有後臺，講白一點就是暴力集團，葉山英雄就是向那種人借錢。被債務逼到沒有退路的他，只好拜託之前和他疏遠的哥哥，讓他進入禮園當老師。名義上是向哥哥說要努力工作還債。但他一開始的目的，似乎就打算要女學生帶出去供人玩樂。

……妳應該了解吧，說到禮園的女學生，除了是名門女校之外，還有附加價值。她們大部分是有錢人家的獨生女，向葉山英雄討債的暴力集團，也認定她們可以派得上用場。他們最初的目標可能只有其中一個學生，不過這些我不太清楚，總之，葉山英雄和暴力集團都吃到甜頭，因此到了九月，幾乎全部一年四班的學生都被帶出去過。

總之，這就是大概的真相。」

然後幹也逐一說出被葉山帶出去的學生的姓名、先後順序、日期、回家時間等等。當然，和葉山有關的暴力集團資料，他也調查得很清楚。

「可惜的是，這些資料沒辦法當成證據。」

幹也低聲說著。的確，光靠幹也調查到的資料，無法讓警方出動，而且也可能會受到學生的父母阻止。

這不只是橘佳織懷孕的醜聞而已，是一個能讓整個學校就此消失的重大事件。

「——鮮花，真抱歉啊。」

幹也在說完所有關於葉山的情報後，低聲地說。

因為事實太過嚴重而感到一片混亂的我，也只應了一聲「嗯」。

不過這樣一來，一切都串連起來了。一年四班全體隱瞞的祕密不是橘佳織自殺，而是援交團體的事。

她們一開始或許是受到葉山英雄的威脅而外出，但能保守這個祕密整整半年，不是葉山英雄一人能做到的。

照幹也所說的情報，被強迫帶出去的學生雖然占了大部分，但也有自己主動出去的學生在。她們受到葉山英雄的控制，為了保住自己以及娛樂自己而守著祕密。

在高中前都過著普通生活的人，原本就很難忍受這裡禁慾般的生活。我想對她們來說，葉山英雄的脅迫有如蛇的誘惑一樣。如果把一切的罪惡歸咎於葉山英雄，她們對自己也沒有歉疚感，正因為如此，這個祕密才得以保守半年。

……不過，沒辦法完全說是她們的錯也是不爭的事實。

最根本的原因，還是在這所學校。

在周圍建起牆壁，病態般地與外界隔離的世界。

風透不過，連外界的聲音都聽不到。那凝滯的空氣，的確就是隔離在不淨俗世之外的證據。

但是——這裡連空氣的出口都沒有。

不流動的空氣會渾濁、沉澱。這裡不是跟外界隔離的異界，因為要做出異界不能使用牆壁。所以被牆壁包圍的世界並非異界，只是一個籠子罷了——

「那橘佳織呢？為什麼哥哥你知道她的名字，還要求我們去調查她的在校成績？」

我提出了最後的疑問。

「在十一月被火燒死的女孩是吧？當時鮮花因為宿舍遭到焚燬，不是暫住在橙子小姐的事務所嗎？那時我在調查工作以外的東西時順便查了她的事，我硬是讓大輔哥拿她的鑑識報告給我看。

橘佳織的死因非常詭異，她有可能是被火焚身而死，也有可能在火燒之前就已經死亡了。驗屍結果無法斷定她是因為藥物中毒或者火災而死。但有另一個詭異的記錄——她好像有懷孕的跡象。不過，因為遺體遭到焚燬，因此也無法確實斷定。

不過，我不認為有人透過縱火的方式殺了她。因此，無論死因是燒死或者藥物中毒，橘佳織遭到他殺的可能性很低，她是班上同學當中最後一個被帶出去的。從這件事就能得知，她一直反抗葉山英雄到最後。在非她本人所願的情況之下，和對方發生了性關係，結果還因此懷孕的話，多半會覺得自己充滿汙穢。一個十六歲的女孩子，不可能在沒有周圍幫助的情況下撐得下去

……雖然這只是我的推測，但或許就是因為如此，她才會在發生火災、全體住宿生都逃離宿舍時，把自己一個人關在房間裡吧？死亡，或許是她自己的決定。」

幹也似乎話中有話，我則是回以強力的肯定。

「那應該就是她自殺的原因！可是——她為什麼不去墮胎呢？只要對葉山說這件事，

這種程度的問題也能妥善處理吧？」

「因為她是女孩子嘛！所以不能接受墮胎吧？」

對於幹也這種充滿了偏見的答案，我在不同的意義層面上表示贊同。

一年四班之所以會迫害她，或許正是因為「橘佳織一直不願意墮胎」這件事。只要她不去墮胎，班上的祕密早晚會被外人揭穿，如此一來，她們就完了。因此不用葉山英雄下達指示，她們就迫害起橘佳織。但是迫害卻不能使用暴力，使用暴力可能會被修女發現，而且也有可能會讓橘佳織受不了而去向修女懺悔。

……這種險惡的環境，橘佳織忍受了三個月之久。

包括來自身邊眾人的迫害，以及自己身上除之不去的汙穢。

縱使如此，善良的她也沒去告發班上同學，最後被逼得自殺了嗎？

真是——

「——真是個弱者，既然有了死的覺悟，應該也可以承擔懷孕的壓力吧？藉由死來放棄一切，根本是個徹底的失敗者。明明從小就住在禮園，結果卻輸給從外面來的傢伙。」

我開始想像橘佳織那張我從未見過的笑臉，然後我咬緊了牙根。

只能靠死來解決，這種無意義的事，我甚至無法產生同情。

但是，在電話另一端的哥哥，卻否定了這件事。

「不——那是多麼痛苦的決定。我也是因為鮮花剛才說的話才終於發現……以前我也思考過自殺的事，但是橘佳織這個女孩，是無法以一般世俗的觀點來看待的。」

像是感同身受一般，幹也以苦悶的口吻說。

我卻不能理解他那樣斷定的理由。

「……哥哥，為什麼不能把橘佳織的情況當作一般的自殺事件看待？人要是感到痛苦就會自殺，一般不都是這樣嗎？我認為，橘佳織也覺得她解決不了眼前的現實，因此她才決定要自殺。不會自殺的人，等同於什麼都不做的人——換句話說，是一個連自殺的意義都沒有的人。」

對我的反駁，幹也說：「所以說，妳不能理解的。」

那是和黃路美沙夜一樣的臺詞。

「我不能理解？」

「嗯。妳剛才說，橘佳織從小學起就念禮園對吧？那麼，她大概是非常虔誠的基督教徒囉？鮮花，妳知不知道？基督教徒是不會自殺的。因為自殺在基督教教義裡是一種罪。教義說，基督教徒要活到老死才會受到祝福，因此對他們而言，自殺和殺人其實無異，甚至是一種更嚴重的罪。橘佳織她不是為了自己而自殺，因為她不能為了自己而自殺……」

幹也痛苦至極地這麼說。我無聲地嚥下一口氣。

——的確，我忽略了那個基督教的教義，否定輪迴轉生的基督教，和佛教不一樣，並沒有替死後的世界裡準備救贖。

雖然我知道這些，但對於從高中才開始參加早晨禮拜儀式的我，那樣的教義和一個英文單字無異，我根本沒當成常識在思考。

不過——對橘佳織來說，那就是跟自己的純潔一樣必須保護的戒律。對出生就成為基督徒的她來說，自殺應該是比死還恐怖的事吧？

「……那，為什麼她會自殺呢？」

我想不出答案，重複問著這個問題。

那個答案，一定存在於我無法達到的領域吧。

做為一個人來說，我的處世觀相當冷淡，連預測她到達的境界都做不到。

幹也說：

「她大概是為了贖罪吧，我認為橘佳織抱持自己的罪和同學的罪痛苦而死。她借由代替她們，自己一個人下地獄來為同學們贖罪。」

「……所以。」

我無法再說下去，一時之間沉默了起來。「……所以妳不會理解的。」我想起黃路美沙夜說過的話。

她的憤怒是真的，她比任何人都了解橘佳織死亡的意義，就是這樣才無法原諒那些照常度日的一年四班學生。

所以她才說，就算殺了她們，她們也不會下地獄。

是的，被他人所殺並不會下地獄，想把她們都送到橘佳織所在的地方，殺人是沒有意義的。

所以黃路美沙夜才會為了要她們自殺，一點一滴地壓迫她們。

就像是要勒死人一樣，一點一點地收緊。

不是要她們懺悔罪孽，而是要讓她們為了逃避周圍視線去自殺。

5/

……天空落下寒冷的雨滴。

感覺不到炎熱或寒冷的式，現在會覺得冷。

在雨中，寒冷疼痛的雨中。

我手拿著小刀，空虛的眼眸一直看著什麼——

——瞬間，我醒了過來。

眼前的空中有「妖精」飛著。

在睜開眼睛的同時，我從衣服裡拿出刀子刺向那玩意。

刀子「噹」一聲插到牆上。在刀子跟牆壁間，被刺中的妖精在嘰嘰叫著。

正如鮮花所說，有著少女外型和昆蟲翅膀的生物，它用小小的手想拔出刀子的途中，因為力量盡失而溶解了。

「糟了，要是再多忍耐一下……」

碎碎念之後，我閉上嘴。

要是我再多忍耐一下，會怎樣？我——兩儀式會想起三年前遺忘的那一天？

——那場之所以會讓我昏睡兩年的交通意外？若是想起我本人記憶裡完全沒印象的事，就會——？

「夠了！真不爽啊！」我簡短地抱怨完後跳下床，

我聽見走廊傳來小小的地板嘎吱聲。那是某個從剛剛為止都還站在房門口打探情況的人，逃走時發出的聲音。

我拿著刀子重新擺好姿勢衝出房門。

走廊分別往東方和西方延伸，那道跑走的人影往東方而去，那背影確實是——

「……是黃路美沙夜？莫非她把我和鮮花搞錯了……應該不至於吧？」

如此一來，我就成為被害者了，雖說鮮花要我別惹事，不過像是「報復」這點程度的行為還在義務範圍內吧。

我在地板已經老化的走廊上奔馳，追隨她的背影而去。黃路美沙夜的腳程比我想像中還要快，我們彼此之間的距離並沒有縮短多少。

美沙夜毫不遲疑從宿舍離開，朝著校舍的方向而去。通過和鮮花一起走過的林中走道之後，我來到了校舍，不過美沙夜沒進校舍，而是衝入了在一旁的禮拜堂。

我很清楚這是陷阱。

不過到這裡來又走回房間實在很蠢，思忖了半晌之後，我粗暴地開啟禮拜堂的門扉。

沉重的門扉卻沒發出聲音。

只有一道人影在昏暗的禮拜堂裡。我關上門扉和那個人對峙。

約莫相距十公尺遠的那個人，無聲地扶正眼鏡後，如觀察雕像般一直看著這裡。

「哎呀，在這種時間到禮拜堂來有什麼事呢？兩儀式同學。」

男人臉上露出淡淡的微笑。

那是個很溫和、如同孩童般的笑靨，但是沒有顏色，只有空虛的內在情感。

玄霧皋月和以前一樣，露出乾枯的笑容佇立在那裡。

「那麼，接下來就是皋月老師的事了。」話筒另一端傳來拿出新檔案的聲音。幹也雖然順便查了玄霧老師的事，但對我來說那其實已經無所謂了。

現在已經揭穿葉山英雄和一年四班的祕密，沒什麼事需要我去執行了。了解黃路美沙夜想做的事之後，事情只要交給橙子老師，應該就不會再有犧牲者出現，事件就可以輕鬆落幕了吧？

「不用了，哥哥，我和式很快就會提出外出申請回家，請你在事務所等我吧！」

「這樣啊？不過我覺得，反正妳就先聽聽，又不會有什麼損失，因為這不能說和事件毫無關聯。」

「不能說和事件是毫無關聯？」

「嗯。」幹也以篤定的語氣回答。

他的語調不帶有任何情感……哥哥會用這種口氣非常稀奇。光憑這一點，我的直覺認為玄霧老師的事比葉山英雄還重要。

「難道說，你的意思是玄霧老師也和援交有關？」

「不，和那件事完全無關，玄霧皋月與一年四班的事件無關。這麼說吧，鮮花，你知道玄霧皋月在哪裡出生嗎？」

經他這麼一問，我的思緒開始快速運轉。

……從名字來判斷他應該是日本人，但他曾經長期在外國留學，說不定只有父母是日本人，而他則是在外國出生。

「……我不清楚，不過他曾經在英國待過好一段時間，說不定老家是在那邊吧？」

「是的，玄霧在英國威爾斯的鄉下地方出生，不過，他在十歲的時候，就被送給別人當養子，玄霧皋月這名字是他的養父母取的，改姓玄霧還好，但是連名都改，就有點奇怪了。」

那個——要說奇怪也是沒錯啦。

不過如果養父母希望將玄霧老師當做真正的兒子，也有可能會改掉先前的父姓……可是，改姓還算平常，連名也改就比較少聽說了。

「因此呢，我和知道當時狀況的人談過後，發現玄霧皋月聰明到讓周圍的人視他為神童，是個無從挑剔的孩子。可是他的父母討厭他，打算把他送給別人當養子。奇怪的是，居然沒人想收養他。直到過了一段日子後，知道消息的日本人才大老遠跑去領養他。其後的事雖然有他在那邊的學校留下記錄，但他在成為養子前的過去一切不明。」

被父母討厭而變成別人的養子……感覺起來那位老師不像是擁有這種黑暗過去的人。

不過老實說，比起事件內容，我還比較在意哥哥是怎麼找到了解當時威爾斯狀況的人，他到底是擁有什麼樣的消息來源啊。

「但是，會把稱為神童的孩子送人，他有被父母討厭到這種地步嗎？會不會其實是金錢之類的理由？」

「問題就在這裡，正確說來，玄霧皋月被稱為神童只到他十歲的時候，此後反而變得不如常人了。雖然原因不明，但他似乎從十歲後就無法記憶事物。因為他無法記憶眼前所見的景象，讓他一時之間變得跟白痴沒兩樣，他的父母可能是因為討厭這種兒子才把他送人的吧！」

「無法——記憶事物？」一說完，我就感覺到彷彿連頭腦深處都在搖晃一樣，玄霧老師的症狀和這次事件實在太搭了。

「不過老師他很正常啊，不但能記憶東西，知識也很豐富，完全感覺不出來他有那種症狀。」

「這是當然，沒治好的話他也不會拿到教師執照了，他只不過是曾有那種過去而已。成為養子的皐月，後來又恢復成以前的神童狀態，他十四歲進入大學就讀，最後取得語言學博士學位。可是，未來前景一片光明的他，就這樣以一個老師的身分在各地學校教書。對他來說，這次來禮園任教也不足為奇，而他教過書的學校有人自殺，也一樣不是什麼稀奇的事。」

「——真的有嗎，在玄霧老師任教後出現自殺的學生……」

「在現在的學校出現自殺者並不稀奇，但只要玄霧皐月任教過，在他轉往其他學校後一定會出現自殺者。雖然無法證明這之間有因果關係，但偶然也不會持續十幾二十次。」

幹也的話讓我的思考更加活躍起來。

……這位老師從任教學校離開後，一定會出現學生自殺……說不定玄霧老師跟這次的事件也有關聯，但老師只是單純被黃路美沙夜利用而已。

老師自己的記憶也被奪走，因而相信一年四班並沒有任何異常。操縱他人的應該是黃路美沙夜，那個無害、跟幹也相似的人會做出什麼事？我實在不願意去想像。

「這邊的資料大概就這樣吧，接下來就看鮮花你了，但可別太勉強哦！注意不要離開式身邊……啊，還有一件事。玄霧皐月的皐月，好像是由『MeyDay』而來，『MeyDay』是什麼意思呢？」

……我想那應該不是「MeyDay」而是指「MayDay」。

「MayDay」是五月一號，是慶祝太陽回歸的日子。原來如此，所以才取皐月這名字啊？

因為皐月是農曆五月——

「啊，是這樣呀。」

我在思緒一片空白的情況下，開始獨自思忖起來。

皐月……雖然那是日本人不熟悉的節日，我因此想不出什麼關聯，但那天一定是

——

「哥哥，玄霧老師變成不是神童的理由，你那邊有吧？」

「嗯？有是有，不過只是謠傳而已。他好像被妖精替換了，實際上他曾經三天沒回家，回家後記性就變得奇差無比。」

「果然，老師他被妖精替換過了啊？五月節，萬聖節還有夏至夜晚，都是很容易遇到妖精的日子。玄霧老師——一定一直都停留在那個時候吧？」

說完後，我掛上了話筒。

腦中想起橙子老師的話。

——妖精很難控制，操縱者常常在不知不覺間，從實現他們自己的願望變成實現妖精的願望。鮮花妳聽清楚了，要注意——使用自己以外的東西所製造出的使魔，別走到操縱者反被操縱的下場——

操縱者，反被操縱。

在操縱的人，其實被操縱著的事實。

我在很基本的地方犯了錯。

到頭來，橘佳織到底為什麼被逼到自殺？

美沙夜說妖精只能奪取記憶，連本人也遺忘的過去不是記憶而是記錄。那麼，是誰把應該已經忘記的記錄寫成信送來？

不！比起這個，還有另一個更值得思索的問題，為什麼我會忘記這件事呢？或許可以追溯到此次事件的根本問題，那就是——

黃路美沙夜究竟是向誰學魔術的？

■

「玄霧老師——一定一直停留在那時候吧？」只留下一句靜靜的、帶有微微哀傷但確實含有敵意的話後，電話突然就被掛斷了。

「鮮花——？」

呼喚對方的名字，但是沒有回應。放下了已經斷線的話筒，黑桐幹也側著頭思考。

感覺發生什麼非常不得了的事……幹也邊想邊在椅子上坐直身子。

一月六日，正午過後。

蒼崎橙子事務所裡只有他的身影，雖然所長橙子出門了，但今天放假的他來公司反倒比較奇怪。

他之所以做這種奇怪的事，不用說也是因為妹妹黑桐鮮花跟朋友兩儀式，這兩個從新年開始就在調查奇怪事件的人，對他而言存在有各式各樣的不同意義。

幹也不知道事件的內容，所以無法判斷事件是危險還是安全。他並非從別人那裡聽說兩人去進行調查的事。只是在一月二號那天，式沒由來地發脾氣時，在她本人沒察覺到的情況下探聽出來。

黑桐幹也從式那邊取得的情報，只有她要假扮成轉學生潛入禮園而已。思考過很多事的他，在這之後打電話去禮園，式則拜託他去調查葉山英雄跟玄霧皋月。幹也曾經耳聞去年十一月的縱火案，因此他馬上從他的管道開始調查，並在一個小時前將所有資料整理完畢。當然，從昨天的電話之後他就沒睡過。

「……不過，只要有式在，應該連萬一都不會有吧！」

幹也一邊擔心妹妹的安全，一邊伸了個懶腰。

接下來要做什麼呢——他對著桌子坐正後，瞇起眼睛……覺得很睏。

雖然一邊想現在不是睡覺的時候，但黑桐幹也還是緩緩落入睡眠中。

……說到這個，式去禮園，也就是說，她會穿上制服，那種有趣的打扮，還真的讓人期待。他在朦朧之中想像著。

但最後，式當然不可能讓他看到穿制服的樣子。原因很簡單，橙子在看到式穿著禮園制服時，不由得說出：「——真是太讚了。」

……雖然不知道到底是讚在哪裡，但式因此把禮園制服收了起來。

「趴在桌上睡覺會感冒哦，黑桐。」

「——是，我起來了。」

黑桐幹也反射性抬起頭後，東張西望地看著四周。

時間剛過下午三點，地點是事務所的個人辦公桌……在那之後，我似乎睡了兩小時左右，身體也變冷了。在冬天這個最寒冷的季節，沒開暖氣就直接睡覺，當然會覺得冷。

「所長，妳是什麼時候回來的？」幹也轉身對佇立在背後的蒼崎橙子說。

那個身穿大衣的女性，叼著菸邊回答：「我才剛回來。」

橙子一副無聊的模樣，感覺很需要娛樂。大輔哥今天應該是約會失敗了，幹也暗自這樣想著。

「所長，看樣子你覺得很無聊吧？」

幹也意有所指地笑著，平常老是吃她虧，至少這種機會不能放過。

但看來情況卻跟他所想的不同，橙子搖搖頭道：「不是，雖然我覺得挺無聊，但並不無趣。」她說完便從大衣口袋裡拿出罐裝咖啡放在幹也桌上。

起來。

橙子依然帶著一副無趣表情，眺望放置在幹也桌上的檔案，然後若無其事地把它拿

幹也說完「那我就不客氣了」，便打開咖啡的瓶蓋。

……雖然是非常便宜的禮物，不過對冷掉的身體來講十分有價值。

「這是禮物，給黑桐你吧！」

「啊，那個是式託我調查禮園教職員的記錄，我想橙子小姐只會覺得無趣吧？」

「大概吧。」她點頭同意，可是卻開始翻起資料內頁閱覽。

並且就這麼站在幹也坐著的椅子旁一頁頁讀著資料內容。

那雙毫無關心著書頁的手，在看到玄霧皋月的相片時突然停了下來。

「——偽神之書（Godoword）。」

她夾在雙唇間的香菸掉到地上。

她像是正面和幽靈面對面般眼睛張得大大的，口中直呼不敢相信。

「騙人的吧?協會找紅了眼也找不到的魔術師。居然會在這種地方當老師……?

這真是一個天大的玩笑啊，唉，統一言語師（Master of Babel）啊……」

說完，她無聲地笑著。

那並不是因為輕蔑，反倒是為了壓抑心中的戰慄因此無力地乾笑。

「玄霧皋月是魔術師嗎？」

針對幹也的疑問，橙子搖頭否認。

她就這麼帶著嘴角歪曲的笑容坐上自己的椅子，低頭睥睨眼前空間的那個姿態，像

是取下項圈的黑豹般帶有一份狂氣。

原來如此——對她而言，名為玄霧皋月的人是個異常的存在吧？

「因為校長送過來的資料並未附上相片，看來我不該一開始就將這件事交給鮮花去辦，要是我過去親自確認就好了。不——即使是我親自確認，『記憶也會被奪走吧』。」

幹也聽見橙子的自言自語，只能歪著頭滿臉狐疑。

對於不知內情的他而言，「奪走記憶」這句話只能當成是某種比喻。

即便如此，搞不清楚狀況的幹也仍提出疑問。

「橙子小姐，鮮花和式不是正在調查玄霧皋月嗎？他有可能會傷害她們兩個嗎？」

「怎麼可能，偽神之書什麼也不會做。如果傳聞是真的，他絕對不會傷害別人，他原本就不是魔術師，也完全沒有魔術方面的才能。他的祖先和父母並不是魔術師，是和鮮花一樣變異的遺傳體質者。就像鮮花除了燃燒東西外什麼也不會，他也只能將言語從口中說出。不過——正因為這種被限制在遺傳體質才有的能力，才能踏入像我們這種累積多代血統也無法達到的領域。偽神之書是僅僅花了十年就達到那種領域的怪物。

當時——二十幾歲就升到支配者層級的我，毫不懷疑地認為自己是最年輕的魔術師。可是，實際上有一個十五年之內就成為支配者的小孩。因為他身在中東地區的學院，所以我沒機會和他見面，不過，他的名字已傳遍了整個學院。

統一言語師、Godoword・Mayday 是唯一能將神話時代再現，最接近魔法師的魔術師啊。」

橙子忍住了笑繼續說了下去。但她這些話不是要講給幹也聽的，她似乎只是為了穩定自己的情緒才說出這些話。

「偽神之書的本名和出身一概不明，好像連他所屬的阿特拉斯學院內，知道的人都相當有限。沒有任何人看過他的本尊，只有他的存在和能力廣為流傳，連協會最大的倫敦學院學生，都懷疑他只是個不存在的幽靈。

偽神之書的魔術和字面上一樣就是語言，他掌握了現存所有人種、部族的語言，不只是會說，而是連該語言的誕生背景、信仰、原理、甚至到思想，他全部都能理解。他沒有不會說的語言，也沒有他所不知道的人種。可是那並不是他巡迴各國所學到的知識，偽神之書不過是學了一種語言，結果就理解了全人種的語言。黑桐，你知道巴比倫之塔吧，流傳在巴比倫尼亞的神之門神話。」

「——啊啊，妳指的是布勒哲爾（Bruegel）所畫的那座螺旋狀高塔吧？的確……就人類的想法來說，建造一座高塔、在塔頂設立一棟神殿，神就很容易降臨，可是就神來看，只覺得人類接近上天是件傲慢的事，於是便把塔破壞掉。而人類不會將已經統整好的事物再重複一次，語言為之混亂的結果導致人類也變得四分五裂。」

「哦，你真清楚啊！那就是傳說中人類最早的神話——巴比倫塔的傳說。該神話所顯現的內容相當多，不過其中最主要的還是『語言混亂』這一點。

神為了分別人類的種族而將人們區分開來，不是在膚色或體質上，而是更容易了解、更基本的部分——那就是語言。日本人和外國人最大的差別，不在於頭髮或瞳孔的顏色，而是語言的差異吧？

那正是最為巨大的障壁，神認為，無法溝通的話，人們便無法建造出像巴比倫之塔那般巨大的建築物。可是，人類結果還是成為地球上繁衍最盛的生物、並成為萬物之靈長，甚至連語言之壁都完全突破了。

接下來，回歸正題吧。人們的語言是被神所打亂的，那是人類對神的存在開始有所認識的時代，也就是發生在所謂的神話時代。在神話時代，神祕現象並不是神祕，而是被當成常識看待。

以現代來說，就是劍與魔法的世界吧！在現代不可能發生的神祕現象，在神話時代並不是多困難的技術。

那是為什麼呢？多位魔術師的結論是，由於當時地球自轉與月亮的位置關係、星球的繞行產生出相剋，使得世界充滿了靈氣。不過偽神之書顛覆了這個理論，他證明神話時代卓越的不只是世界，連語言本身都很優越。

傳說神將語言給弄亂，那麼——在那之前是什麼狀況呢？

沒錯，人類使用相同的語言來溝通。那麼萬物共通的『意義說明』便成為可能了吧？倘若真的成為可能，那便是無形的語言。不是人和人攀談的言語，而是成為人與世界對話、可以決定意義的語言。神將語言打亂，是因為這樣的語言太過恐怖，便將有形的言語傳授給人們。我們以為這是獲得智慧，但事實是被上天奪走了真實。

……也就是說，偽神之書便是這麼一回事了，被神明打亂前、世界共通唯一的一種語言，我們將它冠上『統一言語』之名，而偽神之書是唯一能將它再現的魔術師。

所謂的神之門，指的是和一切生物的言語能共通，便能通往根源的門……不過因為偽神之書本人沒有魔術師的能力，因此似乎無法穿越那一扇門。」

幹也和嘴角微揚、一臉憎惡的橙子相對，露出一臉煩惱的表情，似乎努力在思考著某事。對橙子說的話還無法完全消化的他，提出了這個問題做為結論。

「……因此，玄霧皋月不管跟什麼樣的東西都能交談嗎？」

「沒錯，不過那只是單方面的對話。在神話時期，因為每個人都懂得『統一言語』，所以會話得以成立。不過現在卻只有偽神之書才會說這種語言，所以能主動攀談的只有他本人，就算岩石或野獸聽得懂他在講什麼，也無法向偽神之書傳達自己的意思。若是人類的話，大概會以各自的語言回答吧。」

「哦……這樣的話還有意義嗎？沒有人回答的話，那不就只是自言自語罷了？」

「如果只是一般的語言，的確會如此沒錯，但他的情況不一樣，他能夠讓岩石或野獸聽得懂他的話，但對象可不只有岩石或野獸，而是整個世界啊！以存在論的階級制度來看，在我個人之上，還存在有世界的蒼崎橙子這號人物。以我個人的意志來說，怎麼樣也無法抵抗對方說的話，因為否定這件事，就等於拒絕自己存在於世界上。這是所謂的『言語絕對』，他所說的話會變成真實。名為偽神之書的傢伙，正是萬物共通、世上最強的催眠師。

所謂記憶，除了人類腦中存有的記憶外，還有世界的記錄。雖然很接近阿卡夏記錄的概念，不過，是比那更下位的波動現象。理解它的其中一個方法便是『統一言語』。偽神之書——玄霧皋月能夠採集忘卻記憶就是因為如此，那傢伙並不是從當事者本人腦中抽出忘卻的記憶，而是從世界所記錄的過去中抽出。能夠抽出世界規律錄音下來的種種過去，現代只有那個男人辦得到，光是這點，真不愧是被封印指定的魔術師啊。」

零零散散說了許多東西，橙子終於冷靜下來，把背深深地靠到椅子上並深吸一口氣。

……封印指定，是魔術協會判斷擁有前無古人後無來者、鮮少能力的魔術師，而為了將那份奇跡永遠保存下來，因此由協會親手封印起來。

封印指定對魔術師而言既是最高的榮譽，同時也是件麻煩事。遭到封印後便無法繼續從事研究，身為魔術師卻無法往下個階段挑戰，便失去身為魔術師的意義，協會只是為了讓他們成為魔術師的範本。

因為無法容忍這種屈辱的對待，所以被封印指定的魔術師都會離開協會的目光藏身起來。偽神之書也是從協會失蹤的魔術師之一。因此，只要向協會通報他藏身在此，偽神之書應該立刻會被抓吧？

……不過，蒼崎橙子是不會採用這種手段的。不、應該是不能用。

原因是因為——

「可惡，這麼一來連我都會被找到。」

她帶著像是唾罵的呢喃抬頭望向天花板。

既然偽神之書人在禮園內，鮮花和式的勝算連萬分之一都不到。至於她本人出馬與名為玄霧皐月的魔術師對決這種結果，更是完全不可能的事。

「這次還是旁觀吧，反正應該不會變成什麼大事件。」

橙子簡單地下了結論後，便點著了香菸。幹也不放心地看著她的動作。

「……妳說不會變成大事件……可是從剛剛聽到的內容來看，玄霧皐月應該是個很危險的人物吧？妳不打算去幫助她們兩個嗎，所長？」

「我說過了吧，偽神之書什麼也不會做，而且他根本沒有任何談得上是攻擊手段的東西，做為一個魔術師他只能歸在三流以下。不管鮮花她們再怎麼粗暴，他還是不會傷害別人。他終究只是具現他人願望的魔術師罷了。原本偽神之書就不具備稱作魔術師的技能，他能被稱作魔術師，是因為他的思想已經不會有變化，而化為只是追求某件事的概念。」

「……？追求某件事的概念是指？他有什麼目的嗎？」

對幹也單純的提問，橙子點頭同意。

——稍微想想，這次記錄忘卻記憶的行為，不正是偽神之書的性質嗎？不過沒聯想到這點也沒辦法，誰想得到在魔術世界中被稱作人間國寶的男人，居然會到這種邊境的小學園進行試驗。

「說到目的嘛，很簡單啊！他追求的東西對我們而言，是隨便怎麼樣都好的東西。那該怎麼說呢——對了，永遠。偽神之書追求永遠，雖然擁有那麼強的能力，他卻一直追著幻想跑，不，搞不好是反過來也說不定。因為他有著優越的能力，所以只能追尋根本解決不了的問題。」

——海市蜃樓，的確是不斷招惹人心的幻覺啊。

「所以你安心吧！」補上這句話後，她便叼起香菸。

深深地、緩慢地呼了一口氣。不帶感情地看著天花板，橙子這麼吟唱著……

「無法有所回報啊，所謂永遠，明明何處皆存在……」

白色煙霧……緩緩飄浮著。

／5

名為玄霧皋月的老師，佇立在灰色陽光射入的禮拜堂裡。
他露出溫柔微笑的表情看著我，既無惡意也無善意。
「哎呀，這個時間來禮拜堂參觀有什麼事嗎？兩儀同學。」
他沒怪罪我闖了進來，態度自然地向我攀談。
我不自覺地將那個姿態和黑桐幹也重疊，一瞬間感到輕微的昏眩。不過，玄霧皋月就只是玄霧皋月，我從裙襬中拿出小刀。
玄霧皋月看見那把猶如手術刀般的小刀，臉色不由得一沉。
「真危險……妳拿出這種東西會弄傷人喔。」
他說的話像是在規勸學生般穩重。
我忽視他說的話，開始觀察起整座禮拜堂。
不只是人影……這裡連人類的氣息都沒有，進入這裡面的女學生已經不見了。
不，或許──從一開始，這裡就只有玄霧皋月一個人。
「黃路美沙夜在哪裡？老師。」
我不再環顧禮拜堂，轉而望向佇立祭壇前方的教師。
玄霧皋月微微低了下頭。
「黃路同學人不在這，不過，我想妳要找的人應該是我吧？在這裡採集忘卻的人不是黃路美沙夜，而是玄霧皋月。」

他仍然滿臉微笑地這麼說著。

這句話所言不假，於是我便簡單地接受眼前對手即是事件犯人的事實。

我完全不會感到不可思議或是驚訝。如此唐突被告知的事實，像老早就知道的事一般支配著我的思考。

簡直就是完美的催眠術。

「你這話什麼意思？」

明明知道答案，我卻提出無趣的質問。

口氣自然並充滿了攻擊性，我判斷已經不需再使用與自己年紀相仿的女性口氣。

於是我尖銳地瞪著對手。

……玄霧皋月面對著我的視線，似乎有些愧疚地微微苦笑。

「如同字面上所說，雖然妳尋找的對象是我，不過剛剛的妖精可不是我弄的……啊啊，黃路同學似乎對妳不甚了解，一隻擬似體的妖精明明不可能對妳起什麼作用，但她卻對妳下手。雖然是人造的，但那種解剖生物只是為了延長生命活動，被使役的目的只是為了被殺害，真悲哀啊！」

玄霧皋月似乎真的是感到悲傷。他閉上眼睛，是為了被我殺害的妖精默禱吧？

我一邊看著他這副模樣，稍稍想了一下。

兩儀式的職責在於幫助鮮花查明原因，不過敵人若是在眼前，能做的事當然只有一個。我要把這傢伙——

「不對哦，兩儀同學，我並不是妖精使，可以使喚妖精的只有黃路同學。我無法分割自己的，同時操縱那麼多個使魔，那是黃路同學才有的特殊能力。說到我所能辦到的事，只有記錄言語罷了。妖精的事件和我幾乎完全無關，我認為，妳不能用那個理由把我當成敵人。」

「你說什麼——」

「我說過了，我和妳並不是毫無關連，為了這份因果，我必須幫助黃路同學一次才行。」玄霧皐月睜開雙眼。

那雙打開的眼睛，果然和之前一樣毫無改變，怎麼看都是個平凡的教師。

「原先我和這件事沒有關連，而妳原本也和這件事毫無關係，不過，既然我和妳有相當深刻的關連，我理所當然得承擔妳的部分。阻止黃路同學的任務只在黑桐同學身上，之後就是她們能力的問題了，因此——妳要找對手的話，還是只有我吧？」

真是困擾啊……玄霧皐月補上了這一句話。

「……為什麼？除了禮園的事件外，我沒理由把你當作敵人吧？」

「這樣子啊？妳討厭想起遺忘的記憶對吧？所以妳昨天也拒絕了我，雖然打從一開始掠奪記憶就是黃路同學做的，不過採取記憶卻只有我才辦得到。你現在會追殺黃路同學到這裡就是為了要討回奪取記憶的代價吧？那麼，妳的對手就變成我了。」

——玄霧皐月依然露出溫和的笑容如此說著。

對於他說的話，我連給予肯定都無法辦到。

如同玄霧皐月所說，我厭惡自己的記憶被人碰觸。所以反射性地捏死妖精，也是因為這已經超出我容忍範圍的緣故。

現在我也是為了殺掉妖精使——黃路美沙夜而追到這裡。就算對象換成了玄霧皋月，不能原諒的事實依然不會有所改變。

可是我的情緒如古井無波。

和剛才一樣……

該怎麼說，我——在這敵人的身上，完全感受不到任何憎惡的惡寒和危險。

……這種事我還是第一次遇到。

明明「敵人」就在自己眼前，但我卻一點感覺也沒有。當我注意到自己這種無法理解的心境時，此時才從自己的背上感受到一股惡寒。

儘管情勢如此詭異——但我的心裡仍然起不了任何一絲殺意。

「怎麼可能有這種事——」

在惡寒與憎惡的驅使之下，我開始認真觀察正對我微笑的玄霧皋月。

我直視著黑色的死之線。

……讓人驚訝的是，玄霧皋月身上的死之線，其網路就像蜘蛛網一樣複雜，這代表不管我攻擊他身上任何部位，傷害程度都足以致他於死。我還是第一次看到這麼容易被殺死的人。

玄霧皋月再度露出微笑，這一次，就連他那深色的眼眸也彷彿露出了笑容。

「原來如此，那就是直死之魔眼嗎？我的能力只能從別人已經走過的道路來獲得資訊，但妳卻可以看到接下來的路會通往哪裡呢……呵呵，可以記錄過去的我、可以看到未來的妳，看樣子荒耶叫我來這裡的目的，就是要我殺掉妳啊，式。」

玄霧皋月瞇起他那雙哀愁的眼眸看向我。

……我的眼前一片空白。原因並不是他的態度，而是因為他剛才講的那兩個字。

因為這兩個字的關係，我的體內除了原本的惡寒之外，如今終於又再度充滿了敵意。

荒耶。一切都是因為玄霧皋月講出這二個字的關係。

「原來如此，你的真面目是魔術師對吧?玄霧皋月——」

我心想「這麼一來他就是敵人了」，同時用力握緊手中的小刀。

至今纏繞在我體內的奇怪心情，全部是這個魔術師搞的鬼。

對，如果不是這樣的話，那就太奇怪了。

沒錯，事情一定要是這樣才行。

眼前這個人必須要死。

不殺死眼前這個人不行。

當我對自己這麼說的瞬間，

我發現，我自己看不見的那個自己，

彷彿正在向我微笑——

◇

我看向那張必須得死的面孔，心臟「噗通」一聲劇烈跳動起來。

雖然說對方很像幹也，但我絕不會因此手軟，既然他是魔術師，那麼就是跟我一樣身處在境界之外的人。

那麼——這就不算是殺人。

因為玄霧皋月根本就不是生活在一般群體當中的人類。

我一邊冷靜控制兩儀式這個隨時可能往前暴衝的身體，一邊在腦子裡描繪能夠一招擊殺玄霧皋月的戰術。

……首先衝向他滿是破綻的身體，然後將小刀垂直刺進他的喉嚨，最後再一口氣將刺進去的小刀往下將他的身體剖開，這樣一來戰鬥就結束了。

實行起來極為容易，我連三秒後的結果也明確地想像出來。

……可是。

接下來出現在我心中的畫面，卻是一個四肢慘遭切斷肢解的少年屍體。

噗通……我的心跳聲又大了起來。呼吸也因為緊張而變得急促。

這種事以前從來沒有發生過，就是因為對方很像幹也，所以我才會猶豫而打亂自己的呼吸。

「式同學，妳錯了。」

突然間，從剛才到現在一直靜靜站著的魔術師開口了。

聽到這句話，身體立即產生一股衝上去的衝動——

——我這輩子第一次這麼拚命地壓制這股衝動。

……因為，還不行。
只有「衝上去」這件事絕對不行——
我明白理由之後，呼吸變得更亂了。
因為——我還不能對眼前這個人抱持殺意。
我無法攻擊眼前這個對手，攻擊這個很像幹也的男人……光是試圖殺死他，就讓我的心臟承受這麼大的負擔。
倒不是因為討厭這麼做。我只是單純的認為「還不行」。
我的喉嚨很乾、舌頭麻痺到無法忍受。
這種心情真叫人害怕，我只能拚命地壓制住自己的雙腳。
但是，我的身體卻想立刻殺了眼前這個男人，它想要解決式的悲哀和痛苦。
它知道這樣一來事情就輕鬆多了。
那我自己呢？
——這次也要和三年前殺了名為黑桐幹也的朋友一樣，殺了眼前這個人嗎——？
「……我不要那樣。」
想到這裡，我停住了自己的身體。
玄霧皐月像是在看顧著我一般，自顧自地點了點頭。
「嗯，停得好。如果妳就這樣殺了我，那一切就結束了，以前妳為了過正常生活而不斷殺害擁有殺人衝動的織，但是，現在身為式的妳卻必須抹殺自己的殺人衝動才行。如果做不到，想必妳將會連同式的人格也一起失去，回到原先內心空洞的狀況吧……嗯，雖然聽荒耶說妳是個直來直往的人，看來是他搞錯了，因為照我看來，妳似乎有些膽小。」

玄霧皐月沉穩地說完後，把視線從我身上移開。

「妳的事我聽荒耶說過了，原本我就是為了這件事而被叫來這個城市，我說過，妳跟我之間並不是沒有任何關係，雖然荒耶的目的是希望我殺了妳，但如果在那之前妳就敗在自己手下，那實在太可笑了。真是可惜啊！我原本對荒耶能不能達成目的可是很有興趣的。」

說完這番話之後，玄霧皐月就沒有再開過口了。

接下來他什麼事也沒做。

只是靜靜地站在那裡，連眼睛都沒眨一下。

魔術師既不戰也不逃，彷彿化身為無法自行移動的鏡像一樣。我手上捏著小刀——一直盯著眼前這個像空氣一樣的對手。沉默，已經籠罩了整個禮拜堂。

只有仍舊凌亂的心跳聲，「噗通」、「噗通」地在我耳邊迴響著。

就好像有一口無形的鐘在我身邊響個不停。

對方不攻擊我，自己的心跳聲也平靜不下來，我講了一句自己並不想說的話。

「——玄霧皐月，你為何什麼也不做？」

「我該說的已經全部說完了，如果想要跟我繼續交談，那就只能用『妳問我答』的方式進行對話，如果妳把我當成是毫無關係的人，我也會把妳當成無關之人而離去，如果妳要跟我戰鬥，我也會採取必要的自衛手段。幫助黃路同學只有這麼一次而已，但那也已經過去了，所以該怎麼做，還是由妳決定。我沒有什麼話好說，也沒有什麼可做的。」

……這番莫名其妙的回答，讓我不由得蹙起了眉頭。

魔術師說下決定的人是我。這表示眼前這個人，並沒有自己想要執行什麼事的意志。

但是——這很明顯是矛盾的。

「你說，只要是我所希望的事情，你就會照我所想的形式去反映嗎？但是，我從來沒想過要取回失去的記憶。」

我單手摀住自己悸動的胸口，雙眼直瞪著魔術師。

魔術師卻像在同情我一樣搖了搖頭。

「不，妳渴望找回自己遺忘的記憶，而我……可以具體回應妳的心願。」

渴望——？嗯嗯，他說的沒錯。不過，我想要的記憶，是我失去織時隨之消失的記錄。

我目前只擁有兩儀式三年前的記憶，那是一段雖然痛苦卻很溫馨，與同班同學共同生活的記錄。

那段時期的記憶我卻不需要。

遭到冰冷雨水凍結的記憶，反倒是——

「你錯了，玄霧皋月。我並不是想取回忘掉的記憶，相反的，我一定是想把記憶全部忘掉。」

沒錯。

正因為如此，式才會把那一天的記憶忘掉。

織的記憶已隨著他的死完全變成記錄而崩壞了。一定永遠無法恢復了。但是這份損失的補償，就是現在站在這裡的我。

「所以——我並沒有呼喚你。」

「……原來如此，似乎是我弄錯了。式同學的希望確實是如此。那麼，我就連那部分也回歸原來吧，畢竟這是我的工作。」

魔術師沉穩地微笑著。

在那之中既沒有敵意、也沒有惡意；既沒有善意、也沒有好意。

橙子曾經說過「妖精的惡作劇沒有善惡之分」。

他們的行動並非為了追求結果，在他們身上也完全看不到任何個人意志。

這個採集人類記憶的魔術師，難道也跟妖精一樣嗎？可是……若是如此，為什麼這個男人能充滿笑容？既然他說自己沒有什麼好做，那自然就沒有道理露出任何表情。

「……這就奇怪了，既然你只會針對我的希望作出回應，那你現在為什麼在笑？我並沒有追求過笑容，如果你是鏡子，自己根本不能笑吧？」

「是的，你說的沒錯，但是我並沒有在笑吧？我說過，我根本沒有笑過。」

魔術師雖然如此回答，卻還是維持著臉上的笑容。

「不過，在周圍人們的眼中，似乎也是這樣，我明明認為自己和平常一樣，但大家卻覺得玄霧皋月在微笑。式同學，我從來沒實際感覺到自己在笑的啊。我從來沒因為想笑而笑，我也不了解笑的理由與笑容的價值。我真的弄不懂所謂的笑容是什麼，因為我從來沒感受過『快樂』。在這方面，我和沒有實際活著的感覺的妳很相像……可是，妳的情況隨著時間的經過而解決，因為兩儀式還有未來。然而——我只有過去。玄霧皋月只能觀看別人的過去。就好像人類為了生存必須掠奪其他東西，我為了要活下去，必須採集玄霧皋月以外的人的過去，但在那之後的事，我完全不加干涉。取出過去之後，接下來的結果如何，就要按照擁有該過去的本人意志來決定，只能觀看過去的我，無法介入其中。」魔術師用有些笨拙的笑容說著。

簡單的說，只有真正的笑容才是「真正的笑」。

而他也沒有抱持任何介入過去的意志。

「你剛才說——你只有過去？」

「是的，沒有『過去』基本上就已經跟『沒有自我』是差不多的意思。然而『沒有過去』雖然是一件很悲哀的事，但只有過去的我對於『自我』這兩個字卻覺得很淡薄。既然我沒有辦法『自我思考』，那麼，對玄霧皋月而言，自然也沒有『夢想』或『目的』的存在。那種感覺好像書本一樣，書裡記載的東西只有『知識』，但最終利用這些『知識』的卻不是書本本身……對我而言，要我像世俗凡人一樣去運作自己是沒有意義的，既然我連自殺的勇氣跟必要性都感受不到，那麼就只能以玄霧皋月的身分繼續活下去了。連『自我』都沒有，那就只剩下唯一的方法可以確認自我本身的存在——那就是實現別人的希望。除此之外，玄霧皋月沒有任何表現自我的方法，我會把你們希望的東西還給你們，我會讓妳想起那段被妳忘掉的時間。式同學啊，這對妳而言應該算好事吧？我只是把被你們忘掉的重要記錄原封不動還給你們而已呀！」

「那只是你自作主張吧？」

發完這句牢騷後，我瞪向魔術師。

這男人講的話真是讓人覺得莫名其妙。

而且，我總覺得他講這些話並不是要說給我的大腦聽，而是要說給我的身體聽。

我告訴自己，這世上每個人的話都能聽，唯獨這男人講的話不能。

「把忘掉的記憶還給我？我拒絕。式不需要這種像信件一樣的東西，死去的記憶是不可能再拿回來，你講的這些話我一個字都不相信。」

我一邊用手按住發出悸動聲響的胸口，一邊直視著玄霧皋月。

魔術師第一次將他的視線筆直對著我。

這種互視並不是那種專一的互瞪，而是像男女之間分手時虛浮的視線交會。

「——這樣子啊？連妳自己都要放棄自己的記憶嗎……我真搞不懂你們的想法，為什麼要讓可以持續到永遠的東西就此停止？」

「永遠？把會忘掉的記憶記錄下來，等待日後好好追憶，這樣就叫作永遠？別笑死人了，那種東西滿地都是，路上隨便撿都有，反倒是你刻意講了這麼多，才是真的有問題。」

沒錯，如果要留下記憶，只要用照片或錄影機攝影下來就可以。這樣一來，自己仍然可以在忘記之後，用這些東西去確認自己的回憶。

可是，魔術師卻否定了我的說法。

這還是他第一次露出了笑容以外的表情。

「那種東西並不是『永恆』。在外界殘留下來的東西，無法保存至『永恆』。的確，利用現代化技術，或許可以製造出『即便發生意外，也絕不會破損的物體』，然而，即使物體本身不變，但我們自己卻是會變的。物體的意義是透過『觀測者』依照他的印象所賦予的。因此即使物體本身不變，只要觀看的人印象有所改變，它就不能稱之為『永恆』。

比方說，妳能用『和昨天相同』的心境看待妳昨日見到的東西嗎？沒辦法吧？那是因為人心無法維持不變。新東西會變老舊、好東西會褪色，物體本身明明沒有任何改變，然而我們的心卻讓物體本身的價值出現變化。

妳看——不管個體變或不變，是不是都無法持續到永恆呢？為什麼？理由很簡單，因為我們的『心』自己把外界的東西給斷絕了。式同學啊，所謂的『永恆』指的是無形的東西。是觀測者的印象所不能左右、而且可以反過來支配觀測者的東西。在這世上唯一可以被稱為『永恆』的現象，那就是『記錄』。」

「——是這樣啊？但你口中的『記錄』難道就不會改變嗎？今天認為是好的事，以後再回頭看卻變成壞事的例子也不少。像你口中所講的『永恆』，那種東西不管在哪裡都絕對找不到的」

「不，妳剛才講的東西是『記憶』，不是『記錄』。所謂的『記憶』只不過是人的性格罷了。性格是會變的，為了順應外界的變化而改變的性格，這種東西充其量只能算是一種衣服。

妳應該聽得懂我在說什麼才對。人類的語氣、性格、甚至是肉體等，這些都只是一種讓他人更容易判別自己表現的服裝。」

一步，魔術師朝著我踏出了一小步。

「當觀測者本身變成被觀測的對象時，妳就不會感覺到自己的存在。妳會重新認識跟時間重疊在一起的本性自我、然後接受它。接下來，妳就會了解到，人格這種東西……其實原本就是不存在的。所謂的『記錄』，指的是連自己都無法影響到的靈魂核心，這才是真正能永遠保留的東西，因為它就存放在我們的身體裡，而且跟所有本性與自我全部融合為一。有了這些東西，就算是全世界都消失，它仍然殘留在妳的自我當中，在這名為自我的世界消失前，它都會一直跟著妳。

然後，一直保留下來。

然後，絕對不會改變。」

……性格這種東西是不需要的，既然性格只是在自己曾存在的歷史中展現自我的一種證據，那就算性格曾創造出什麼東西，那種東西也不會永恆不變。只要觀測者變成被觀測的對象，觀測的物品就不會變，當然被觀測的對象也不會改變。

按照魔術師的說法，他認為這就是永恆。

「……雖然你講了這麼多，但沒有一句是我聽得懂的。」

「我想也是。你們連最簡單的事物都會忘記，聽不懂是理所當然的。這世界上能被稱為『永恆』的東西只有人的『記錄』。你們誤以為這個世界是先有人生、其後創造回憶，但是事情的真相其實是先有回憶，然後創造人生。

對人類而言，記憶這種東西並沒有『什麼回憶記住比較好』、『什麼回憶忘掉比較好』的分別。

即使妳的人格想丟棄記憶，可是妳的自我卻不想丟拋記憶。因此你們的願望永遠是忘卻錄音，而我不過是成為他們的鏡像，把那個願望送給他們罷了。」

魔術師向往前走了一步，收起臉上的笑容，開始朝我逼近。

就在此時，我突然感覺到握著小刀的手發出了一如往常的微熱。

……而且，連胸口的悸動、指尖的麻痺、以及喉嚨的乾渴感，全部都消失無蹤了。

經過這一番漫長、又讓人搞不懂意義的交談之後，我終於看清對手的真面目。

內心的悸動就是因此而平息。

……沒錯，這個人確實很像幹也。

不過，與幹也相比，他有個決定性的不同。這個「不同」讓我清楚地意識到對方純粹只是敵人。

「……沒有善惡觀念、嗎？的確，你不屬於『惡』，你只是單純地聆聽他人的願望。」

但是他錯了，其實他有善惡觀念。雖然玄霧皋月的確沒有自己的意志，不過他有足以衡量善惡的意識，當他擁有這樣的意識，但卻把善惡定位為等價的瞬間，他就不能自稱是無害的。

「我終於了解了，你只不過是鏡中的倒影。而且，你為了強調自己是無害的倒影，還把責任全部推到別人身上，你這種行為根本和小孩一樣。」

魔術師聽完我這句話之後，眼眸突然綻露喜悅的光輝。

感覺有點像小丑——

「式同學，妳的意思是要和我一戰囉？」

——那是帶著瘋狂的扭曲笑容。

「好吧，既然如此，我跟荒耶之間的契約就算成立了。雖然我覺得我們無視對方的話，結果反而會比較好。」

魔術師將他的手放在眼鏡上。

我不知他是否想在戰鬥之前先摘下眼鏡，可是我的身體沒辦法再多等他一秒了。

就差那麼一步，我的刀砍中玄霧皐月的身體就差那麼一點，然而我卻失手了。

【妳、看不見、我】

我聽見魔術師的聲音。

這句話不但直接貫入我的腦中，而且立刻轉變為事實。

在那瞬間之後，我再也看不見玄霧皐月的身影，揮舞而出的小刀也揮空了。

「什——」

我四處張望。除了我自己之外，整個禮拜堂看不到半條人影。不過，我卻明顯感應到現場還有另一個人在。玄霧皐月並未消失，我很清楚他就在眼前，可是我卻看不見這個魔術師身在何方。

「……真是危險啊，妳的速度竟然比我的聲音還快，真是不容小覷。托妳的福，我的一隻手臂掛彩了。

難怪荒耶會敗在妳的手下，看樣子妳真的很擅長殺人呀！」

聲音是從前方發出來的。

我壓抑上前攻擊的衝動、然後把意識全部集中在眼前。

既然看不見玄霧皋月，那麼，我只須盯住他身上的死之線即可——

「但是，妳還是贏不了我。」

雖然聲音直接在我的思緒中迴響，但我卻比聲音更快看到魔術師的死之線。

「——看見了！」

這次絕對不讓你逃。

我再次揮舞刀刃砍向魔術師。

可是——雖然我看見了死之線，但還是失手了。

【這裡、什麼都、看不見。】

聲音在禮拜堂迴響著。

禮拜堂霎時一片黑暗。魔術師才講了一句話，我的周圍立刻成為毫無光線的闇黑世界。

「……哦？果然對妳沒有用處。因為妳那個和根源相通的身體，和我的語言屬於同一等級。不過，只要我這樣做就可以解決了，在這裡，即使是兩儀式，也看不到死……只不過，這麼一來，連我自己也看不到任何物體了。」

聲音在我的耳際響起。

我旋身揮出一刀，卻只砍到了空氣。

「沒用的，我不是說過妳贏不了我嗎？

沒錯——可以殺死任何東西的妳，唯有言語是無法殺死的。」

……這種事情我連想都沒想過。

不過，確實是這樣沒錯。

唯有言語是我殺不死的對象——

「但是，只靠這樣我也無法殺死妳，我能做到的只有像現在這樣。只要不小心稍微接近妳，就會被妳輕易解決。所以我不打算搏命，畢竟我原本就不是擅長戰鬥的人。我要做的，只是實現妳的願望而已。」

他這些話讓我身體發顫。

我的心願——那正是我想遺忘的——屬於我的真實。

「住手，我根本不想要那種東西！」

呼喊聲在黑暗中消失。

「那麼——讓我來重現妳的悲嘆吧！放心吧，即使妳想忘卻——那段記錄卻早已確實地錄製在妳身上了。」

那是不帶感情、規律如節拍器般的聲響。

我無法阻止魔術師的聲音滲入式的體內，唯一做得到只有一直看著——

我掛斷了幹也打來的電話之後，連忙趕往高中部的校舍。

時間正好過下午一點。天空呈現一片泫然欲泣的灰色，天際上方覆滿厚厚的雲層。

「……看來今天應該會下雨。」

我呼吸著冬季的寒冷空氣，穿越灰暗的森林前往校舍。

走在空盪盪的迴廊上，朝著位於一樓角落的英文老師準備室前去。

我沒敲門，直接打開門扉，玄霧皋月老師擺出一副看穿一切的模樣，端坐在椅子上等我。

他一如往常滿臉堆笑觀察我的舉動，左臂無力地垂落在一旁，彷彿身體的那部分已經死亡。

……這是為何？

我一眼就看穿那是誰造成的。

「老師，你的傷口是式留下的吧？」

玄霧老師點了點頭說是。

「我付出這隻手做為代價而逃了出來。放心，式同學她沒事。大概再過一小時就會清醒，不過我這隻手應該永遠治不好了。」

玄霧皋月背對透出灰色陽光的窗戶，臉上帶著淡淡笑容說。

他完全沒有隱瞞，也沒有分毫動搖，他的樣子實在太過沉穩了。

我屏住呼吸，好像被引誘一般地開口了。

「老師，將橘佳織逼得無路可退的人是你？」

玄霧皋月點了點頭說是。

「讓葉山英雄下落不明的人也是你。」

老師點了點頭。

「教導黃路學姊魔術的人也是你。」

魔術師點了點頭。

「採集我們已忘卻記憶的人也是你。」

他點了點頭。

「另外，你小時候曾經被妖精抓走過。這件事也是真的吧？」

他冷冷哼了一聲之後，點了點頭說是。

◇

「——為什麼？」

我只能夠擠出這句話。

「老師，為什麼你要這麼做？」

我重覆著相同的問題。

他藏在眼鏡背後的眼睛眨也不眨，開口答道。

「沒有，我沒有目的。不論是橘同學也好，黃路同學也好，甚至葉山老師也好，我只不過是在實現他們的願望。如果妳要問為什麼，請妳去問他們本人。我是無法回答妳的。」

玄霧老師臉上維持著笑容這麼說。

那不是在找藉口——這個人是真的回答不出來。

比方說，橘佳織找玄霧皐月討論她的罪孽，他只是向她提示只有本人才想得到的方法罷了，藉由自殺獲得救贖是出自她本人的志願。

比方說，黃路美沙夜不想讓橘佳織白死，因此找他商談，他提示黃路美沙夜一個只有她自己會想得到的方法。而他提供給黃路美沙夜的方法，就是透過魔術逼迫所有一年四班的學生自殺。

其中沒有玄霧皐月本身的意志存在。

「——不過，採集忘卻就是另一回事了。畢竟沒人希望會有個人拿著已經遺忘的記憶給自己看吧？」

「是這樣嗎。黑桐同學，為什麼妳會那麼認為呢？」

「——咦？」

玄霧老師以溫和的口吻反問。

讓人感覺不到有任何的善意或惡意。

……這個狀況有點不對勁。

我抱著跟幕後黑手對決的覺悟來到這房間，跟他這樣一對一對峙著。但玄霧皋月卻很平常，沒什麼兩樣，而我也是像被老師質問的學生般沉默了下來。簡直就像——我自己無法完全捨棄的心情，被名為玄霧皋月的敵人反映出來的感覺。

「因為，我自己並不那麼希望。」

「我想也是。因為不記得，所以就不會去思考它。」

——黑桐同學，這就是我的理由啊。

玄霧老師像在自言自語一般，補充了這一句。

因為不記得，所以就不會去思考。

這個人說，這就是他採集忘卻的理由。

「老師，這到底是怎麼一回事？」

「很簡單。因為我只能用這種方法來了解你們，我想理解外面的世界，除了採取你們的記錄之外，別無他法。玄霧皋月之所以採集記憶，一定是因為這樣吧！」

他的口吻像是在談論往事。說完後把手指放到嘴邊，就像在沉思一樣。

我就這麼正面凝視那雙不帶任何情感的雙眸。我想問的、想知道的，並不是這些曖昧不清的內容。

「我想問的是更明確的理由。到頭來，老師到底是為什麼開始採集忘卻？老師應該取回的過去，應該只有自己那一份而已。」

我想起了幹也的報告。玄霧皋月在十歲時曾被妖精拐走。我向他確認那是否為事實。他語帶感嘆地回答：

「——真讓人驚訝。真虧妳調查得到那麼久遠的事。正如妳所說的，我小時候曾經遇見妖精。從那以後，我的記憶開始會出現障礙，這是千真萬確的。我之所以學習魔術，原因就是那種障礙不是醫學可以治療的……嗯，一點也沒錯。我的確為了要取回自己的過去，才會開始學習魔術，而且想出了能夠採集忘卻的方法。我本不該干涉他人的記憶。」

他帶著某種懊悔的情緒這麼說。

人是不應該去干涉他人的。

「——那，為什麼你要採集忘卻？」

「黑桐同學，因為我必須那麼做。

不論達到再高的境界，我還是無法想起自己的過去。腦部絕對不會忘卻記憶，不過那限定在腦部維持正常運作的情況下。

我的記憶不是被忘卻了，而是產生破損。如此一來，我就只剩一條路可走。一個人記憶的不是過去，只是在重現世界本身記錄的現象而已。我很幸運，有達到那目標的技術，不過這樣還是不行。觀測者無法將自己當成對象。就像人沒辦法和自己握手。

所以——我只能選擇去取出其他人之中的我。人們的記憶、意識、都跟『那個』的深層連接著。想當魔術師的人就應該有聽過，那是被稱為根源漩渦的『位置』。過去的我，在你們的意識深處尋找可能連接『我』的記憶。」

「阿卡夏記錄嗎？」

我低聲唸道，然後輕輕地搖了搖頭。

那種東西實在讓人難以置信。連橙子老師都斷言不可企及的萬物之源，眼前這個人卻說他到達了。

橙子老師是這麼說的：「人們的意志雖然各自獨立，但那只不過是在『靈長類的意志』這個大集合之中獨立的東西。」所以若是有能觀測這個大集合的方法，就能融入獨立而孤獨的人們記憶或意志裡。

不過，這還真是諷刺啊。

即使那是真的——就算做到這種程度，這個人依然無法獲得自己想要的東西。

「老師……那個地方也沒有玄霧皋月的過去，沒錯吧？」

我用細微的聲音，替這位人物說出了他的結局。

出乎意料的，他笑著否定我的講法。

「不，那裡有答案。很奇怪對吧？即使我不那麼做，我也沒失去我的記憶。我只不過沒有察覺到那件事罷了。當我發現這個事實之後，我已經採集了許多人過去的記憶了。黑桐同學，妳認為人會忘卻記憶的原因何在？」

對於突如其來的這個問題，我說不出話來。我們會忘記事物的理由，那一定是——

「……因為腦的容量有限，我們非得分辨出需要與不需要的情報才行。時間過得越久。忘卻也就越大。為了不陷入混亂而活下去，我們每天就非得把不必要的記憶給刪除才行。」

「嗯，那是大部分的過程。不過那不是忘卻而是整理。隨著時間而消逝的記憶。與因為個人意志而消失的記憶不一樣。我問的是人們企圖消除的記憶，黑桐同學。妳明明清楚卻不說出來而已。」

玄霧老師露出猶如陽光般的溫柔笑容說。

我卻只能在一旁說不出話。

……沒錯，就像這個人所說的，這個答案是學生說出每個人都知道的答案而已。

「老師，你的意思是說，我們刻意選擇忘卻回憶，其實也是保護自己的手段囉？」

玄霧老師聽見我有氣無力的回答之後，默不作聲地點了點頭。

……當然，這些我都知道。人之所以選擇忘卻記憶，絕不是因為那些記憶沒有必要，而是因為記住那些事很危險。

我們刻意忘卻過去犯下的種種過錯。忘卻那些如果記得就會讓自己崩潰的記憶。我們靠著這麼做——才能守護自己現在是健康而無辜的幻象。

「對。那就是被遺忘的記憶的真實狀況。罪孽、禁忌、悔恨等等，你們會選擇刻意忘卻。因為那是根植於深層意識裡，從自己取出的一部分，所以也只能去忘掉它而已。

妳知道嗎？探索人的深層意識，就是在取出被遺忘的記錄。而我，則是重複太多次那種動作了。為了找出自己的過去而在許多人的忘卻之間來回。大概是因為這樣，我變得不了解我自己了。

大部分的人，都藉由忘卻自身的罪孽存活下去。把自己汙穢醜陋的一面，當作不存在一樣生活著。這不是壞事，反倒可以說是一種生物上的優點。但是我卻感到害怕，我沒辦法放著那些汙垢不管。你們的世界太不安定，充滿太多爭執。這樣下去，將會沒有東西能夠永遠流傳。

所以為了不讓那些東西消失，我才會實現你們的希望。對於他人歸還給自己的遺失物，要怎麼處理是當事人的自由吧？那裡並沒有我意志介入的餘地，若要決定這個是善是惡，下決定的終究還是個人的意志。」

玄霧皐月露出微笑這麼說。

他去採集人們的忘卻，是為了尋找自己的過去，但在那個過程中，看到許多人類忘卻的記憶，最後受不了人類的汙穢，於是打算進行清掃。

他的目的本來是想找出自己遺忘的往事，不知何時變成了把人的往事實像化。

不過，他自己不進行清掃工作，而是交給受到汙穢的本人去做，所以這個人才會說，他的行為不能用善惡的觀念來評斷。

……我認為。他說的只不過是藉口罷了。

「……是這樣嗎？你明知道提示忘卻就是在告發罪孽。還說自己沒有善惡之分？」

他點了點頭說是。

「我什麼也不想要，只是希望找出解決的手段而已。」

玄霧皐月理所當然地這麼說著。

到了這個地步，我終於開始對這個人抱有一種像是反感的東西。

的確，我也認為被遺忘的記憶，多少有幾個是自己想去掉的。但是那大部分都不是刻意要去遺忘的記憶，那應該只是沒有必要去回想的事情。

舉例來說，像是孩提時期看見的朦朧錯覺。

那時候，明明只是普通的雲，卻把它當成某種特別的生物。相信那是由工廠煙囱冒出的煙，在天空堆積而成……只要朝著夕陽一直走，就能通往不曾見過的國度；雖然會害怕，但卻又心跳不已。那時候總對地平線彼端抱有一股憧憬。

現在看來，那些或許只是單純的錯覺，卻是不能忘記，也不能回想的重要往事。

隨著年紀的增長，成為大人的我們，懷抱著不能回憶的夢想，如果刻意去挖出那些夢想，一定會變成不能饒恕的事。

「——那些只是你自己想太多了。比起為了理解人類而採集忘卻，你應該優先採集自己的記憶才對啊，玄霧老師。」

我全神貫注地盯著玄霧皋月不放。

他卻依然沉穩，輕輕笑道：

「那是不可能的，黑桐同學。玄霧皋月的記憶並非忘卻了，而是被妖精奪走了。我不是忘卻了記憶，只是變得弄不清楚而已。」

「弄不清楚記憶？」

我像鸚鵡學舌一樣重覆這句話，不由得蹙起眉頭。

並非忘卻記憶，而是弄不清楚記憶。這究竟是怎麼回事？

仔細一想，這個人說的話的確有點怪怪的。他對於自己的事，總是像在談論別人一樣。

雖然我不知道那是什麼原因所造成。但看來這個人……

「在你被妖精拐走後，記憶還是跟原來相同的嗎？」

他點了點頭說是。

「沒錯，玄霧皐月並沒有遺失自己。所以——我沒有必要去看他人的忘卻。因為就算那樣作，我也已經無家可歸了。」

他說話的同時，表情也隨著出現變化。

笑容依然是笑容，不過卻變得滑稽起來……就像是化上了馬戲團的小丑妝一樣。

「的確，我小時候曾被妖精拐走過。我不知道那個能不能稱為妖精，說不定，他們只是想要同伴的亡靈而已。

他們說，讓我們永遠在一起吧。

可是我只想要回家。

我知道被妖精抓走的小孩再回不了家，於是拼了命從他們那裡逃了出來。

穿越了原野，越過了森林。

在我看見自己的家的時候，鬆了口氣回頭張望，而那裡只有數不清的妖精屍體，還有被鮮血染紅的雙手。那時我才知道他們所說的事是真的。因為確實如此，不是嗎？曾經是個天真孩童的我，再也無法回到那個過去的家了。」

他保持笑容，像小丑般地開始說著。

——想像一下那個情景。

當走失的孩子渾身沾著不明物體的血回家時，父母將會有何種冷漠的反應。

——原來如此，就算他回到自己的家，那也不再跟以前一樣。

那個家已不再是他心目中的家了。

他想回的是溫暖的家，而不是被父母冷眼看待的家。

「——所以老師，你不是被妖精給拐走——」

「嗯，我大概是把他們全部殺了，但那是不被允許的行為，因為相對的，玄霧皐月受到他們的詛咒。我並不是遺忘了記憶，玄霧皐月從那時候起，就不知道自己的記憶到底是不是自己的東西。很奇怪，我無法『再認』我所看到的事物，那之後所得到的知識，變得不是記憶只是情報罷了。世界不再是影像，變成可以用言語更換的情報。

我的——不、在我之外的世界從十歲就停住了。或許是妖精們的詛咒，這玩意兒似乎強到怎麼也沒辦法解除。」

他像個小孩般嗤嗤地笑著。

「記憶……只不過是語言？」

我不由得喃喃自語。

——我以為，玄霧皐月這號人物的心還是被妖精給把持著。

雖然我的想法是大錯特錯，但我似乎還是猜中他從十歲起就不再成長這一點。

不過那些事怎樣都無所謂了。

他現在說的話實在太詭異了。

無法確認看到的影像，應該不可能吧。如果是這樣的話，這個人該怎麼生活？

無法「再認識」眼睛見到的影像，這和沒有過去差不了多少。

不論記憶力如何發達，如果沒有辦法回想，並把那些記憶當成「自己得到的回憶」，那種東西就跟書上寫的字差不多。

我昨天看過玄霧皐月，因為有那過去，現在再度遇上玄霧皐月，才能「再認」他是昨天遇見那個人。

沒辦法再認，意思就是記憶雖然確實卻不統一。

也就是說昨天所發生的事，玄霧皐月也無法回想。

對所有的事物他都能重覆第一次的體驗——

「——騙人。老師明明知道我是黑桐鮮花，如果不能確認的話，那應該連我是誰都不知道才對。」

我下定決心盯著這個實體不明的對手。玄霧皐月輕輕接下了我的反駁。

「是這樣嗎？我只是把黑桐鮮花這個人的特徵，當成單字加以記錄。如果妳和記錄裡的黑桐鮮花特徵相同，就可以知道妳是黑桐鮮花。因此，如果在這裡出現一個比妳更符合黑桐鮮花條件的第三人，那麼，對我來說這個第三人就是黑桐鮮花，至少，她本尊究竟是誰，對我來說根本不重要。在我的腦海沒有影像存在，各種事物都當成單字加以記錄。如果是人，那麼就只有身高、體重、身材、髮型、行為、年齡等等。我並不是看到妳才想起這是黑桐鮮花。而是因為目前最符合這些特徵的人就是黑桐鮮花。

銘記在心、記錄、保存都沒問題，我失去的只是進行確認這部分。當然，這種方法一直會出現問題，對無法透過影像區別事物的我來說，我只能用文字來做區別。所以，只要對方換了髮型，我就可能會將對方誤認成別人。我身旁的人常常說我容易忘東忘西，校內不是也有『玄霧老師總是少根筋』的傳言嗎？」

就這樣，玄霧皐月自嘲般的笑容消失了。我凝視他的模樣，同時注意到自己身體已經穩定下來了。

——這個人，從來沒有看過任何人。

——我終於知道玄霧皐月與黑桐幹也相似的理由，以及在某些有著決定性不同的理由。

昨日發生過的事對他而言不是記憶而是記錄，這個只能將它當作資料看待的人，沒有能稱作自己的事物。

因為，他並沒有屬於自己的回憶。

對他來說，回憶不是由自身形成的東西，而只是為了對應外界而形成的情報而已。對此，名為玄霧皐月的人類意識十分稀薄。

因此他並不會主動去接觸事物，而只是將所有發生的事毫不抵抗的接收下來。

不對，他是只能接收下來。只有這一點他們是非常相似之處，同時也是決定性的不同之處。

這人所能做到的也只是有接收這一點，他沒辦法像幹也一樣，接收以後再回報你其他事物。

玄霧皐月，一直都只是個剛出生的嬰兒。

因此，他無法知道自己是否在笑，因為他連屬於自己的思考也沒有，就連創造回憶都無法做到。

他曾經說過，因為無法回憶，所以也無從思考。

所以——這個人只能藉由採集他人的記憶才能認識他人。

——真是悲哀。

這樣的姿態，跟一台只能對應身邊發生之事的機器無異。要確定這曖昧的世界，最重要的明明就是自己的意志啊！

「你的現實總是無法確定呢，老師。」

我就彷彿在看著某種可憐的生物般慢慢地說。

他點了點頭。

「是啊，不過這樣就已經足夠了，我沒有自己在笑的感受，連這個身體也是，想讓這五根手指照我的想法運作，我也只能假設『這應該是我的手吧』。自己的身體，也非得變換成言語才能認識。不過，人類應該是不需要肉體的生物吧？只要有我們的腦就已經足夠了。因為到頭來只有腦內的電氣反應才是我們的世界，外界總是處在曖昧不明的狀態下，而將其決定為確實事物的結果，還是要在各自的腦中進行。不管是性格或是肉體，終究不過是讓自己可以容易被分辨的裝飾而已。如果能有留下形體的事物，也一定只有這個頭腦裡的東西了。

物質是用來消費及磨耗的事物，這個名為地球的世界逐漸走向崩壞也是自然的道理，因為在最後走向死亡是最正確的存在方式，所以誰也不會去解決這個問題。對我們來說，真正的世界只存在於各自的腦髓中而已。

但是，我就連這點也被汙染了。嘗試解決問題是身為一個人類的條件，所以我開始採集忘卻，我沒有自我存在，但卻有『沒有自我的我』存在，因此確實的肉體與確實的現實也就不是那樣的重要。精神並不會寄宿於肉體，現實也沒有任何意義，因為外界太過汙濁，所以永遠不存在於此處。」

他以一張平板又非常無聊的表情如此陳述。

我雖然在一瞬間接觸到這個人的意志，但是這種東西只是瑣碎小事罷了。

這裡一個人也沒有。

只有一本採集人們忘卻記憶的書存在而已。

……過去，玄霧皋月為了取回自己的記憶而學習魔術，因此他巡迴在人們的記憶之中。

但是那終究變成了一件無意義的事。即使取回了記憶，如果無法將其轉化為自己的認知，一切將會沒有意義，他的行為也是徒勞無功。

於是，他的目的改變了。

這個人在回顧所有人的忘卻時，見識了各式各樣的黑暗。對精神還停留在十歲的孩子而言，這件事是何等恐怖？

他不能原諒人們的汙穢。

他無法允許世界的汙穢。

他害怕這種情況，認為非要設法解決不可，不過，他卻無法實行自己的思考。

「所以——在無法恢復自己的記憶之後，你也還是持續尋找吧？因為你也只能做到這件事了。」

「是的。」

偽神之書點頭說道。

「……雖然某個魔術師作出只要沒有人類就可以解決這件事的結論，但我則是作出了人類將隨心所欲行事，今後也將永遠存在的結論。

可是我的思考卻零散雜亂沒有形式，即使拚命地思考，也會因為充滿雜音而變得不知要思考什麼事物。一直以來，我都為了追求讓大家邁向和平的方法而苦惱。

然而，玄霧皐月卻無法把答案引導出來，沒有自我的他，只能將既有事實轉換成言語表達出來。因此，我便在人們記憶的底層追求解答，至今累積數千年歷史的人類身上，這漫長歷史中也許會有一個人找到那個解答。

當然，過去也許沒有那種方法，但對無法思考未來方向的我來說，除了從名為回憶的過去尋找以外，已經沒有其他可以尋找到解答的手段了。」

這就是現在的他持續採集忘卻的目的，他如此說道。

玄霧皐月相信，因為共通於一切的解答被人們所遺忘，所以我們是這樣的不完全。人們已經忘卻的事物中，現在依然有誰也想不起來的忘卻過去，在那之中，也許會有他所追求的答案也說不定。對玄霧皐月來說，除了追求那個事物之外，已經沒有任何希望了。那個答案——會存在於何處呢？

「……我還有一個疑問。」

「是什麼呢？」

他以不變的笑容接下我的問題。

「你應該只是採集忘卻啊？並沒有將其錄音的必要，也沒有實現我們願望的必要，不是嗎？」

「原來如此。」

他以不變的笑容點了點頭。

「理由很簡單，因為我希望自己仍然是人類，我想感受自己依然是個人類。雖然說只要身為人類──好好與人類相處，我就能成為你們的同伴。但只有那樣是不夠的。

對人們而言，積極追求的事物出於自己的意志。

所以我有展示這點的必要，過去的我執著在追求他人的過去，不斷重複這個行為，而這確確實實是我的意志。玄霧皋月即使在取回自己記憶這個目的結束後，也不希望失去意志。

是的──這是唯一的人類性格，名為興趣的娛樂，我就是為了確定它而做這件事。」

「目的就是──你的目的嗎？」

面對著嘆著氣回話的我，他滿足地點頭。

「是的，但是黑桐鮮花，不管是哪個魔術師，都是這樣的人喲。」

實現人們願望的魔術師點頭表示──這就是妳想知道的話語。

◇

漫長而毫無意義的問與答結束了。

我在離開前，開口問了某個人的問題。

我並非以受命調查此事的黑桐鮮花身分，而是以黑桐鮮花自身的意志提出問題。
「最後，請你告訴我，黃路美沙夜對你來說是什麼？」
我對此人已不再關心，也失去了興趣，我純粹想聽聽這個問題的答案。
或許只有這個問題會讓這個不是任何人的人，說出一點比較私密的回答。
然而，他的回答沒有出乎我的預料
「黃路同學就是黃路同學，這有什麼問題嗎？」
他露出溫和的笑容回答。
對於並非把他當成映照願望之鏡，而是深愛著玄霧皋月的她，他的真正心意卻只是如此。
「黃路美沙夜明明那麼愛你……」
「是的——但是，那只是她的幻想。」
「你不是也愛著黃路美沙夜嗎？」
「嗯——這是她自己決定的。」
簡短的回答，沒有絲毫人類的情感，單純地聽完之後作出回答。
「你的意志就僅僅如此而已嗎？」
「是的，她和其他學生沒有任何不同——但我承認在這個學校中，她的美貌出類拔萃。」
他那種如同在翻閱資料的說法，讓我後退了一步。
「——你，難道……」

「是的，我所採集的忘卻並不只限於一年四班，這個學校全部人員的忘卻我都採集了。黑桐同學，這個學校的沉澱物並不是只有一年四班的事件，只是妳單純沒有注意到而已。」

這麼說來——禮園的全體學生都經由這個人照映出自己了，他告發接近八百人的罪，接著按照各式各樣的願望送還回去……簡直就像是走在危險至極的鋼索上。這麼多的人數，既然裡頭有像黃路美沙夜那樣對兄長抱持幻想的人，也一定會出現對玄霧皐月抱持憎恨的學生。

……不，這個人持續重複這樣的行為，應該早在過去就已經讓人對他抱持殺意才對。

那麼——

「——接下來的事妳沒有必要說出口，黑桐同學，妳的擔心是沒有必要的，即使有誰的願望是想殺了我，其中的善惡也跟我沒有關係。不過是何種願望，何種結果，責任都在那個學生身上。

沒錯——跟我都沒有任何的關係。」

他的意思是，連自己的死亡都能坦然接受。

那並不是對死亡有所覺悟的話語，而是沒有自我、無視自我的人所說出的話語。

「看來我真的看錯人了。」

先前我曾認為這個人是無害的。

不過這是不對的。

他並非無害之人，只是個可有可無的存在，為什麼我沒有注意到呢——

「你——絕對和幹也不一樣。」

玄霧皋月一臉滿足點著頭。

我轉身離開準備室。

這個人不值得我浪費時間在他身上。

「妳問問題的時間還真長，到目前為止，還沒人能讓我回答這麼多的問題。」

「並不是這樣的，老師。那並非出自於黑桐鮮花自身的意志，我是為了我老師的命令來做一番調查——還有替黃路學姊了解你這個人罷了。」

這是一個冷漠的回答。

不過，玄霧皋月似乎真的非常愉悅，臉上露出了微笑……和先前的笑容截然不同，像是刻意擠出來的笑容。

「黃路同學人在舊校舍，因為妳和兩儀同學都無法照她的想法行動，所以她提早執行計畫，把一年四班的學生集中到舊校舍之後再放火。

——對了，如果妳想阻止她，還是快點去比較好。」

他話還沒說完，我人已經衝了出去。

……直到最後，他還是沒有發現，只有那些話是他自己編織出來的話語。

／6

天空落下雨水。

雨滴緩緩地落下，被陰暗森林所圍繞的校舍，空蕩蕩地佇立著。

那棟燒到剩下一半的小學部校舍，再過不久，剩餘的一半也將被火焰吞噬殆盡。

……成為目標的她們已經聚集在四樓，就照樣讓她們沉睡吧。

我不直接下手。

接下來，就等她們其中的某人自己放火了。

在這個崩毀、空無一人的廢棄校舍裡，我等待雨的到來。

從連接二樓的走廊往陰暗森林的方向望去，那個叫黑桐鮮花的學生來了。我嘆出憂鬱的氣息，起身迎接她的到來。

◇

微微的細雨濡濕了黑色制服。

冬季的雨水如雪般寒冷。呼出的空氣白化掉，後頸因為受寒而縮了起來。

黑桐鮮花在這樣凍結的空氣中奔馳，抵達了舊校舍。

她從大門口進入校舍。這裡就像放置了十年般的廢屋一樣沉寂，孩童的學生聲音、學校的生活感，在這裡一絲不存。

現在存在於此的，只剩嘰嘰叫的煩人小蟲以及鼻子所聞到的刺鼻味而已。

她仔細地嗅了一下，明白那是汽油的味道。

對於火藥及燃料的味道，黑桐鮮花有著比常人高一倍的敏感。

「——啊，真麻煩。」

鮮花垂下雙肩大大地嘆了口氣。

「替這些不熟的人挺身而出，還真像笨蛋。」

一邊在走廊行走，鮮花在右手戴上了手套，那個茶色的皮製手套，是她的老師給她的寶物。

以火蜥蜴皮製成的手套，能夠有效抑制她唯一擁有的發火能力、同時也能加以爆發。

做好了戰鬥準備，鮮花在通往二樓的樓梯前停了下來。

在通往二樓階梯上的平臺，黃路美沙夜在那裡等待著。

「妳還真學不會教訓啊，黑桐同學。」

黃路美沙夜以責備學妹的優雅口氣這麼說。

她在階梯上的平臺擺好陣式，向下俯視著鮮花。

美沙夜的周圍迴響著無數聲響。

那些是鮮花無法看見、被稱作妖精的生物們。

羽蟲們鳴動著羽翅，等待女王的命令……攻擊這個獵物，這唯一的命令。

和之前相比，這個戰力差距完全沒變，加上現在鮮花位置明顯處於不利。位在樓梯上的美沙夜對在下方的她來說，距離實在太遠了。

鮮花無視於這種狀況，開口向美沙夜詢問。

「學姊，妳是騙子，一年四班的學生不是非得自殺才行嗎？」

「——當然，那些人自動自發地聚集到此地，然後自行引火自焚的計畫完全沒有變更。原本我是打算讓她們一個個悔改的，可是預定的計劃提早執行了，雖然還有一半的學生不想死，不過每個人遲早都會走到這一步，所以即使在這裡燒死她們全部，我想也沒有太大差別。」

「哼——我倒看不出有什麼自殺志願者，不過，只要準備好容易致死的環境以及死了也無所謂的氣氛，確實只要一小部分的人想死，就能拖著整個班級跟著一起實行了吧？」

鮮花聳聳肩說著。

「真是過分啊……」

她的模樣看不出一絲緊張，於是黃路美沙夜擺出警戒的臉孔。

「黑桐同學，你不是要來救她們的嗎？」

「怎麼可能，我可是不信神的哦！所以我一點也不熱衷於罪與罰之類的事，她們不是想自殺嗎？那麼，救她們也只是多管閒事而已。」

黑桐鮮花展現出彷彿不懂世故的大小姐般的純真笑容，她將視線向上盯住黃路美沙夜。

眼神中看不出虛偽的感情。

黑桐鮮花真的不在意這件事。

這讓黃路美沙夜的表情更加險惡。

那——她是為了哪件事而來？

「妳是要報復我嗎？」

「在意義上也許很接近吧，我會來到這裡，主要是因為感到黃路美沙夜很悲哀吧。」

鮮花邊說邊緊盯美沙夜的身影。

為小學部所設計的階梯，階段落差及階梯數並不多，只要衝刺節奏良好，不需要兩秒鐘的時間就可以到達美沙夜身邊。

「——我很悲哀……是嗎？」

黃路美沙夜的瞳孔燃起了火焰般的敵意。面對現在馬上可以命令妖精攻擊的她，鮮花一點也不為所動地詢問。

「學姊，為什麼妳會找玄霧老師商量？」

黃路美沙夜立刻回答：因為他是我的哥哥。

「是這樣啊……那麼，那個力量是從誰身上拿到的？」

「這也是哥哥賜給我的。」她如此回答著。

「那麼——妳是從何時開始跟玄霧老師相認為兄妹的？」

這件事情，應該要從一開始就知道的——

只要這樣講，她就會了解那無關緊要的矛盾點。

……還有自己為什麼到現在為止都沒注意到那些細微處。

「——」

美沙夜發出微弱的聲音。

這個順序實在太奇怪了。

「就是這樣，學姊。妳不是因為他是哥哥才找他商量吧？妳純粹是因為玄霧老師是班導師，所以才找他商量，而且，那一定也是一件和橘佳織無關的事。妳是這間學校裡頭最有權力的人，即使妳不找玄霧老師商量，妳也可以直接向葉山英雄逼問出事實。結果——葉山英雄死了。妳這麼聰明，應該知道那只是件不幸的意外，我是這麼想的。總之，葉山英雄既然都死了，所以妳去找他商量的事，應該不是佳織的事吧。黃路學姊。」

黃路美沙夜默不作聲。

她只是凝視著什麼都沒有的空間，彷彿可以在那裡看到不曾存在的人物影子一般。

美沙夜現在連現在凝視著自己的學妹也忘了，只是埋沒在自己的思考中。

哥哥、哥哥——自己是從何時開始這麼認為的？不可能是一開始就知道的，因為連她自己也不記得哥哥過去的模樣。

那麼——「知道」的方法只有一個。在自己可以使役妖精的同時，奪取了玄霧皋月的記憶。再以有如催眠術的方法，將玄霧皋月的記憶改寫成自己記憶中的哥哥也說不定。

因為除了這個以外的方法，自己也想不出其他可能了。

「我、我是——」

「不知道對吧？黃路學姊，妳並不是以自己的記憶認出玄霧老師是妳哥哥，妳只能從玄霧老師那裡奪來的記憶才能認知一切，但他人的記憶畢竟是他人的東西對吧？那裡沒有屬於黃路美沙夜的真實。

妳只不過是在照鏡子而已。玄霧皋月不是為了妳而行動。對他而言，妳和妳身邊的妖精並無不同——就像黃路美沙夜可以使役妖精一樣，實際上，妳自己也是被使役的妖精——」

這時，鮮花想起式所說的話。

當她低聲唸著美沙夜已經忘記自我的時候，或許就已經知道這件事了。

「……騙…………人……」

黃路美沙夜像在喘氣一樣說著。

「這都是騙人的——！」

在她情緒激動的同時，妖精化身成子彈。

停滯在空中的羽音，響起如同揮動刀刃般的尖銳聲音朝鮮花射去。

那是有如機關槍掃射般狂暴的暴風雨。

但是她比那陣風暴更加迅速，已經開始奔跑了。

她將兩拳擺在眼前開始衝上階梯。

面對那群彷彿會貫穿自己身體的妖精，她不過是往側邊滑行移動，就可以輕鬆閃避。

……如果那群妖精像是對獵物射出的子彈，

她就是給予獵物最後一擊的肉食性動物。

才三步就踏上了階梯的她，以身體前傾的姿勢，停在黃路美沙夜的眼前。

踩出步伐發出的震地之聲，和口哨般的呼吸聲同時響起。

能將人一拳擊倒的身體攻擊，畫出一道美麗弧線，掠過黃路美沙夜的側腹，並且往她背後刺了過去。

「嗤！」

空無一物的空間發出聲響。

「AzoLto——！」

鮮花確認拳頭命中目標後，口中說出這個單字。

魔術發動所需的咒文，依個人不同而千變萬化。

極力詠唱重點是發動魔術的必要儀式，這便是黑桐鮮花的咒文。

空氣瞬間燃燒起來。

美沙夜背後的某個物體，在發出苦悶聲音的同時燃燒起來。

像是木頭人偶被淋上汽油之後點火般，熊熊的火焰燒出一個明確的形狀，隨後連同焰光消失無蹤。

「呼……」火彈的射手大大喘了口氣。

「……這就是妳身上魔術的真面目，魔術不能帶在身上，而是刻印在自己身上。像學姊這樣只有一兩個月經驗的人，不可能會使用魔術……因此，玄霧老師讓妖精附在妳身上，這麼一來問題就解決了。」

黑桐鮮花緊握因為發火而燻黑的右手手套說道。

黃路美沙夜愣住了——她睜著呆滯的瞳孔，像是附在身上的物體掉落似的，「啪」的一聲跪坐在地上。

「……是嗎？是這樣……的啊。」

黃路美沙夜一邊喃喃自語，一邊無聲地露出笑容。

她嘲笑自己應該再早一點發現的。

⋮

她回想起來。

……那個時候。

在逼問葉山英雄時，在爭吵下他對我做出了暴力的舉動，至今以來從來沒有人敢反抗我，於是我在下意識中推了葉山英雄一把。

只不過是這樣而已，那個壞人就這樣死了。

「我真的不知道該怎麼辦才好……」

我告訴玄霧皋月，向他請求幫忙。

我完全不想找父親或學長幫忙。

我——只對一直吸引我的玄霧老師吐露我的罪行。

那個人是一個不可思議的人。

對於只執著於榮耀和成果的我來說，什麼都不執著的玄霧老師是個特別的人。

所以——我一直夢想老師會幫助我。

然後，正如同我所希望的，他將解決了一切。

我對哥哥抱持著幻想，而皋月讓這件事成真。

我想替佳織報仇，而皋月賦予我使其成為可能的力量。

他說，美麗的人不需要觸碰汙穢的事物。

……為什麼我當時沒發現呢？那指的並不是我和她們。

他說的是為了不讓自己變得汙穢，只要使用自己以外的全部事物就行了。

其實那時候我是明白的，即使我自己不殺害她們，只要我希望她們死的話……

「即使那樣，結果也是相同的，不是嗎，老師？」

……那時候，美沙夜（我）如果這麼告訴他就好了。

……

「如果沒有說出口，就好了。」

黃路美沙夜對著空無一物的空間喃喃自語。

她沒有意識到一直站在旁邊的我，可是這句話是同時對她和我說的。

「我自己也知道，皋月是個不加矯飾的人，而愛著不加矯飾的皋月，我不該對他表明這種幻想。但是，不替自己做點什麼就會感到不安，我不要皋月變成別人的。

不過，這麼一來，我竟然也不想讓他變成自己的人了，我只要在一旁看著他就好，即使——他從來都不在意我的事，只想要這樣就好了。」

她的話聽起來彷彿是談論遙遠的過去。

……我們很像啊，學姊。

雖然很不想承認，但自己確實和黃路美沙夜很相像。

明明都認為對方是比自己重要的人，不過一旦說出口，便會毀壞這種重要的關係。

我自己也很清楚，我的——我們的心意，是絕對沒有結果的愛戀。

「即使如此——我還是忍不住去追求了。」

她就像是在訴說最重要的罪狀。

……我在無意識下說出口。

「學姊，把橘佳織逼到自殺的人就是玄霧老師。對那個人來說，特別的事物根本就不存在。妳的復仇從一開始註定沒有結果。」

「黑桐同學，妳真笨呢……那個我從一開始就知道了。」

黃路美沙夜留下這句話之後，往地上倒了下去。

她懺悔似地將臉伏在地上，笑了起來。

細細的笑容，像是哭泣一般蔓延開來。

◇

我把她留了下來，從孩子們的校舍離開。

落在森林裡的雨成為濃霧，彷彿是要隱藏歸途。

忘卻錄音／7

◇

我夢見了孩提時代。
那段還居住在黑桐家時的遙遠回憶。
那一夜是月明之夜。
那天中午隔壁的老伯伯過世了。
那個人只是鄰居，在他年輕時所有的家人都過世了，他成為孤獨一人的寂寞老人。
雖然因為老人痴呆，導致他連昨天的事都記不起來，但是個非常溫柔、能給人溫暖的老爺爺。
我總是在遠方看哥哥和那個老爺爺過著每一天。老爺爺像是要埋藏自己的寂寞似的，和鄰家少年熱絡攀談，哥哥則是以純粹關懷的心和鄰家老伯伯相處。
有一天，在沒有任何預警之下，老爺爺倒地之後再也沒有醒過來，我和哥哥則是在晚餐時從父母那裡得知這個消息。
無形的憂鬱氣氛充滿了餐桌，我也因為那老人而流下眼淚。
那個人承受失去家人的痛苦數十年之久，最後還是在沒有任何溫情之下死去，真是非常感傷，即使是我也感受到當時的淒苦。
就連我都這樣了，我當時以為哥哥也應該會哭泣。

但是，他卻沒有哭。雖然他的表情非常悲傷，但是，他絕對不肯哭泣。
我看著哥哥那苦澀的眼神，就知道那不是在逞強。
……悲傷的話明明只要哭就好，但幹也總是不落下一滴眼淚。

幾天後，
我才知道老伯伯臨終前見到的，就是前去遊玩的哥哥。

在月光明亮的夜裡，我來到了陽臺仰望夜空。先來一步的哥哥已佇立在那裡。
「你為什麼不哭呢？」
「嗯，我自己也不知道……」
哥哥以困擾的表情望著我。他的眼神依然感傷，也因此非常溫柔。
「是因為你是男孩，所以不可以哭嗎？」
我想起爸爸所說的話而問他，但哥哥只是搖著頭。
「那為什麼不哭呢？」
「嗯，即使想哭也不能哭。」
——因為，那是一件特別的事。
只說了這些話的哥哥抬頭凝視夜空。即使到了現在，他的側臉看起來也像是快哭了一樣，不過還是絕不會流下任何眼淚。
……這時我才了解。即使比人擁有多一倍的同情心，即使想哭的感覺比別人多上一倍，這個人還是絕對不會哭泣。

我認為，為了某件事而哭泣是非常特別的行為，那是會替周圍帶來陰影的悲傷表現。也是會讓他人感染到心裡動搖的行為。

哭泣這個行為很特別，正因為會帶給周圍絕大的影響，所以——這個人不會哭泣。

他看起來相當普通，卻比任何人都還不願意傷害他人，即使自己再怎樣悲傷，也不會因為什麼而落淚，如果落淚的話，他就等於成為某人的特別之人。

——那份空虛的孤獨不管是誰都能夠理解，

　卻不讓任何人發現。

……這個時候，

黑桐幹也成為我重要的人，我想他是比我還重要，絕不能失去的人。

月光明亮的夜晚，兄妹兩人一起眺望夜空。

這是我記憶中的童年光景。

一直被我遺忘、一直回想不起來的……遙遠昔日的夢。

◇

一月十一日，星期一。

學校開始上課，我也恢復了和往常一樣的學生生活。

我上完課之後走出教室。

回到宿舍做好準備之後，向修女提出外出申請。

她繃著一張臉准許了，在走出宿舍的時候，我遇到了藤乃。

「妳要出門嗎，鮮花？」

「我稍微外出一下，可能會趕不上門禁，到時麻煩妳幫我向瀨尾說一聲。」

我拜託擁有飄逸長髮的同學向室友傳話之後，隨即開始趕路。

我快步地穿過森林，來到禮園的校門口。

守衛打開個人用的門扉讓我出去，那裡有一個熟識的人愣愣地等著我。

那個人一身黑衣，外加一件明亮的茶色風衣，不知在這寒空之下等了多久，戴著眼鏡的鼻頭已經凍得紅通通的。

我調整好奔跑時的急促呼吸，以沉穩的嗓音向他打招呼。

「等很久了嗎，哥哥？」

「嗯，不清楚耶。我想應該沒有很久吧。」

那種害羞曖昧的表情看不出是在微笑還是抱怨，黑桐幹也就是這樣。

「走吧，到門禁為止只剩兩小時，我們走快點吧！」

幹也聽完我的話便邁開步伐，我稍微克制自己雀躍不已的心，和他並肩一起走著。

離開了禮園高聳的圍牆，我們往車站前走去。

……要說為何會發生現在這種情形，開端就是昨天幹也打來的電話了。

幹也很在意那次正月時不守信用，為了彌補所以來找我。

「雖然有點晚，這是壓歲錢，要嗎？」因為哥哥的這句話，我就不再追究正月的事。

……真是的，我明明就很討厭自己無法堅持的這一點，但現在卻不免承認即使那樣也不錯。第一次要他買東西給我時，可是讓我失眠煩惱到早上，而現在這樣並肩一起走著，也是讓我苦惱不已，不過……這不也是件很可愛的事嗎。

「那……鮮花妳想要哪一種？」

他突然這麼問我，我說了聲：「什麼？」接著歪著頭看著他。

「就是晚餐啊，妳想吃洋式還是和式的？我不是說要請妳吃飯嗎？」

「——你在說什麼？」

我再次如同小鳥般歪著頭。

這還真讓我完全無法了解其中的意義。

這傢伙現在到底在說什麼？

「……我說，昨天我問妳想要什麼，妳不是說無法決定嗎？所以我後來不就決定去吃飯嗎？」

我愕然地看著幹也。

我記得我確實是說還沒辦法決定，但如果要吃飯的話就出去吃，可是，接下來我就掛斷了不是嗎……

「……沒辦法，如果無法決定的話，就找間看起來不錯的餐廳進去吧。放心，我今天可是好好充實過錢包才出來的，就算是價錢像怪物一樣的餐廳也不怕。」

「所以放心吧！」

幹也微笑看著我。

……怎麼會這樣，這人真的覺得女孩子會因為被請吃飯就高興嗎？

「……他果然真的這麼認為。」

「唉。」我一邊嘆氣一邊低聲說著。

雖然幹也回頭問我說了什麼，但我以無視他做為回應。

……因為，即使抱怨也沒辦法，這個人就是這樣的人，是我自己喜歡上他的。如果把我的理想強加在他身上，那我的戀慕或許也會跟著迷失。

「……是啊，我也親眼看過失敗的例子了。」

我像唸咒文般反復在心裡唸著，要慎重……要慎重。

「怎麼啦？鮮花，從剛才開始，妳就一直在自言自語，發生什麼事了嗎？」

被他這麼一問，我只是靜靜把頭撇了過去。

「沒什麼，我只是發誓自己不會像學姊那樣失敗而已。」

我肯定地回答，並挽住幹也的手臂……嗯，這種程度應該是兄妹間可允許的範圍吧？

幹也一邊紅著臉，一邊像平常那樣走著。

我也假裝沒事用平常心跟著他走。沒過多久，被裝飾得光鮮亮麗的大街，出現在我們面前。

我這個來得有些遲的新年，就這樣開始了。

因此晚餐要配得上這種心情，必須是奢華的和式大餐喔！

／忘卻錄音

玄霧皋月結束今日的課程之後，回到了準備室。

今日天氣是數日不見的陰天，走廊如同黑白照片般寂靜。

他開啟準備室的門扉，緩緩環顧裡頭的情況。房裡雖然堆滿物品，卻排除了名為生活感的事物。

灰色的日光照映著，準備室的時間彷彿停止了。

在確認這個風景和玄霧皋月所記錄的情報一致後，他踏進裡頭。

「啪嗒。」門關了起來。

「──」

同時，他感受到銳利的疼痛。他的視線向下移動。那裡有個認識的學生。

她拿著小刀，深深地刺入玄霧皋月的腹部。

「──是誰？」

他靜靜地問著。

學生沒有回答。

她的手只是顫抖地拿著小刀，就連頭也抬不起來。

他觀察著她的身體。

身高、體重、髮色、髮型、膚色、骨骼。

在玄霧皐月的記錄中，擁有這個學生特徵的只有一名學生而已。

但是——

「妳是為了殺我才在這裡等嗎？」

學生沒有回答。

他聳了聳肩，把自己的手放到對方肩上。

動作那麼輕柔，彷彿要緩和她內心恐懼似的。

「那麼，妳可以離開了，妳該做的事都做完了。」

這句話讓學生不由得震顫。

即使面對殺害自己的人，玄霧皐月還是那麼溫柔。

比起殺人，這個事實更讓她感到害怕，於是她鬆開手中的小刀，迅速跑開。

他一直目送她的背影到最後，卻還是不知道，

那個學生到底是誰呢？

雖然藉由各式各樣的特徵分析出一名學生，但是那名學生的髮型卻和資料不同。光靠這麼一點，她對他來說便是從沒見過的人。雖然只是髮型改變了，但要這一點與記錄不同——那名學生便成為初次見面的人。

他將準備室的門關好，並從內側鎖上。

在他持續流血的同時，他一邊將房裡各式各樣的鎖都鎖上。

最後在身體無法行動後，他背靠著牆壁緩緩坐了下來。

——死亡並不是什麼特別的事，

不管何時，我都已經接受了這個結果。

他觀察著自己的身體。

流出的鮮血染成一片赤紅，這和至今所記錄的玄霧皐月身體不同。

即使如此，再過不久就要死去的恐怖感，卻和自我一樣非常稀薄。

他——不，我正採集著現在的玄霧皐月。

……出血很嚴重，恐怕是沒救了。

距離死亡的時間，大約再十分鐘左右吧？

那麼接下來——他吸了一口氣。

至少到死亡為止的時間，就好好利用吧！

但是十分鐘實在太短，要思考什麼，該找出什麼答案呢？

不，時間的長短並不是問題。

他在現在誕生，然後在十分鐘後死亡。

簡單說來，這十分鐘便是他的人生，再也沒有比這更長的時間了。

來，思考些什麼吧！

試著思索些什麼吧！

如果是過往的自己，光是去思考「需要思考何物」便已經耗盡全力。

不過，不可思議的是，在他逐漸終結的人生當中，他以讓人詫異的節奏，獲得了思考的主題。

——氣息非常絮亂。

——十分鐘太漫長。

——出血十分嚴重。

——人生極為短暫。

他的腦海逐漸被空白洗淨，毫無意義的他，把腦中的思緒說了出來。

「——對了，首先應該思考的是關於出生前的部分啊！」

最後，他獲得了答案。

所謂終極的忘卻，便是出生之前的記憶。

僅有出生前的記錄，是人們所沒有的。

自己出生之前的世界，無意義而且平和。哎呀，原來我所苦惱的事物如此簡單。

「換句話說，只要自己沒有出生，這世界就是平和的。」

非常開心、極其愉悅地，玄霧皋月露出了笑容。

雖然不知道那種事有何意義。

但是，只有這一點。

在如此漫長的時間裡，他初次實際感受到自己在笑。

／7

……

——魔術師說：

即便是我，也殺不死言語。

不過，雖然如此，那玩意兒總有一天也會走向滅亡吧？

所有事物最終都會消失、毀滅、進而死亡。

如果不是如此，過去和未來的境界就會變得模糊不清，事物便是因為無法挽回，才會受到重視，而不願使之消逝。

……話說回來，為什麼只是因為事物逝去，就認定永遠不存在呢？

即使消失、即使遭到遺忘，事物的存在的事實，依然不會有所改變，改變的只有自己用以接受事物存在的心。

我應該明白地說出來才對。

因為——從忘卻之中追求永遠，沒有意義可言。

被遺忘的事物，彷彿理所當然般遭到忘卻，以從此不再扭曲的型態沉睡著。忘卻這種行為的本身，便是定義永遠的一種方法。

我現在可以了解，那個過去在我體內名為織的少年，為何要讓我忘卻過去的那段日子。

為了讓我活到現在的心不因而改變，他讓真正重要的回憶在我的體內沉睡。

即使回憶不起來，但是他曾經存在過的事實不會改變。

……那個魔術師，明明很清楚這件事，卻不願承認這就是答案。沒有自我的他，正因為沒有確實的事物，所以才會希望言語這種不會死的事物永遠存在。

——這真是不值得啊！

言語構成的永遠，才是真的毫無價值可言。

⋮

◇

到了一月七日，我終於擺脫那件古板的禮園制服。

我——兩儀式將鮮花留在校園裡，便從禮園女子學園的校門鑽了出去。

雖然花了一整天時間取消掉原本預定的轉學手續，但事件既然已經解決了，學校應該沒什麼好抱怨才對。

我穿上秋隆送來的藍色和服，在外面套上皮夾克，便悠悠然地離開這個森林與校舍組成的世界。

而那裡有個熟面孔等著我。

「你這閒人，來這種地方作什麼啊？」

「拜託……我也不是一直都閒閒沒事啊……嗯，雖然不是閒著沒事，但今天剛好有空。」

所以囉……幹也邊聳著肩邊說道。看見幹也的模樣雖然讓我感到放心，但同時也感受到如同針刺般的惡寒，我不由得搖了搖頭。

——本來是暫時不想跟幹也見面的。

那段回想出來的記憶片段，讓我心中的不安一點一點擴大。不過，現在比起那個恐怖，我倒想多看看這傢伙臉上像是呆瓜的表情。

「……這樣啊？那我就陪你打發時間好了，剛好我也聽了些無聊的故事，告訴你也無所謂。」

我邊說邊踏出了腳步。

幹也一邊說我不老實又口出粗言，一邊窺視起我的臉。

在聊完玄霧皐月與黃路美沙夜的故事時，我和幹也通過了我們居住的城鎮。一邊走路一邊談話，竟然不知不覺就走過了自己的家。

在彼此默契十足的情況下，我們改以橙子的事務所為目標。

「……但是，為何只公開一年四班的事件呢？照鮮花所說，玄霧皐月不是採集了全體學生的記憶嗎？」

我將到最後依然存在的疑問說出口後，幹也以難懂的表情點了點頭。

「那是因為黃路美沙夜的心願是向一年四班學生報復，所有忘卻的記憶，會以信件的形式回到學生們手上，正因為美沙夜心裡如此希望，因此一年四班以外的學生，就僅限於採集忘卻之後便結束了。」

「妳把我當成白痴嗎？這一點我也知道啊，重點在於，為何只有黃路美沙夜的願望會引發事件呢？」

「你說的也沒錯……一定是因為只有黃路美沙夜最特別，其他學生願望是直接由玄霧皋月來成形，但黃路美沙夜並不是如此。她的願望由她親手實行……我覺得這個差別實在太大了。」

雖然玄霧皋月說他自己只是一面鏡子，卻只有在面對黃路美沙夜的時候，違反了自己的原則。

「可是，為什麼？」

幹也並沒有回答。

我們暫時沉默不語，默默在冬日冷冽空氣裡行走。

在冗長的靜默與思忖之後，幹也以哀悼般的神情凝視著我。

「式，其實……玄霧皋月真的有妹妹。」

他沒繼續再說下去。

……理由或許只是這樣就足夠了，即使她是他真正的妹妹也好，就算不是他真正的妹妹也好，如今也只有玄霧皋月知道真相……可是，就算皋月本人，也沒有用來確認的方式了。

真相永遠隱藏在黑暗之中——諷刺的是，即使是這一點，也有所謂的永遠存在。

「……真是個詭異的故事，玄霧這人還真可憐啊。」

我心裡真的這麼想才會說出這句話。

因為這個沒有自我的魔術師，跟數個月之前的我非常相似。

……但聽見我的這種感傷，幹也卻用意外的眼神看著我。

「真讓人驚訝，式明明輸給他卻還幫他說話。」

「我沒有幫他說話，我只是不恨他而已。」

對，不憎恨。

不可能感到憎恨。

那是因為——

「因為那傢伙跟幹也很像吧。」

「咦？」

「幹也姓黑桐，是黑色的桐樹吧？玄霧那傢伙則是黑色的霧啊！」

我用無聊的答案回答。

幹也在一旁露出苦笑。

「原來如此，那就看誰比較機敏（註1），對吧？」

幹也似乎全把我說的話都當作玩笑話，還露出天真的笑容。

1　黑桐、玄霧發音一樣都是Kiri。機敏則是諧音笑話。

……不過，也不是用誰比較機敏來作比較吧？

「這已經一種是死語了啊，幹也。」

我斜眼看著幹也這麼說。

這時我注意到某件事，不由得低聲地笑了出來。

「啊——」

「咦，怎麼了。」

「沒什麼……我無法殺死的東西，你卻在剛剛把它殺死了。」

我的回答讓幹也歪頭陷入了思考。

這也是當然的，我的自言自語對幹也來說，只是一句沒頭沒尾的話而已。

「沒什麼啦，這只是無意義的自言自語而已，忘了它吧！這是件理所當然的事罷了。」

……沒錯，在現代，即使是語言也會死亡。

不具有普遍性的語言，將被剝奪意義而成為單純的發音……正好就像那個在幼年期被丟下後持續成長的魔術師一樣。

「妳到底在說什麼啊？不好意思，我的個性可不像式那麼危險，我就連毆打別人這種事都沒做過，更不可能提到殺人啊……嗯嗯，沒有，我想一定是沒有的——」

真好笑，幹也更加深入思考起自己的話了。

我想正因為是他，所以他應該在反省自己是不是無意中傷害到別人了吧？

……這種個性雖然挺像笨蛋的。

但我心裡卻想繼續看這傢伙這樣下去。於是兩儀式放棄告訴他理由，讓嘴角保持笑容繼續行走著。

夕陽西下，天際的星星開始閃爍。

如凍結般的明月，也出現在頭頂上。

等到我們察覺時，已經超過橙子的事務所，走在不知名的路上。

我們凝視著對方的臉，互相為對方的粗心大意嘆了口氣。

「——真像白痴。」

當我聽到幹也這麼說，心裡稍微愉悅了起來。

真要說理由的話，其實我應該算知道了吧？

因為對我來說，這是我第一次和別人在夜裡散步——

／忘卻錄音・完

境界式

（0）

總之，先找個人狠狠揍一頓吧！

不論對方是誰都行，最好是我揍完之後心裡也不會產生罪惡感的傢伙。

地點要在四下無人的地方，一來必須避免受到校方處分，二來我也不習慣惹人注意。

在考慮了一個星期之後，我決定了對象與地點。

對方是同一所學校的學弟，在走廊上曾經瞪了我一眼的金髮男學生。

地點決定在他常出沒的電動遊樂場附近。

那個傢伙每個星期都會向素不相識的客人暴力以對，他非常在意遊戲的輸贏，因此會去痛毆贏了自己的對手。

當然，他不會在電動遊樂場裡動手。有點小聰明的他，總是在目標離開時叫住對方，然後強拉到暗巷裡，對他所受到的屈辱進行洩憤。

因為都是沒有目擊者的暴力事件，所以也沒人向他興師問罪。

對我來說，這傢伙是非常適合下手的對象。

◇

『——我討厭弱者。』

當我鼓起勇氣告白時，她拋下這句話就飄然離開了。

的確，我從出生起就對那檔事沒興趣，但我的勇氣與主見，沒堅強到可以去和人鬥毆的程度，這也是不爭的事實。

因此我是弱者。

為了矯正這種軟弱，我只得去揍人，這不但是能最快速證明本人實力的方法，而且我對「揍人」行為本身也很有興趣。因為活了十七年歲月的我，要說還有什麼沒做過的事，也就只剩這一類的事罷了。

◇

於是我引他上鉤。

晚上我到電動遊樂場去，玩遊戲的時候讓他一次次敗北。

當我踏出大門，他一邊瞪視我，一邊把我拉到暗巷裡，他似乎真的很憤怒，因為他先前都是用聊天的方式引人上鉤，不過他今天不發一語就直接出手。

……我安心了。雖然他確實經常打人，但我心裡總是有種自己濫用暴力的罪惡感。

不過，目前這個問題也解決了，既然他打算揍我，那麼即使我揍他，也沒有什麼是非黑白、罪責或刑罰的問題了。

他猛力拉著我的手，一直往巷內走去。

他「喂！」了一聲，隨即轉過頭來。

在他轉過頭之前，我已經朝他頭部揍了下去。

「砰」的一聲，他倒臥在地。
如此無力而無情的倒臥方式，和人偶很像。
倒落在地的他，鮮血從頭顱不斷湧出。
「──咦？」
讓人難以置信。
只是用單手就能握住的木棒往他揮舞而下，居然可以如此輕易殺死他。
「──怎麼回事。」
我不由得如此抱怨。
難道不是嗎？這完全是一樁意外事件，不帶有惡意或殺意的殺人案件。我明明原本沒有這種打算的！
「──我真的不知道。」
沒錯！我不知道。
沒想到人類這種生物，居然如此脆弱，而且很容易死。
不過，明明他們平常就一直在做這些事，為何卻只有我殺了人？
老是對他人施暴的他們，以及僅施暴一次的我。
然而，卻只有我殺了人。
我不了解。
是我太過倒楣，或者他們非常幸運呢？
毆打的對象死了，純粹是因為某一方運氣太差嗎？

我不了解。我不了解。我不了解。

連這種差異、等待我的未來、殺了他是否有罪、這下該怎麼辦，這些我都不明白。

不過，其實我是知道的。

殺人者會以殺人犯的身分被警方逮捕，這點常識我還知道。

沒錯，即使我本身一點罪孽也沒有。

「——這樣不行，我一點也沒錯。因為我沒錯，所以不該被警察逮捕。」

嗯，這種思考模式沒錯。

所以，我必須隱藏這樁殺人案件才行。

幸好現在沒有目擊者，只要把這屍體藏起來，我就能一如往常地繼續過活了。

但是該怎麼做？

不但沒有可以掩埋的場所，要火化遲早也會露出馬腳。在現代社會中，要完美處理屍體簡直是不可能的事。可惡！如果這裡是森林或深山裡，動物就會把屍體吃掉了——

很自然地吃掉……？

「啊，對了，只要吃掉不就好了嗎？」

當我想到這個過於簡單的答案時，不由得樂到想跳起舞來。

今晚的我怎麼這麼聰明？沒錯，用這方法不就可以簡單處理掉屍體了嗎！

但要怎麼做？到頭來，當成肉吃還是太大塊了，不可能在明天早上前一個人吃光這麼多肉。

那至少把血喝掉吧！我將嘴湊上他頭部的傷口，試著喝起血來。

粘稠的液體充塞整個喉嚨。喝了一陣子後，我開始劇烈咳嗽起來。

……不行，實在喝不完。血液這東西會黏在喉嚨裡，沒辦法像水一樣不停喝下去，弄不好還可能會因此嗆死。

怎麼辦怎麼辦，肉吃不完，連血也喝不盡……！

我抱著頭緊咬著牙關。

現在的我，已經只能不停發抖了。

……我殺了人。

……我殺了人。

……我連隱藏這件事都做不到。

……我的人生要在這裡結束了。

我陷入混亂，連出口都找不到。

「——為什麼不喝到最後。」

從我背後傳來這樣一陣聲音。

我轉過去，看見一位身穿黑斗篷大衣的男子。

他的身材瘦長、筋骨結實，好像在煩惱什麼，臉上的表情很苦悶。

「少年，你是被人類的道德感所束縛嗎？」

男子沒有去看屍體，只盯著我看。

「……道德？」

我喃喃自語，陷入沉思。

話說回來——為什麼我會想吃了他呢？在我啜飲鮮血時，也不感到厭惡，把嘴湊到稀爛的傷口上，我居然不覺得很噁心，我到底是怎麼了。

吃人……不是比殺人更不能做嗎？即使是窮凶惡極的殺人犯，也不至於會去吃人，如此恐怖的事，他們甚至連想都不會去想。

——因為，

吃人顯然是一種變態的異常行為。

「不過……我覺得那麼做很自然。」

「是嗎？那是因為你是特別的。

達到殺人這種極限狀態時，並沒有什麼其他的選擇，大多數的人格都會在那時刻逃離自己的罪孽，但你用你獨有的方法去面對。就算從常識看來那是『不正常的事』，你也不認為那是罪孽。」

黑色的男子，向我走近了一步。

比起被看到殺人現場的恐怖、我更感覺像是被選上般地興奮。

「——你說我是特別的？」

「沒錯，常識已經不在你身上了。在名為常識的世界裡，異常者並沒有罪。因為異常者做出違反常理的事是理所當然，不能用常識來判別善惡。」

男人更加走近，將手放到了我臉上。

異常者。狂人。變態。心不在焉。

我不是那種人，不是那種脫離常軌的人。

但——如果我真的已經瘋了，就算是去殺人，那也是無可奈何的事不是嗎？

「我很奇怪，並……並不普通。」

男子無言的點了點頭，開口說道：

「沒錯，你不正常。你瘋了對吧？既然如此——」

那麼，就徹頭徹尾地瘋狂吧。

男人的嗓音讓人感覺舒服，完全滲入我的身體。

嗯，就是這樣沒錯。

這是為何？光是接受這件事，就讓身體的戰慄以及對未來的不安，全都轉化為舒適的快感。

前方霧茫茫一片，完全看不到。喉嚨一陣乾渴，連呻吟的聲音都發不出來。

那種體內熊熊燃燒的痛苦，比我先前嘗試過的任何藥物都更有快感。是的，即使全身靜脈注射碳酸水，也無法達到這種痛快的境界。

我莫名地被男人抓住臉，有生以來初次痛苦著。感覺好炙熱、好亢奮，感動得想大聲嘶吼。

所以，我選擇在此地變成瘋狂。

◇

少年僅耗費了一個小時，就吃完整具屍體。

他並未使用任何工具，只靠自己的牙齒和嘴，將體型比自己還大的生物吃得一乾二淨。

他分辨不出人肉好吃或難吃，只不過在耗費將之咬碎罷了。

「──花了一個小時嗎？真是出色。」

身穿黑外套的男人，看完少年進食之後，開口對著他說。

那名少年回過頭來，雙唇都是鮮血。那不是因為吃人而沾上的鮮血，純粹是因為不斷嚼食肌肉與骨頭，讓自己的顎骨碎裂、肌肉腐爛而已。

即便如此──少年吃屍體的行為依然停不下來。到最後，那具屍體徹底從這條暗巷裡消失。

「不過那還是有限度的，只是對自己的起源有所自覺，也只能做到這個地步而已。如果起源這玩意覺醒，就沒辦法變成現實。」

少年一臉茫然地傾聽那個男人說話。

「再這樣下去，沒過多久你就會被世間的常識所困，被別人當成吃人的瘋子，你的人生就會這麼結束。但那絕不會是你期望的結局。

你會不會想──擁有不受任何事物束縛的超能力，以及超越一般生命體的特殊性？」

黑衣男子的說話聲，不像是聲音，而像文字。

話語聲彷彿是帶有強烈暗示的咒文，直接烙印在少年早已麻痺的思考上。

被自己的鮮血沾濕咽喉的少年，像在對著伸出援手的神祈禱般，用力上下晃動著頭。

「許諾終了，你是第一人。」

男人點了點頭，揚起了右手。

不過在那之前——少年開口問了唯一的問題。

「你是什麼人？」

身穿黑色外套的男子，眉毛一動也不動回答：

「魔術師——荒耶宗蓮。」

那句話異常沉悶，如神諭般在暗巷之中迴盪。

◇

在最後，魔術師詢問少年的名字。

少年說出了自己的姓名。

魔術師板著臉孔，微微的笑了。

「裡緒（Rio）——真可惜。只差一個字，你就是獅子了。」

那是真的感到很遺憾般，帶股陰鬱的嘲笑。

7/殺人考察(後)

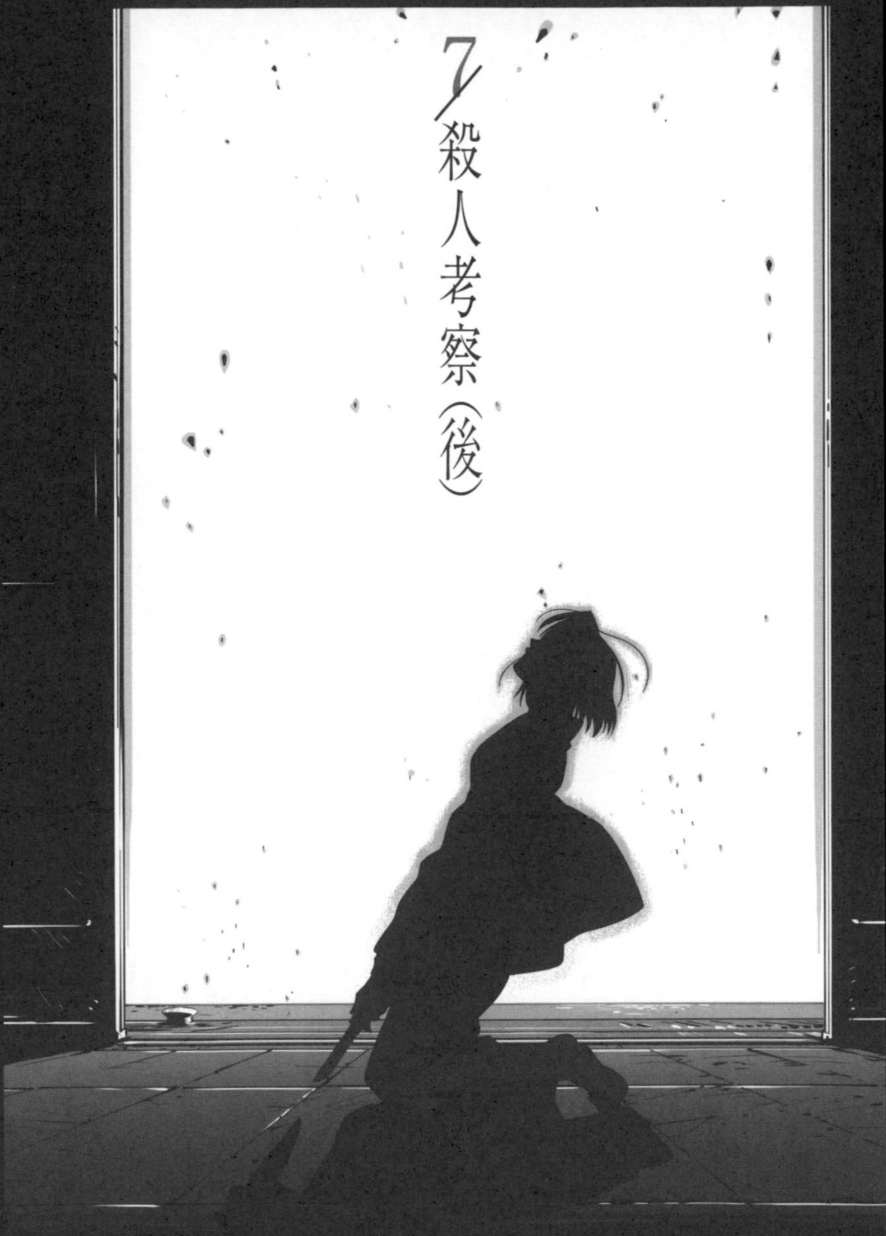

......not nothing heart.

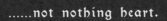

身體凍僵了，僅有吐出的氣息略帶熱度。
望著彼此即將停止的心臟鼓動。

然後，極為珍惜的記憶
隨即就會消失而化為眷戀。

在雨天。
如白霧般來臨的放學時間。
在黃昏。
教堂景色猶如烈火燃燒的色彩。
在下雪時。
第一次相會時，雪白的夜與漆黑的傘。

只要有你在身邊，只要你露出微笑，就是幸福。
明明情緒不穩，卻可以感到安心。
只要有你在身邊，即使只是並肩走路，我也感到高興。
明明不在一起，卻又在一起。

只是短暫的時光。
由於樹縫之間的光線似乎很暖和，於是停下了腳下的步伐。
你笑著對我說，總有一天，我們站在同樣的地方。
……我心裡一直期盼，某人能這麼對我說。

——那的確是，
猶如夢境，日復一日的眷戀。

／空之境界

／序

一九九九年，二月一日。

這個時間接近二〇〇〇年，眾人紛紛開始留意著名預言家的預言。

我──黑桐幹也，和式並肩走在寒冷至極的冬季街道上。

現在是嚴冬時分，大約傍晚五點太陽就已經西下，夜幕已經開始低垂。

我口裡吐著白色煙霧走在回家路上，身上衣著的穿搭依然缺少變化。

我穿著毛衣搭配簡單的黑色牛仔褲，再披上一件深綠色大衣。

式在藍色和服外面，搭上一件大紅皮衣，腳上穿著倫敦靴樣式的長筒靴。

雖然式身上的穿著，會讓人想問她會不會冷，但她從四年前就一直是這身打扮。式的特色之一，就是很能忍受酷熱或寒冷。

我結束了一天的工作，正走在回家的路途上，式前來陪伴我……老實說，我覺得她必定在打什麼主意。

「那妳今天是怎麼了，怎麼這麼難得，特地跑到事務所來，如果妳有事，在房間等不就成了？」

「沒怎樣啊……只是因為最近治安不太平穩，所以想送你一程而已。」

她一臉不悅，臉看著旁邊這麼說。我覺得她似乎刻意在閃避我，兩人一時之間無法繼續交談。

這個身上總是穿著和服的怪人，她的全名叫兩儀式。她是我從高中時期就認識的好友，在發生很多事件之後，我和她的關係發展到現在這樣。

式的身高正好一百六十公分整，渾身散發中性韻味。得體的五官，更加強了她中性的氣質。再加上她說話總是用男性的口吻，更讓人覺得性別難辨。猶如陶瓷般的白皙肌膚、深邃而烏黑的眼眸，搭配一頭及肩的散亂黑髮，讓她變成不知該說是帶有日本風格或者是西洋風格的女人。

式挺直著背脊，猶如在觀察暗下來的景色般隨意漫步。她那種模樣，與其說是威風凜凜，更讓人覺得像是緊繃了神經的肉食性動物。

「……式，感覺妳最近有點怪怪的。」

「是嗎？我不記得自己做過什麼讓你可以取笑的事。」

她滿不在乎地如此回答，實在讓我很難接話。

我拿她沒辦法，只能默默和她並肩行走。

我們兩人走在住宅區的路上，朝著熱鬧的火車站方向前進。街燈一如往常地明亮，但街道猶如深夜般寂靜。原因很簡單，因為只有我跟式兩人在這條道路附近行走。是的，從十天前開始。這個城鎮就沒有人在夜裡獨自外出了。

——其實我知道，式之所以特地來事務所接我的理由。

因為現在這個城鎮面臨與三年前同樣的情況。

在我就讀高中一年級的時候，這個城鎮的人們因為殺人案件而惶惶不安。

殺人犯會在深夜現身，沒有緣由地殺害路人，當時的受害者高達六人。這個案件在警方奮力搜查卻毫無所獲的情況下落幕。

殺人案件約莫在三年前的夏季前後發生，到了三年前的冬季過之後，又悄然平息。這個事件發生在我和式即將升高二的寒冷二月天。

在那之後，式因為交通事故失去意識，昏睡了很長的一段期間。後來我雖然從高中畢業，考進大學，但還不到一個月時間，我就自行退學。其後我到橙子的事務所開始工作，一直呈昏睡狀態的式，則是在去年夏天清醒過來。

……沒錯，對我而言，那些殺人案件已經是過去式，不過對式來說，卻相當於半年前發生的事。

從電視媒體大幅度播報殺人案件再現的新聞之後，式的精神狀態一天天緊繃起來。她那個模樣，讓我感覺像是她在三年前事故前夕的心緒不穩……神似當時擁那個名為「織」的人格，以及宣稱自己是殺人犯的兩儀式。

我們兩人來到了火車站前面，街道一如往常地熱鬧。

如此喧鬧而且交通繁忙的地方，和人煙稀少的住宅區不一樣，殺人犯不至於在這裡出現。

人們宛如在相互保護般聚在一起，讓街道變得更加熱鬧。

夜才剛剛開始，人潮卻如永無止盡地一波接著一波湧現。

路上，放在店裡的電視正在播報新聞，果然主題仍是殺人案件，式停下了腳步，盯著螢幕看到出神。

「幹也，是殺人魔耶。」

式輕笑了一聲如此說道。

我瞥了一眼，發現新聞標題的「殺人犯」被劃了個叉，改用「殺人魔」這個新詞彙。

「……嗯，因為被害者人數超過十人。的確和一般殺人犯給人的印象不太一樣。不過，用殺人魔的字眼未免也太過頭了，寫明殺人嫌犯不就得了嗎？幹麼這樣拚命渲染呢？」

這是我在認真思索之後發表的感言，不過式卻不表認同地瞥了我一眼之後，毫不客氣地指出這很像我會說出口的一般評論。

「這種用法非常精確喔，殺人和殺戮畢竟不同，如果這些案件確實有犯人存在，那麼這傢伙必定是個殺人魔，這傢伙一定會因為這個稱號而非常高興。殺人魔殺人不需要任何理由，只會因為被害者往左或往右轉之類的原因動手，因此這傢伙不是殺人。」

式盯著螢幕低聲說道。

螢幕淺淺地映照出式的面孔，看上去像是她正在瞪視自己。

「你是說，殺人犯沒有殺人？」

面對一臉疑問的我，式點了點頭。

「殺人跟殺戮不同，幹也，你記得嗎？人一輩子只能殺一個人。」

式的視線從螢幕上移開，面對面與我對望。

她臉上的表情與平時無異，雙眼依然流露著漠不關心的眼神，眺望著遙遠的遠方。

……但是我卻感覺到，那對漆黑的瞳孔中有一股哀傷。

「只能殺一個人？」

這句話是什麼意思呢？依稀記得她以前也說過類似的話語，可是我卻回想不起來。

——後來我非常懊悔。

要是在這個時候、這個瞬間我回想起那件事，或許我們後來就變成那樣的結果了——

「先不管了，這不過是一件無聊的事。我們還是快點回家吧，我剛起床不久，不填肚子就平靜不下來。」

「才剛起床？式，學校方面發生什麼事了嗎？今天才星期一，不是可以睡一整天的日子吧？」

「放心啦，我早上都乖乖待在教室裡。從十一月起，我就是個缺席天數只有個位數的好學生哦。你嚇到了吧？」

……說真的，確實讓我嚇了一跳。

在我點了點頭之後，式一臉滿足露出笑容，抓住我大衣的衣角。

「很好，那你就給我一點獎勵吧！聽說你帶鮮花去過赤阪的餐廳吧？我正好一直想去那間餐廳吃看看。那件事害我第一次對鮮花萌生殺意。」

式開朗地說完這些嚇人的話後，抓住了我的手，開始硬是拖著我走。

目的地雖然還不確定，不過必然是吃上一餐就得花上我一半薪水的餐廳，可是，我卻阻擋不了興頭上的式。

……真拿她沒辦法，我暗自埋怨起說出新年當天祕密的鮮花，放棄之後開始滿懷期待。

不過，老實說。

現在的式，感覺有點像以前的她，含有名為「織」的少年人格，總帶著危險氣息卻又爽朗的她。

這件事讓我毫無緣由地愉悅起來，也未去質疑這種不協調感，因為和今天的式交談所帶給我的快樂，已經超過我內心的種種不安。

就這樣，在二月開始的第一天，我和式一同走在夜裡的歸途上。

那是毫無異常，如同日常生活的光景。

……然而，後來回頭去想，

對黑桐幹也來說，這確實是他凝視兩儀式的最後一日。

殺人考察／1

——一九九五年四月。

我和她相遇了。

■

■

在殺人犯被封為殺人魔後經過一個星期。

前來公寓叨擾的刑警秋巳大輔，在凌晨五點先把我這個外甥吵醒替他準備早餐，然後一邊啃吐司，一邊看著今天的早報。

報紙的日期是一九九九年二月八日。

被新聞報導稱為殺人魔的犯人，從隔天起每天殺害一人，到現在已經過了一個星期的時間。

「……真是，看來他還挺喜歡殺人魔這個稱呼嘛，我真沒想到工作量突然會變這麼大。」警視廳搜查一課的不良刑警大輔，彷彿事不關己地露出笑容。

話說在前，這個人跟這個事件可是有血親般的緊密關係，因為不管是三年前的殺人案件或是這次的殺人魔事件。他都為了逮捕犯人而四處奔走。

「大輔哥，你在這裡偷懶沒問題嗎？報紙上不是又刊登了昨晚的受害人？」

我開始享用早餐，與大輔哥隔著桌子面對面坐著。

應該很忙碌的大輔哥，則是藏在報紙後面「喔」了一聲，他回答的聲音感覺很開朗。

「這個嘛……該怎麼說呢。這個星期事情變化很大，說不定得要請自衛隊出動了。」

大輔哥一邊從報紙後方伸手拿咖啡杯，一邊說道。

……這個人會跑來我這邊大部分都是為了要發牢騷。

但因為平日受他許多照顧，我也不能不聽他抱怨。

「出動自衛隊……上面打算發動戰爭嗎？」

「只是有這麼一個方案而已，聽清楚了，我接下來所說的話不能傳出去，這可是機密，連親人也不能說喔！」

我回答「嗯」一聲後，報紙另一端就傳來一句「好」的回答。

看來他一定沒聽過「國王的驢耳朵」這個故事。

「聽清楚了幹也，三年前的事件雖然和這次一樣，但這次的事件仍舊沒有可說是證據的證據，也沒有能說是動機的動機，那時的證據只有你們高中的校徽而已，之後雖然也拿犯人的皮膚去鑑定，但現在卻沒有符合的對象。在此之前將案件不斷塑造成毫無關聯性、有如意外事件般的犯人，這一週突然變了個樣，竟然開始每天殺害一個人，這是至今未曾出現的例子。」

……原來如此，這麼說來的確是這樣沒錯。

三年前發生的殺人案件，時間雖然從夏天一直持續到冬天，但這段期間的犧牲者只有六個人。

而且，根據大輔哥的說法，這個星期的殺人速度實在太異常了，從去年秋天開始，這次的殺人魔就一直在犯案。雖然警方封鎖消息，當成單純的失蹤事件處理，不過到了今年，有失蹤者家屬向媒體透露消息，因此連續殺人案再次發生的新聞就浮上了檯面。

「幹也，你知道這個變化的意義嗎？」

「……也就是說，他留下太多證據？」

大輔哥很無趣地說「算是吧」。

「你相信嗎？聽清楚喔，這傢伙先前犯案整整四年都沒有出現目擊者，這一次居然連續失誤，簡直像是另一個人。讓人甚至開始懷疑這是他人模仿先前的手法在犯案。」

「但是殺人現場的狀況不是都一樣？之前被害者的死法警方都特別保密，所以其他人是不可能模仿手法來犯案的。」

「是這樣沒錯，不過，事實真是如此嗎？真要說的話，四年前的案件還比較像是因為興趣而把屍體當作道具，輕易就能得知這是精神異常者幹的。不過這次的案件不太一樣，屍體部位大部分都消失了，只留下被切斷的手腳。從這個差異來看，或許這個案件和四年前案件的凶手不是同一人。再怎麼說，在都市裡進行的犯罪，根本不太可能藏匿得了屍體，當你花了好大一番功夫藏匿好屍體，卻在現場留下了蛛絲馬跡，這不是很矛盾嗎？但根據擔任鑑識工作的老伯的說法，這樣其實剛好。你可別笑啊！

據說這次的犯罪，應該是大型肉食性動物幹的。幹也，你聽說過有誰養的鱷魚逃走的消息嗎？」

「……這個嘛，我沒聽說過。」

我說完之後拿起了咖啡壺。

姑且不提鱷魚的事，這種談話內容實在讓人很不快。

大輔哥說這次的事件與四年前的事件可能是不同人所為……這樣一來，事情會怎樣發展呢？

四年前——式說自己殺了人。

不過也一定是騙人的，她絕對不會殺人。就算想殺也下不了手，我至今以來一直這樣相信著。可是……為什麼到現在我的心情會這麼不安呢……？

「大輔哥，你剛剛提到有目擊者？」

為了甩開心中的不安，我提出了這個問題。

大輔哥「嗯」一聲回答我。

「上週開始的事件都一定在鬧區發生，因為是在巷子裡犯案，所以殺人現場附近都有人群來往……雖然這還算不上是確切的證據，但這裡還有兩件有趣的事。第一，在殺害時間前後，有人看到附近出現穿著和服的人。」

……要鎮定。

我冷靜地催促他繼續說下去：

「雖然還不清楚他的性別，但這點實在很可疑，因為我們已經將其列為重要關係人並開始追查，所以這點應該會很快解決吧！雖然我認為有三成機率是白忙一場，但上頭卻認定那就是殺人魔。而另一點則是關於被害者了……小弟啊，關於這件事其實還得要你幫幫忙才行。」

「真稀奇，你竟然會指名要找我協助啊？」

……那個身上穿著和服，在殺人現場被目擊到的人物。

除了式以外，我想不出還有誰以那副裝扮在夜裡四處走動。

我感覺手指一陣僵硬，彷彿手上的咖啡杯隨時都會掉落，但我還是盡力維持冷靜。

「幹也！你別這麼說嘛！藥物你很熟吧，例如藥物的種類跟藥頭的勢力範圍之類的。」

「我只是比常人多了解一些而已，警方應該比我更清楚這種事吧，你們那邊不是有專家在嗎？」

「你這麼說也沒錯，但是我想聽聽看不一樣的意見，因為那些想法頑固的老伯們，實在搞不清楚年輕人之間流行什麼，包括我自己在內。」

大輔哥隨即拿出一張照片和報告用紙放在桌上。

照片上有兩個玻璃瓶，其中一個內放著像郵票的物體，另一個則是放著像藥草的物體。

報告上有著ＴＨＣ、mescaline 等字眼，並且加註了公克單位。

……那顯然是違法藥物的相關資料。

「看起來像郵票的東西是ＬＳＤ，純度和最近流通的差不多……但藥草之類的玩意我就不知道是什麼了。如果檢出大麻城，那應該是大麻沒錯。」

「那個啊，鑑識科的人說他沒看過那種大麻。而且你剛說大麻域？但檢驗結果顯示並未含有THC或CBC之類的成分。」

我不由得蹙起眉頭。

大麻……這種被稱為「嗎啡」的麻藥，是因為含有大麻域這種物質才能成為麻藥，不含THC的大麻，就像沒有輪胎的車子一樣。

「什麼啊，那這東西就不是嗎啡了，難道是蕁麻？」

「……蕁麻是什麼東西？」

「就是不含精神藥物物質的麻，即使是日本產的麻，也有一%以下的THC成分，最優良的外國麻甚至有一點八%的嗎啡，這不是可以忽略的數值吧？接下來，用人工加以改良的就是蕁麻，據說THC含量只有以前品種的三十分之一。」

「哦——」報紙後方傳出感嘆之聲。

……不過，蕁麻大部分是做為紡織纖維用的，用來當作鳥飼料的蕁麻，則是從國外輸入的，因此可能還是具有危險性。

「那……這張照片怎麼了嗎？」

「在這個星期，有一半以上的被害者身上都有這兩樣東西……基本上，被害者都是在深夜出來晃蕩的小鬼，換句話說，嗑藥的人一定會成為被害者。」

「大輔，那樣說是偏見喔。」

我說完後，大輔哥「嗯」了一聲沉默下來。

「原來如此，所以你才會想打聽最近流行什麼藥啊？因為我這一年都沒和那些人碰頭所以不清楚，說不定是把其他藥和ＬＳＤ組合而成的新產品。」

ＬＳＤ又稱為Ｌ，是在郵票大小的紙上沾滿藥，然後用舌頭享受的代表性幻覺劑。而混合這方法則是將兩種藥一起使用，雖然效力很強，但隨便嘗試新的混合法非常危險，有名的像是「高速球」，就是將「古柯鹼」混合「海洛因」而成。

「……懂的還真多！你該不會和某些危險人物有往來吧？」

「沒這回事，這種程度的知識，只要有興趣就能輕易查到。我先說清楚，我對藥可沒有興趣，相關的知識是高中時學長教的，因為他是藥師的兒子，藥物方面的知識知道得比較多。」

「這樣啊，那哥哥我就放心了。」

大輔哥說完便站了起來。

「好了，也該回去工作了。啊，有件事忘了問。到頭來大麻到底是哪種麻藥？麻藥有分成ＵＰ系與ＤＯＷＮ系吧？」

聽他這樣問，我不由得嘆起氣來，為什麼我得跟當了好幾年刑警的人說明這種基本常識呢？

「大輔哥，虧你這樣還能一直當刑警，嗎啡不屬於任何一種，它是種能當ＵＰ系，也能當ＤＯＷＮ系使用的方便藥物。雖然其他麻藥對大腦造成的影響已經解開了，但含有麻的ＴＨＣ卻還是未知數。它含有現存各種麻藥特性，對人體造成的影響太複雜了，還不是人類能掌握的東西。所以，有可能因為使用方法而產生不得了的影響。」

大輔哥往玄關走去邊點頭道：「原來如此。」

「什麼，竟然在下雨！」

他說完之後，隨即飛快地走了出去。

「……真是的，那個人直到最後都一直在發牢騷啊。」

雖然如此，他確實讓我原本抑鬱的心情輕鬆許多。

我簡單地吃過早餐之後，打了一通電話去橙子小姐的事務所。告知她我今天請假的目的之後，所長她丟了一句：「你別太逞強啊！」就掛了電話。

我感嘆著自己行蹤已經被她看穿，披上了綠黃色大衣。

……式下落不明已經超過一個星期，自從殺人魔開始每天晚上出現獵捕目標之後，她再也沒回過自己的房間或兩儀家的老家。

她沒和任何人聯絡，也沒人見過她。

無須猜測她的行動有何含意、或者是為了何種目的，如果殺人魔的重現與四年前的案件有關，那麼式就和這個案件有所關聯。

我不清楚讓街上陷入恐懼的殺人魔的真面目為何。而四年前說自己殺了人的式也失去那陣子的記憶，真相究竟是什麼依然無法確定。

……或許我無法接受案件的真相。

但我已經等待的不耐煩了，在有大事發生之前，我必須找出案件的真相。

因為這不是關於某個陌生人的案件。

這是從四年前開始直到現在，一個有關兩儀式和黑桐幹也的案件。

為了解決這個事件，這是我有生以來第一次自行著手調查。

我來到外面之後，街道上籠罩著一片灰暗。

我撐起一把黑傘，打算先去犯罪現場看看。

雖然昨夜的犯罪現場被警方封鎖了，但先前的犯罪現場應該不難進入。

走完三個地點之後，時間已經到了下午。

如此看來，要看完所有的犯罪現場，應該要到晚上了?雖然這不是毫無意義的行為，但這種行動的成效畢竟不大。可是，手上沒有任何線索的我，也只能不斷重複這種基本調查的行動。在進入下一階段的調查之前，我必須先了解所有的事，即使是路上小石頭的數量也不能放過。

……真是的，沒想到自己的執念深得如此病態。

黑桐幹也在雨中穿梭於發生殺人案件的暗巷裡。

冬季的雨水冰冷，讓人心情難以平靜。

從三年前開始，這個季節的雨就讓人相當厭惡。

因為這會讓我回想起那個我眼睜睜失去了她的日子。

…

——我想殺了你。

身穿紅色單衣的少女說完之後，隨即拿刀往黑桐幹也的喉嚨刺了下去。
這個被雨水淋濕的少女，名叫兩儀式。
而被打倒在地，壓制在地上的我，什麼事也辦不到。
我只能眼睜睜凝視著不斷逼近的死亡。那是猶如斷頭臺的利刃似的，不帶絲毫憐憫的一擊。
但那把刀沒有刺進喉嚨，在前一瞬間停了下來。

——為什麼？

聲音來自式她自己。
那名拿著小刀的少女，無法下得了手殺我。
真是悲哀。
僅能藉由殺人來彰顯意義，以及不想殺人的意志，兩者不停殺害著對方的存在。
這種矛盾實在太過明顯，甚至讓我忘了呼吸。
但我知道，那只是一瞬間。非常些微的幸運。
……因為她無法反抗兩儀式。
少女瞪著自己停住的手腕，憎恨著它們。
真是淒慘的手，真是淒慘的——自己啊。
憤怒爆發出來，小刀往下刺去。

那是為了這次要確實殺掉黑桐幹也的緣故。
不過，就在這個時候，似乎有人介入了我倆之間。
那是穿著如袈裟般黑色大衣的男子。
他從側面踢飛了壓制著我的式。

——開什麼玩笑，我可不是希望這種崩壞方式。

男子說完這句話，就把我拉了起來。
被一腳踢飛的式，「啪」的一聲，以更激烈的招式往男子攻了過去。
式手上的小刀掠過那名男子的太陽穴。
如線般的傷口之中，噴出粉末般的血液。
式就這麼疾衝而去，瞪視著那名男子。
男子乾笑了一聲。

——連我也殺不了？
　看來那傢伙不是完全沒用嘛！

男子拉住我的手衝了起來。
式隨即追上。

不過男子的腳程非常快，感覺就像飛的一樣。
他離開兩儀宅邸的範圍之後，隨即鬆開了我的手。
並且告訴我，如果我就此離開，就可以安全回家。

——破壞那個還太早了，
唯有彼此相剋的螺旋，才是適合那個的結局。

男子說完之後便消失無蹤。
對我來說，只有眼前寬闊的歸途。
以及從背後式的腳步聲。
……那時候，
比起獨自回家，我寧願選擇和她在一起。
當時的那個決定是否正確？老實說，我到現在也不確定。
而式一直到最後，都無法對我下手。
「如果我不能殺了你——」
全身上下被雨水濡濕的她，臉上露出了微笑，
「——那我也只好消失了。」

少女在我面前朝著車燈飛撲過去。

雖然雨中響起一陣劇烈的煞車聲響，但依然還是來不及了。

倒臥潮濕柏油路上的少女，失去了體溫，猶如一尊壞掉的人偶。

……我從未親身經歷過如此痛苦的時刻。

我想，以後應該不會再有任何事，會像現在這樣讓我如此悲痛吧？

我的眼眶的確泛著淚光。

可是……

在那時候的黑桐幹也，無法真的哭出來。

⋮

雨到了夜裡依然下個不停。

今夜非常寒冷，像這樣在雨中撐著黑傘，彷彿回到與她初次相遇的下雪天。

我抬頭望向夜空，理所當然地看不到星星和月亮。

我思忖著，希望在這片天空下的式，千萬別受寒了。

／1

五月。

我認識了一個叫黑桐幹也的人。

我看了第一眼就喜歡上他，連我這樣的人，他都能毫無區別地對待。

我單純喜歡上他那不帶心機的笑容。

■

「可惡，居然下雨了。」

我恨恨地唸了一句，從路過的便利商店傘架上順手拿走一把塑膠傘。

我雖然想就這麼繼續走下去，但看來已經失去目的了。血的腥味在雨水沖刷之下，已經無法再繼續追蹤了。

時間是二月八日，剛到早上的時間。

路上的行人零零落落，甚至會讓人誤認只有自己一個人在行走。我漫無目的地行走，然後同樣漫無目的地停下腳步。

然後，我像在觀察他人似的，打量著自己的身影。

手上撐著一把廉價的傘，上半身穿著髒兮兮的皮衣，和服裙襬沾滿了泥巴。我不過是在巷子裡睡了一個星期，外表就變得如此骯髒。雖然我不在乎自己的外表看起來如何，但一直聞到自己的體臭實在讓我受不了。

「好，今天不露宿街頭了。」

我說出這句話之後，覺得聽起來還算讓人愉悅，因此臉上露出一星期以來首次出現的笑容。

…

兩儀式，是我的名字。

我擁有兩儀這個「二分太極之意」的姓，以及「式」這個正如字面意義的名。是平常人口中所謂的超出常識範圍的人。

之前在我體內，有另一個受到壓抑的殺人衝動，稱之為「織」的人格。我認為，名字發音和我一樣都是「Siki」的他，正是我心中的惡。

對他而言，「殺」這個意念，是他對所有事物會先湧現的情感。

總而言之，他老是要殺光所有我認識的人，因此，我在心裡一次接著一次殺害他。

這不是指一個人在一個人格下壓抑自己的欲望，我是真的殺害了和我一樣的我。但這並非因為我討厭殺人這個行為，只是為了讓兩儀式能勉強存在於常識中，控制織那種非道德行為而已。

「殺人」這件事——對身為式的我來說是難以抗拒的誘惑，是一直威脅我的陰影。

我認為，一定是爺爺所說的話束縛住這樣的我。

我爸爸雖然也是出身自兩儀一族，卻沒有雙重人格，因此他才會因為我這個具有血統之人的誕生而感到高興，廢除了平凡的哥哥的繼承人之位。

……打從出生開始，我就是特別的存在。

我總是獨自一個人、被周圍的人孤立，這也是理所當然的。不過這些不會讓我寂寞，因為在我體內，還存在一個名為織的人格。

小時候的兩儀式，名義上是只有一個。

我們能夠做自己想做的事，對「殺」這件事也沒什麼罪惡感。

一直到我六歲，身體變得只要有道具什麼都能殺的時候，爺爺過世了。

爺爺跟我一樣是異常的人。

在體內擁有不同人格的爺爺，就是因為讓自己痛苦、破壞自己、否定自己，最後讓自己變成混沌不清的人。

被關在地牢裡將近二十年之久的爺爺，在死前叫我過去，對我留下了遺言。

神智不清數十年的老人，在臨死之時清醒過來，並且留下了遺言，而他留下的遺言正對身為式的我說的。

我一刻都沒忘記那句話，在被告知「殺人這件事很重要」的影響之下長大成人。

……我活到十六歲而不殺人，應該就是爺爺留下的遺言。

式和織為了守護彼此而攜手，順利地融入常識之中。直到邂逅那個名叫黑桐幹也的人為止。

自從我認識了幹也之後，我就變得很奇怪。

因為我很清楚，自己只是融入了常識，並非活在常識之中。

……如果不知道的話就好了，明明我就不想知道的。

世界上還有那種我得不到的溫暖。我很想要那個東西，即使想要那個將意味我的毀滅。

不論怎麼找藉口，我都是在體內飼養殺人魔的Siki。

然後，我被迫接受自己明顯異常的事實。

我真想恢復凡事否定的自己，那個沒有痛苦的自己。從那時開始，我和織之間就出現了差異。明明之前可以完全掌握織的行動，可是他的行動開始變得難以了解了。

四年前，我讀高一的時候所發生的連續殺人案件，是來自於織的記憶，我並不知情，式在這個事件上只是外人。

但我的視網膜卻記住了這件事，我記得自己總是站在殺人現場，凝視著沾滿鮮血的屍體露出微笑。

後來，我在現場被幹也目擊到了，當我得知幹也即使親眼目擊，也不願相信我是殺人犯時，我暗自下定決心。

我不能讓自己再異常下去了。
無法獲得的幸福，不能實現的夢想，這些我都不需要。
如果我不讓自己過分點解決掉那個幸福的男人，我一定會受不了的。
……然後，我發生了意外，昏迷了兩年之久。
從昏迷狀態清醒過來的我，早已不再是以前的式。
織因為意外而死，我連身為式的記憶，都像是別人的東西般無法體會，只能當個空虛的人偶。
那樣的我之所以能夠存在到現在，是因為織消失之後造成的空洞被填滿了。
然而，諷刺的是，填補空洞的對象竟然是當初讓我崩潰的人。
沒錯，我已經不是空虛的人偶了。
但是那段已成為過去的罪孽碎片，卻讓我感到相當痛苦。
……從昏睡中清醒的我，忘掉一段很重要的記憶。
和織的記憶不一樣，不是隨著織死去而消失。
身為式的我，所經歷過的記憶並未喪失。式只是刻意忘卻不該想起的回憶罷了。
結果那個多事的魔術師，卻強迫我想起那些記憶。
……沒錯，我回想起來了。
在三年前企圖害黑桐幹也的是自己；那個總是站在殺人現場、不道德的自己。
我每晚在街上遊蕩，找尋殺害獵物的自己。

……老實說，我不清楚殺人魔是誰。

真要問是不是我，我應該只會給出肯定的答案。

因為過去的我，即使變成那種人也不奇怪。

然而，現在的我和四年前一樣，無法過正常的日常生活。

原因很簡單。

因為我嫉妒那個殺人魔，所以打算把他給找出來。

如果真有殺人魔，也就能確定四年前的犯人並不是織──更何況這種對象相當值得我和他一戰。

我發現了。

四年前的我，是因為織所以才將殺人當作嗜好。

但現在的我已經沒有織了，可是卻還繼續追求殺人。

真是的，為什麼我不早點發現呢。

真是的，為什麼我這麼早就發現呢。

織是因為他只懂得殺人，但嗜好殺人的，並不是別人而正是我自己，就是這樣一個簡單的方程式。

⋮

我住的旅館，是由機械來負責櫃檯事務的愛情賓館。

幹也曾經說過，要隱藏自己的行蹤時，找這種旅館住是最好的。確實，這種不需證明身分的系統，讓我省下許多不必要的麻煩。

身體沐浴乾淨後，我躺到床鋪上。雖然沒有睡眠的打算，但回過神時已經是半夜二點了。

由於進房時間是下午六點，看來我睡了六小時以上。

而現在就算我醒過來，周遭還是空無一人。

這是到目前為止都十分理所當然的起床景況。

但我情緒卻非常糟，有如在發洩般地換好衣服。

明明不過獨處了七天，我是在不高興什麼？還是說……這七天其實並不短暫，反而漫長得讓人難以忍受？

「……不可能會有那種事。」

我好像是在說給自己聽似的，說完之後隨即離開了旅館。

時間剛過深夜兩點。

在萬物俱寂的深夜裡，我獨自走在暗巷之中。

由於這幾天以來的殺人案件，所有的一般道路因為有警察在巡邏而無法使用。不過，這對殺人魔來說，其實沒有什麼差別，而我也和他一樣，在蜘蛛網般複雜的大樓縫隙之間穿梭。

沒有特定的目的。

我只是賭賭運氣，在深夜的街頭流連而已。

……因此也會引來這種麻煩事。

「想要的話就去其他地方去吧！」

雖然我停下步伐如此說著，然而對方卻沒有反應。

這裡是巷子和巷子交叉的十字路口。在那裡，有四道人影把我團團包圍。

每個出口都被他們堵住，在他們眼神裡，沒有一絲理性光澤。

他們似乎正透過非法藥物進行精神改造，不過這些人好像是改造過頭了。

「——我說的話也聽不見了嗎？」

那道人影像是在示意般面對著我。

我把手伸入皮衣口袋，緊握小刀之後嘆了口氣。

「也好，我正無聊呢。你們想要刺激是吧？……好，那就如你們所願讓你們舒服吧！」

那道人影朝我的方向逼近。

他們的目的，只是毫無意義的暴力而已。

我並未拒絕他們。相反的，我甚至感到亢奮。

我心中那股無從發洩的焦慮感，不斷地黏膩地激盪著。

所以……

今夜，我想亢奮到進入忘我的境界。

殺人考察／2

■

時間是五月。

不如來說說關於她的事吧。

直到現在，我只要一看到她，依然會陷入忘我的境界。

彷彿一見鍾情般，全身都會感到麻痺，甚至連呼吸都忘了。

光是凝視著她，就會讓我為她徹底瘋狂。再這樣下去，說不定我哪天會因為窒息而死。

我的日常生活受到侵蝕。

被同一所高中裡，那位有如奇跡般的女學生。

我多半是愛上她了。

愛上那個不曾交談，也未曾聽過聲音的女孩。

這股思念之情日增加，增加到令人害怕的地步。

■

──翌日，二月九日。

昨夜的雨在半夜停了，街道在滿是烏雲的天空下迎接早晨的到來。

我昨晚觀察殺人現場直到深夜時分，最後到朋友公寓借宿一晚。然後一直睜著眼睛等待天亮。

「……哦，早啊！幹也！需不需要替你做早餐呢？」

學人剛從床上爬起來，揉著眼睛在我眼前說。當然，我毫不客氣地吐槽回去。

「我說學人啊，一個冰箱裡只放了啤酒的人，不能隨口說出這種話！」

「哈哈。那我去向鄰居要點吃的東西好了。」

我那身材魁梧的好友，一邊抓頭一邊回答。突然之間，他像是見鬼似地凝視著我。

「喂，你的臉色很蒼白耶，身體很不舒服嗎？」

經學人這麼一說，我照了一下鏡子。我的臉色果然白得像蠟像似的。

「沒問題，已經逐漸恢復了。藥效很快，服用十分鐘後開始發作，藥效持續的時間大概四個小時。相較於幻覺，各種感覺的增強情況還更明顯。」

「……你真是個怪胎，你嗑了哪種最近在流通的藥啊？」

學人以眼角斜視桌上那些郵票大小的紙張和菸草。

我點了點頭之後，隨即站了起來。

「那菸草麻煩你順手處理掉了，至於ＬＳＤ，因為沒什麼害處，如果你缺乏娛樂的話，不妨就嗑看看吧？一定比去什麼遊樂園之類鬼地方更爽喔！」

我撿起掉落在地上的大衣，然後穿上了它。

時間是早上七點，街上差不多也該出現人潮了。

我想，我已經沒繼續如此悠閒的餘裕。

「什麼嘛，你要走了嗎?再多待一會兒吧!你的腳可是一直在發抖耶。」

「嗯，是這樣沒錯。但現在不是休息的時候。」

學人歪著頭，臉上的表情充滿疑惑。

我用手指了指關掉的電視，告訴他我剛才看到的新聞內容。

「今天、不對，昨天又有犧牲者出現了。不是有個叫做『巴比力翁』的著名高級旅館嗎?殺人魔好像在那附近的暗巷裡出沒，這次還一口氣殺了四個人。」

學人回應了「哦」的了一聲之後，便打開了電視。

這個時段全都在報導新聞節目，許多頻道都重複播放殺人魔的新聞。內容都和我剛才說的相同，如果要說加進什麼新消息，那就是——

「喂，搞什麼啊，犯人好像穿著和服耶。」

我沒有回答學人，隨即往玄關走去。

我苦於藥物所造成的平衡感失常，一邊穿上了鞋子。

這時候學人探出了頭，像在窺視位在玄關的我一樣，並且拿出我放在桌上的兩種藥物。

「幹也，我忘了問。這兩種玩意兒如果混用會怎樣?」

「我個人不推薦你這麼做。因為那只會讓你感到不舒服。」

我說完之後，便離開了朋友的公寓。

……沒錯，如果說我的臉色像病人一樣蒼白，我認為一定是藥物造成的。因為，我為了刻意壓抑那股食慾，一個晚上就把學人屋裡所有能吃的食物吃得一乾二淨。

⋯⋯

今天早上新聞所報導的殺人現場，從學人的公寓走路過去花不到一小時。
當然，殺人現場因為有警察看守而無法靠近，我只能像在看熱鬧一樣遠遠眺望著。
殺人現場位在暗巷終點的十字路口，從我在大馬路的位置上看不清楚裡面。
如果待得太久，除了浪費時間還會惹來警方不友善的目光，因此我走回大馬路上。
我原本打算到附近那家「巴比力翁」旅館繞繞，不過後來覺得還是算了。那裡的櫃臺沒有服務人員，監視器錄下來的影像，也不是我這種人看得到的。
畢竟，就算式住在那棟旅館裡，現在也應該不在了，就算去了也沒有意義。
我離開殺人現場後，就往一位住在附近的朋友公寓走去。
事情的經過是這樣的，那位朋友在這一帶買賣藥物，就是俗稱的藥頭。雖然只和他通過電話，但以前曾受他的委託幫他解決一些小事，這次想靠交情和他打探最近的消息，於是他約我見面再詳談。
接著，我來到了那棟公寓。
這棟位在遠離都市喧擾的兩層舊公寓沒有人煙，不過，這也是理所當然的，因為在這棟即將拆除的公寓的住戶，也只有我認識的那位朋友。
我走在一邊發出嘎嘎聲、感覺很不安全的樓梯，敲著位於二樓盡頭的房間大門。

感覺門後似乎有東西沙沙作響，過了幾秒鐘之後。

木製的大門開啟了，一名留著茶色長髮的女性從裡面探出了頭。她的年齡感覺比我大一點，特徵是穿著適合這季節的紅上衣。現在的她兀自盯著我的臉瞧。

「我是今早打電話過來的那個人。」

「我知道，你進來吧。畢竟我是一個人住在沒有鄰居的地方。」

她瞥了我一眼之後便縮回房裡，我則是略帶迷惑地跟了進去。

房裡的擺設凌亂，就像大輔哥的房間一樣。地上堆滿了衣服和雜誌，房間正中央則有個像台座的物體。

我看到她鑽進台座裡坐下，才發現那原來是電暖桌。

我發現到她的視線示意著「你還在等什麼?」隨即畏畏縮縮地鑽了進去。

不知為何，電暖桌居然沒插電。

「……哦?原來妳長這副德行啊，真是讓我意外……」

她的下巴放到了電暖桌上，然後就這樣把頭往旁邊倒下。

……不過，對我來說，這人是個女人這一點比較出乎我的意料之外，不過既然她是藥頭，或許偽裝性別對她而言只是小事。

「是嗎，我只是喜歡穿男裝而已。」

「——耶?」

由於她回答了我沒有說出口的疑問，我不由得嚇了一跳。

看見我的反應，她笑了出來。

「哈哈哈哈，你真是容易被摸透啊！你本人給我的印象和在電話裡差滿多的。我還以為你會是個長得更像爬蟲類的人，沒想到會是戴著一副小眼鏡，把情報看得比人更重要的聰明人。不過，你外表長怎樣其實沒差──那麼，你想問什麼問題？」

她的眼神瞬間犀利起來，彷彿腦袋裡有開關能切換情緒似的。

感受到一陣壓迫感的我，開口說：

「首先是昨天的事，聽說有人目擊到那個殺人魔，妳知道嗎？」

「嗯，是指穿和服與皮衣的怪女人嗎？不用打聽我也知道，那是真的。因為看到的人就是我。」

她的話讓我驚訝不已。

……新聞只提到穿著和服的人，但實際上竟然已經連性別都確定了。

「那大概是昨天半夜三點時的事，雨停之後我出門了。這陣子生意很清淡，可不能一直待在家裡享受。我想你應該也知道，那間旅館的那群人可是我的老客戶。雖然最近都沒看到他們，但我想今天應該會不一樣吧──就在這時，我看到了，四個大男人一起往一個女子撲去，真叫人看不下去啊！」

她像是在回憶昨夜發生的事一樣地說著。我咬緊牙根的聲音連自己都聽得見，不自覺地瞪著她。

「妳說是穿和服的女性，但新聞是說性別不明吧？在那麼暗的情況下，還真虧妳看那麼清楚。」

「嗯？那當然囉，雖然說遠看只能看得到影子，不過，她的身材相當完美。說起來呢，乍看之下是分辨不出來的……咦？你認識那個傢伙？」

她維持趴在桌上的姿勢，一臉詫異地望著我。但我一句話也沒說。

「……算了，反正也和我無關，我們約好不過問對方什麼。不過，你還是不要和她有所牽扯比較好。她不是凡人。因為我和不正常的傢伙打過交道，因此可以感應到她是危險人物。

……不過啊，用藥作樂的人根本沒什麼危險，因為不用藥麻痺自己就沒法飛翔的人，平時一定是個正常人。所以比起這個，恐怖的是那場空手戰鬥……那個女的被四個男人包圍竟然還能手下留情，她俐落地砍傷了襲擊過來的傢伙，但被砍的人卻完全沒流血。但那不是因為不殺生而手下留情。

你明白嗎？她只是為了能一砍再砍，所以故意不造成致命傷而已。雖然不知道那群男人是察覺這一點，還是因為疼痛而恢復正常，他們開始想要逃離那女子，朝反方向跑起來，接著，她就從背後砍下致命的一擊，大概是覺得想逃走的獵物沒價值了吧……活到最後的那個人最慘，雖然哭著求饒，但還是在一陣痛苦後被一刀斃命。

之後的事我就不知道了，那個女的殺了四個人後，竟然不逃跑而只是站在原地。我因為好奇她在做什麼而探頭去看，正好對上她的視線。因為光線昏暗，我只能看到一片影子，而她的眼睛就好像會發出藍光一樣。我連叫也叫不出來就逃走了，但事後想起來，那樣的反應反而救了我。要是出聲的話，那女人一定會追上來吧？」

她沒有任何肢體動作，只是淡淡的說著昨夜發生的事。

雖然很不甘心，但她的話中沒有任何謊言或誇飾。

「……不過，這話聽起來不具真實性。因為你是在連對方臉孔都看不清楚的地方窺探是吧？你也沒去確認是否流了血，或者進一步確認受害者是否真的死了。」

「是的，要拿來當證據確實很薄弱，因此我才沒向警方提起。反正，再怎麼說，我也不會和那一群人合作。會說出看到穿和服的人，應該是別的傢伙吧？因為那裡是同類聚集的地方，所以應該有其他看到的人。」

「……原來如此，換句話說，目擊者判斷不出那個穿和服的人的性別。」

「是沒錯……不過這一點有些詭異，在光線那麼昏暗的環境當中，既然看得出身上穿什麼衣物，理應看得出性別才對。一般而言，看到影子應該會認為那是穿著裙子，而且因為那女子在和服外套著皮衣，所以也看不清楚和服的袖子部分。只有我才看出那是和服，雖然讓我感到很自豪，但似乎還有其他眼力不錯的傢伙在嘛！可是，怪就怪在為什麼這樣看不出性別？」

「這點的確很奇怪，如果對方誤認她穿著裙子，應該就能知道她是女性。但那個目擊者明明說不出她的性別，卻知道她身上穿什麼衣服，感覺真是詭異。」

……感覺起來像是已經設計好的一樣。

這次的事件原本就已經很不尋常，加上事件本身進展得太有秩序，更讓人感覺很不確實。

一點一滴逐漸明朗化的殺人記錄。

一點一滴誇張的殺人魔行動。

犯人的真面目有如一張張掀開的撲克牌，

這簡直就是……

「對，像是幼稚小孩玩的遊戲。」

她帶著笑意這麼說。

我又一次被搶先說出尚未出口的話。

我一臉困惑地望向她，她臉上還是掛著像貓一樣的笑容，然後整個人趴在電暖桌上。

「你要說的就是這些？那我沒什麼其他情報了。」

我無法立刻回答她的問題。

今天早上的新聞，讓我被迫接受具決定性的事實，我直到現在還覺得喘不過氣。

在殺人現場有人目擊到穿和服的人，我為了確認那人是誰，為了反駁那個人不是式，因而來到此地。

不過，這裡只有幾乎算是最糟的答案在等待我。

——可是，那又如何呢？這件事只不過和三年前的情況一樣。因為我沒有親眼確認任何事。

「……嗯，關於昨夜的事就談到這吧。」我像是講給自己聽一樣換了思考，因為還有兩件事必須詢問。

「另外還有個很單純的問題，殺人魔的目擊者是這次才開始出現的吧？特別是這一週，完全不是發生在以前那種偏僻的地方。這次跟三年前的事件不同，進行殺害的地方全都在街上是吧？就算沒看到殺人場面的目擊者，連事件發生前後看到可疑份子的人都沒有，妳不覺得很奇怪嗎？」

「……嗯，經你這麼一說，情況的確是這樣，不過這樣就怪了，殺人魔留下的殺人現場，幾乎全在我們的地盤上，不過藥頭並不想跟警察扯上關係，來買藥的人，也不會刻意去向警方通報，因為這麼一來，連他自己也會變成可疑人物。對我們而言，可疑人物泛指一般人，不過一般人如果穿著和服，本來就會很惹人注目不是嗎？現在只有年老的良家婦女會穿和服這種衣服了。一想到年老的良家婦女會跑來買藥，真的是詭異到極點啊。」

她一邊用臉頰靠著桌子，一邊喃喃說著像暗號一般的話。

「……這樣啊，簡單地說，越是平常的事，就越不會被認為是異常。舉例來說，因為你是藥頭，所以即使在賣藥的殺人現場出現，以目擊者的觀點來看，反而更像是日常生活中的一幕。」

「嗯……」她的臉色頓時一沉。

不過，從她沒抱怨這一點看來，她應該也同意我的論點。

「但我剛才說過，平常有賣藥交易很正常，可是事態演變到現在這麼誇張的地步，他們不會覺得買藥的人很可疑嗎？」

「我想也是，不過目擊者昨夜第一次出現，也就是說，至今都沒有目擊犯人罪行的藥頭或買家出現——就算有，也是目擊者想保護的人，歸類起來只有這兩種可能而已，像這種一直在都市裡殺人的犯行，沒有目擊者反而讓人覺得奇怪。」

「是這樣嗎？那只是因為沒人看到，所以沒有目擊者吧？」

「我指的是沒有人看見的場所，就以密室殺人來說，不是經常拿來當故事題材嗎？這件事也是一樣，看上去好像完全沒有意義，因為把祕密當成犯罪來表現，這和犯人自己舉手承認沒有兩樣。」

「——啊？我的腦袋不好，所以聽不太懂，密室殺人不是犯人用來避免警方追查的方法嗎？為何反而不能做了？」

「這可是一樁殺人案件啊，屍體所在的房間，如果是密室的話，那就證明不是門外的人幹的。為了不造成任何人的困擾，所以讓該處成為密閉空間，這就是密室的意義。

換句話說，只要處於密室狀態，就一定得是自殺事件。如果打開密室後發現有人被殺，還會讓你去思考明明沒有人進去，犯人應該怎麼殺死被害者的問題——那麼，這種隱藏罪行的方式，基本上就是錯的。

這樣妳了解嗎？所謂密室的意義，就是自殺，若想設計成密室，就不能讓人覺得會有下手殺害的犯人出現。如果把密室當成殺人現場，那就失去設置密室狀態的意義了……相反的，假設會有目擊者的場合，如果沒有目擊者出現才是奇怪，在街上殺人卻完全沒有目擊者，妳不覺得很不自然嗎？」

她「哦」了一聲，然後抬起頭來回答：

「不過，不是有目擊者出現嗎？像是我啊，還有其他人。」

「沒錯，因此才奇怪，既然這次有目擊者出現，那先前的案件也應該要有目擊者出現才對。」

推理的過程雖然粗略，但是大致上沒有錯。要是以前都沒出現目擊者，正好證明昨夜發生的案件和連續殺人案件無關。

「……這樣啊，沒有目擊者，代表是在不讓人發現的情況下進行殺害。像這種被某人看見的案件，不是殺人魔的做法。」

她理解之後雙手交叉，臉色隨即沉了下來。

我感覺自己的想法又先被她看穿了。

「你腦袋還真不錯，戴上那副眼鏡，真的感覺有比較聰明——那麼，你覺得會是哪一種狀況？昨夜的案件是另一個人下的手，或是先前的案件有目擊者存在？」

「這用得著問嗎？」

我生氣地斷定，但並沒有回答問題。

因為兩邊都支持的答案，跟自己的理論互相矛盾。

她看著像在鬧脾氣而轉過頭去的我，再度笑了出來。

「對哦……你是男生嘛。那接下來該怎麼辦？你要證明她的清白嗎？」

「在這之前，我要先確認一件事，老實說，我正為了這個目的，才會和妳聯絡，妳能告訴我嗎？最近才出現的『混合藥』，藥頭到底是誰？」

「——哈哈哈哈，原來如此啊，你這個聰明的傢伙。」

她露出豪邁的笑容，朝著我瞥了一眼，原本屋內的悠閒氣氛，霎時變成充滿緊張感。

「『混合藥』這玩意是LSD和大麻的新產品，這種組合又稱為『印契』。但這次的新混合藥與至今任何一種都無關，它的成癮性非常高，只要一次就會上癮，加上效果很強，常用的話會損害身體。賭命的快樂根本不能算娛樂，對吧？對症下藥才是藥物的正確使用方法，以這種標準來看，那玩意兒可不只是違法的東西。」

「是嗎？可是我有試過，那種感覺除了讓人想吐外，其他都滿正常的。」

「已經流通了嗎？一個藥物不是有分耐受性和成癮性兩種？耐受性指的是每用一次，身體就越熟悉藥物的效果。容易產生耐受性的藥物，每次使用量都會增加，所以很花錢。

而成癮性可分為身體與心靈的兩種，講簡單點就是用來判斷容不容易戒除的標準。以生活的使用頻率來看，成癮性越高的藥就會使用越多次。不過到頭來還是看本人的意志，這個要下定決心的話，比老菸槍決定要不要繼續吸菸都還容易。所謂藥物會毀掉一個人，不過是迷信的說法而已。重點在於，當事人的意志強度就是全部。拿我來說好了，酒，香菸，咖啡這些東西還比較危險。我實在很想問問政府，為什麼那些藥物違法而這些東西卻是合法的。」

她握緊拳頭雄辯著。

……但是，因為我處於不能贊同她、也不能否定她的立場，所以只能縮著身體乖乖聽她說。

「可是，確實有這種容易產生耐受性，身體的成癮性也高的惡魔藥物，這種東西真的會毀掉自己，所以我討厭這種藥物。關於『血晶片』的藥頭，我一點也不知情。一來不想見到，二來也不曾見過面。」

她說出了一種我沒聽過的藥物名稱。

「——血晶片？」

面對感到驚訝而發問的我，她「嗯」地應了一聲，這舉動感覺還滿可愛的。

「就是那個新的混合藥。那真是相當誇張的東西，只需用兩張紙配上十公克的乾燥大麻而已。」

她豎起指頭表示價錢。

的確，這只能用誇張來形容了。雖然日本的行情比外國高上不少，但她所比的價錢竟然還比國外低。勉強要說的話，是連高中生都能拿零用錢買到的程度。

「那東西感覺像是想拼市場的速食啊。」

「嗯，不過已經很長一段時間都是在這種價格了哦，那人不會像黑道一樣等身體產生耐受性，成癮性變高時再一口氣抬升價格，而且還把更上一層的混合藥提供給那些已經無法滿足的人。那就是被稱為『血晶片』的紙劑，雖然不知是不是高純度的ＬＳＤ，但評價相當不錯。

紙劑是用口腔來攝取的對吧？可是效果卻還超過靜脈注射的方法，只不過我沒有嘗試過就是了。」

「這件事，很有名嗎？」

「當然，在這一行算滿有名的，我還比較驚訝你竟然不知道呢。因為『血晶片』的藥頭只跟小孩做生意，我們也不知道他的貨究竟是怎麼來的。組織末端的藥頭雖然知道，但上頭並不當成一回事，他們認為那不過是小孩玩意兒而已。

因為這樣，所以警方也不清楚『血晶片』這種玩意。那些人只會把黑道當成目標。像我這種跑單幫的藥頭有什麼內情，警方根本不會追查——」

她爽朗地哈哈大笑。

可是相反的，我的情緒卻很鬱卒。

……這件事我連聽都沒聽過。

那個拿混合藥物給我的藥頭，一定隱瞞了這件事。或者是因為針對我個人，所以才沒透露這個情報。

「謝謝，這消息很有用。」

我向她道謝後便站了起來。

想問的事全都問完了，再來只剩下採取行動。

「你得小心哦，對使用血晶片的傢伙來說，藥頭可是很有價值的呢……剛才我不是提到最近沒生意嗎？因為這一帶沒有賣血晶片的人只有我而已了，誰叫我討厭那種藥物呢。不過這樣一來，至今建立的客戶全都跑掉了，感覺起來就像新興的宗教一樣。」

她坐在電暖桌裡很不悅地碎碎唸。

我穿過散亂的房間，手握住了門把。

就這樣頭也不回地提出了最後一個問題。至於答案我並不抱有期待。

「——對了，你知道那個藥頭的姓名嗎？」

「咦，你不知道嗎？」

她說完就告訴我那個人的姓名。

……聽完的瞬間，我感到一陣暈眩。

但這樣一來，至今接不起來的事就全都明白了。我努力冷靜地再次道謝後，便走入灰色的街道裡。

／2

■

時間是六月。
我覺得最近的生活過得空前充實。
我不知道和人閒聊如此快樂。
在放學後或下課時間。
等我察覺到時，才發現我一直等待他的到來。
等我察覺到時，才發現與他聊天時，心臟會跳得飛快，讓人心痛。
胸中那股不想與他分離的不安，只有在和他交談的時候，才會轉為那份疼痛。
嗯，承認吧。
我的世界被分成兩半，其中一半的現實，都是依賴黑桐幹也這個人的存在。

■

我醒來時已經是太陽下山之後的事了。
我從為了睡覺而潛進的大樓屋頂上，跳到另一棟的屋頂。

這個被我當床鋪使用的大樓屋頂，是相關人士以外禁止進入的地方。所以我從隔壁出租大廈的屋頂，跳到這個沒人會來的屋頂睡覺。

……這種笨蛋般的生活，我已經過了一個星期。

從大樓走進巷子，我察覺到一股安靜的不協調感。

我——兩儀式從出生開始鍛鍊的肌膚，感覺到了危險的東西。

我謹慎地移動到巷子裡，剛巧有張今天的報紙被丟在那裡。

日期是二月九號，整個版面都是有關殺人魔的話題，還有犯人的模樣。

「殺人魔……殺害四人，身穿和服的人物為關鍵角色……」

我念出來後，不由得疑惑地歪了歪頭。

這是怎麼回事。

殺害四人？是指昨晚那四個傢伙吧。

也就是說，我殺了他們嗎？雖然至今都一直忍耐，但我確實感覺到昨天自己凶暴許多。

……因為我為了找尋不知是否存在的殺人魔，而徘徊於夜晚的街道上，說不定跟三年前一樣，我的意志反而想那樣做。

我思考了一陣子，便丟掉了手上的報紙。

「可是，我不記得自己幹過這種事。」

說完我便邁開了腳步，肌膚會敏感的感受到危險就是這個原因，以後我得比之前更加小心，避免被別人發現而行動。

要比之前更常走暗巷。

要比之前躲在更汙穢的地方。

……要比之前更加捨棄人性。

那是痛苦又無聊，而且沒有意義的行為，我雖然知道卻無法阻止，越來越覺得自己和笨蛋一樣了。

……真是的，我到底為什麼要做這種蠢事。

吃不飽的飲食、無法消除疲勞的短眠，不斷重複著。

沒有目的，簡直像在逃命一樣徘徊在夜晚的街道上。

式在想什麼，為了什麼才在做這種事？

像這樣有如野獸般屏息追逐獵物，感覺自己像為了成為殺人魔而追蹤殺人魔一樣。

不對，說不定。

那才是我真正的目的吧？

——可是不能殺人喔，式。

……我想起這句話，本來就已經很不悅的情緒，現在變得更加陰沉了。

為了不再多去思考，我繼續在夜晚的黑暗中走著。

這種事，越早解決越好。

……嗯，就是這樣沒錯。

得快點結束這種事，然後早點回去才行——

■

時間已經過了半夜兩點，街上安靜地像屍體一樣。

路上沒有走路的行人，也沒有吵鬧的車聲。

建築物擋住光線，這是一個月光和星光都被烏雲籠罩的夜晚。

沒有任何人，應該不會發生任何事的街道，但確實存在著異常。

在大馬路上。

——遠處的路燈下看到一道人影。

兩儀式停下了腳步。

——人影的舉動感覺很可疑。

以前，她曾看過與這一模一樣的光景。

——不知為什麼，我跟蹤起那個人影。

一邊忍耐湧到喉頭的惡寒，式有如被邀請般地走進暗巷內。

⋮

往更深的暗巷裡走，那裡已經是個異世界了。

形成死巷的地方不再是道路，而發揮著密室的功能。

這個被周圍建築物包圍的小路，應該連白天都不會有陽光吧？在這可說是都市死角的那個縫隙，平常總有個流浪漢在這度日。

可是，現在不一樣了。

兩旁褪色的牆壁被塗上了新漆。

這條連路都算不上的小徑，感覺很溫熱。

原本一直飄散的水果腐爛味，現在被一種濃厚且不同的味道汙染。

周圍是一片血海。

原以為是紅漆的東西，其實是人血。

淹滿了道路，直到現在還不斷流動的東西是人的體液。

刺鼻的氣味是黏稠的紅色。

在這些東西的中心，有一個人的屍體。

我看不見她的表情，那個已失去雙手雙腳，並且膝蓋以下被切斷的物體已不是人，而是不斷灑血的灑血器。
被切斷的四肢不見了，不，屍體的四肢並不是被切斷的，而是被比斷頭臺還鋒利的嘴淒慘吃掉的。
「咕嚕。」響起了一聲讓人胃部糾結的咀嚼聲。
那是吃肉時發出的原始聲音。
這裡已經是個異世界了。
連血的紅色，也被溫熱的獸臭給逼退。

——某個人在那裡。

那個黑色的纖細輪廓，讓人聯想到蛇的下半身。
對方的身上穿著和她一樣的紅色皮衣，無力下垂的右手拿著一把小刀。
那頭留到肩膀的頭髮隨意剪裁，讓人分不清是男是女。若只單看整體輪廓，對方的模樣跟她幾乎完全一樣。
不同的只有一處。
站在那裡的那個人，頭髮不是黑色而是金色。
被暗巷腐敗的風所吹動的金髮，讓人無法不去聯想到某種肉食動物。
那是草原上以百獸之王之名而讓人畏懼……名為獅子的猛獸。

⋮

「────」

眼前光景，式以前就已經看過了。
理應失去的記憶，不斷地掠過她的腦海。
……沒錯，那是四年前夏天結束之前發生的事。
她體驗過和現在相同的經驗。
就和今日一樣，在充滿死寂氣氛夜裡，她在街上瞥見可疑的人影，於是跟蹤在他後面──當她回過神時，發現自己已經站在屍體面前。
這段從跟蹤到佇立於屍體前面的記憶，她完全沒有印象。
因為那不是式，而是織所採取的行動。
「你是什麼人。」
式在暗巷的入口，看著屍體還有「自己」。
金髮的 Siki 雙肩微微顫抖著。
那不是因為害怕，而是因為喜悅。
「兩儀──式」翻動著金髮，影子慢慢轉過身來。
……連臉龐的形狀，竟然都跟式很相似。
有如看著彩色鏡子一般，式凝望著金色的自己。
金色的 Siki 瞳孔發紅到讓人感覺凶殘，耳朵上戴著銀色的耳環。他身上充滿的各種色彩，彷彿在挑釁缺乏色彩的式。

還有伸展到腳掌的黑色皮裙；

以及用厚皮縫製的紅色皮衣；

不過，他並不是女性。

金髮的 Siki 不是式，只是一個被稱為殺人魔的青年而已。

「我認識你，你是——」

式開口了。這時，殺人魔跑了起來。

他一手拿著小刀，身體放低到有如貼著地面一般跑在狹窄的暗巷裡。一直線。他心無旁騖地衝向兩儀式。

式馬上拿好小刀，由於驚訝而挑起一邊的眉毛。

衝過來的身影，動作並不像人。影子有如蛇一般扭曲蛇行著。

狹窄的暗巷，對殺人魔來說是個寬廣的狩獵場。

影子宛如動物，快速穿過由式的視線與身體構成的警戒網。

明明看得到，卻無法掌握其動向。

當距離縮短到對式還太遠、對他卻是一擊必殺的射程時。

他的動作頓時從蛇轉變成猛獸。如同火花一般噴射出來。

野獸跳往式的頭部上空，用小刀刺向她的頸部。

「鏘」的一聲，兩把小刀相互碰撞。

對準式頭部的小刀，抵住和式用來防禦的小刀。

霎時——跟雙方的小刀一樣，兩人的視線交錯了。

式充滿敵意的眼神，以及殺人魔充滿喜悅的眼神。

殺人魔「嘿」的一聲冷笑，往後方遠遠地一躍。

好像要從式身旁逃離一樣地跳開後，他像蜘蛛一樣落在地面。

那個一躍長達六公尺的東西，將手腳伏在地面上，像動物一樣地吐著氣。

他很明顯地已經不是人類了。

「為什麼？」他開口說話了。「妳為什麼不認真打？」

殺人魔背對屍體，一邊淌著鮮血一邊作出抗議。

名叫式的少女沒有回答，只是盯著這個酷似自己的對手。

「……妳和四年前不一樣了嗎？妳明明現在是想殺我就能殺，卻還是不肯跨越那一條線。我需要同伴，兩儀式，妳這樣讓我很困擾啊。」

接著響起一陣粗重、彷彿要把心臟吐出來的喘息聲。

讓人非常意外——名為殺人魔的那個生物，竟然還有進行對話的理性。

殺人魔的呼吸現在也還是像隨時會倒下似地紊亂粗重。

那到底是因為亢奮，或者真的很痛苦呢？

式稍微考慮一下究竟哪邊是答案，但很快就厭煩了。因為不管是哪個答案，對她來說都無所謂。

「……原來如此，名字聽起來那麼可愛，我還以為你是女的。不過那時我有說過，這是最後一次談話了吧？學長。」

聽到式冷淡的口吻，殺人魔搖了搖頭。

「……是那樣嗎？抱歉，那麼久以前的事，我不記得了。」

殺人魔忍住笑意回答。和他的口氣相反，他目前感到非常愉悅。

當然，式一點也不覺得有趣。

因為不管殺人魔是誰，她唯一的目的就是把他找出來，然後處理掉而已。

「——你殺了幾個人？」

式瞇細了眼睛問道。

殺人魔笑著說他不記得了。

「……妳呀，竟然以為一個狂人會記得自己的行為嗎？那是不可能的，不要再問這種無聊的問題了。狂人理所當然會做危險的事，所以在這三年，從沒人說過我是殺人犯……我可是就算殺人也是無罪的喲！搞不好每天不殺點人還不行哩。啊、對了，雖然是這樣，我甚至還留下容易判讀的證據，這都是為了妳。我想只要特地留下明顯易懂的屍體，妳就會想起四年前的事。雖然因為妳一直視若無睹，所以沒什麼效果；但看來是在別的地方產生效果了。

沒錯，就是殺人魔。世間賜予我這無名者的名字——這不是很符合我嗎……？因為我實在太高興了，所以這一週就去滿足他們的期待，殺人魔得照大家所想的去殺人才行。沒錯吧？兩儀，妳應該懂的。所以才十分羨慕地跑來找我。因為妳想早點獲得自由，早點找到我這種同類。

……沒錯，我知道，我知道的。我全都知道。因為我是最了解妳的人……！」

……迴響在暗巷裡的呼吸聲越來越大，開始成為危險的存在。
殺人魔的舌頭，舔弄著沾滿血的嘴唇。
面對那個與自己相似、有著狂人般發紅雙眼的人，式一句話也沒有回答。
激烈的嫌惡感封住了她的話。
因為連跟他說話都覺得汙穢，所以式一句話也不說。
就算殺人魔的話裡，包含難以抗拒的真實也一樣。

——想成為殺人魔。

他這句話讓她蹙起眉頭，動作輕微得不想被人察覺。
可是，具備各種動物感覺的殺人魔沒有放過這個變化。
他「嘿」地翹起了嘴角。
「……妳看，妳在勉強自己了。這種事妳早就知道了吧？妳之所以做什麼都不滿足，是因為妳抗拒自己的起源。不需要忍耐，去做想做的事就好了啊！」
式沒有回答。
她以看著害蟲的眼神，俯瞰這隻伏身在地面的動物。
殺人魔提出了最後的建議。
「……這樣子？如果到這個地步妳還是不肯過來這邊，那我只能殺掉影響妳的原因了。只要把現在保護兩儀式的人殺了就好。如此一來就可以解決了。妳可別說妳做不到

「啊，妳明明就很想殺人……！」

愉悅至極的他，在把話說出口的同時，

——被瞬間出現在眼前的兩儀式，卸下了一隻手臂。

「你說誰——」

「……咦？」

他的視線捕捉不到。

殺人魔看不見式那臉上毫無表情、只有瞳孔綻放藍光的快速行動。

由於肉食動物攻擊獵物的動作太過迅捷，超出人類視覺能夠捕捉的範圍。即使殺人魔具有同等級的動態視力，卻還是看不見兩儀式的動作。

那把卸下殺人魔一隻手臂的小刀，毫不容情往敵人的頭顱揮舞而下。

「——要殺掉誰？」

「哇——！」

殺人魔慘叫一聲後跳了起來。

往後跳的話一定會被式追到，如果想要逃走，就得逃到她怎麼樣也追不上的地方才行。

在瞬間完成思考之後，他縱身躍至圍住暗巷的牆上，然後再繼續往上跳。這種像梧鼠般的動作，讓他迅速逃至安全之處。

殺人魔像蜘蛛一樣，伏身在離地二十公尺左右的大樓側面，一臉畏懼地望著下方的情況。

——擁有湛藍眼眸的死神，正從地上直視著他。

她身上散發出的凜冽殺氣，頓時化為刀刃貫穿他全身。

他首先感受到的是害怕。

然後，一股為之欣悅的感覺充斥全身。

「……啊啊，妳果然是真品啊。」

沒錯，她是貨真價實的真品。毫無疑問，是理應跟自己居住在相同世界的存在。

而且，她會顯露出本性的原因他也很清楚，他徹底地理解，光是開口說要殺掉某人，兩儀式就會變成遠勝過自己的殺人魔。

「——太簡單了。妨礙者，殺掉就好。」

他爬上牆壁，離開了暗巷內。

雖然感覺到式追來的氣息，但說到逃走，沒人能勝過他。

雖然這裡一棵樹也沒有，但這城市對他來說就是密林，隱藏身軀、找尋獵物，都是比呼吸還簡單的事。

在沒有月亮的夜晚，殺人魔高興地吼叫著。

他有種預感，長達四年的仰慕終於有結果了。

殺人考察／3

■

時間是七月。

我討厭弱者。

她坦誠地說。

我討厭弱者。

兩儀式就這麼拒絕了我。

我討厭弱者。

她的話意，我無法完全了解。

那一夜，

我第一次打人。

那一夜，

我第一次殺人。

■

……二月十日，晴時多雲。

車上音響播放的天氣預報，報出跟昨天沒有差別的天氣。

我一邊握著方向盤，一邊瞥視手錶，時間正好是正午。

平常這個時間，應該是在事務所質問橙子小姐把用途不明的錢花到哪裡去的時間，但我今天卻請了假，奔馳在工業區的大馬路上。當然，不是用自己雙腿，而是開車奔馳。

「黑桐，你最好適可而止哦。」橙子小姐的忠告似乎並未發揮效果。

昨夜又有人被殺人魔殺害了。

……我不會忘記，昨夜被害者被人發現的地方，正是四年前第一個被害者遇害的暗巷。

雖然可能只是偶然，但我認為那證明事情已經到了無法挽回的地步。

事情不能再有一絲拖延了。

昨天在藥頭的公寓進行一整天的調查工作，我最後得知販賣血晶片這種新藥的藥頭就住在港口附近的公寓，而黑桐幹也現在正前往那個地方。

越是接近港口，交錯而過的車輛就越多卡車。

在灰暗的天空底下，我開著車往環繞灰色大海的工業區開過去。

……在去年夏天有一座在被命名為「BroadBridge」的橋樑，在建設中途因為颱風而幾乎全毀，到現在還看不到開始重建的影子。

藥頭住的公寓可以俯瞰「BroadBridge」的海邊風景。

我從車上下來，充滿大海氣味的海風迎面吹拂。

冬天的大海很冷，海風如寒冰凍傷肌膚。

空無一人的港口，感覺比城裡冷上數十倍。
我往座落在無數倉庫旁邊的公寓前進。
可能是被海風侵蝕的關係，公寓外觀破破爛爛的。
那是一棟已經只能說是廢墟的兩層木造公寓。
這棟公寓藥頭並不是用租的，整棟公寓都屬於他的所有。在四年前，這棟公寓還是一位名為荒耶的人擁有的……正因如此，要找到藥頭的住所很簡單。
確認過六間房間的門都上了鎖以後，我煩惱了一陣子，潛入二樓角落的房間。
屋齡三十年以上的公寓房間門鎖，用一把螺絲起子就能簡單撬開……真是的，我做出相當失控的事了。不過現在不是管那些道理的時候。
「看來是中大獎了。」
我從玄關進入廚房之後，喃喃自語起來。
房間的空間很狹隘，玄關與廚房是一體的。
往裡面走，只有一個六個榻榻米大小的房間，這是一間象徵七十年代的廉價公寓。
……房間的樣子跟昨天那位藥頭的房間相差不遠，從廚房看進去的房間深處，有如被颱風掃過一般是真正的廢墟。
從沒有窗簾的窗戶可以看到一整片大海。
在散亂垃圾的房間內，只有那扇窗戶像掛著的美術品一樣，十分不搭調。
那是一扇映出灰色的海洋、甚至感覺可以聽到海潮聲的窗戶。
我似乎被那個東西吸引住，走進房間內。

「——」

我打了一陣冷顫。

感覺像是後腦充血，好像就要這麼往後倒下一樣。

我忍耐住這種感覺，開始瀏覽周圍的景象。

……並不是有什麼特別想尋找的東西。

就算這裡有那種新藥的配方，我也沒興趣。我只是漠然的，想要找到可以算是線索的東西而已。

但是，說不定已經沒有那種必要了。

「——式。」

我說完後，拿起了散亂在房間裡的照片。

那是我還在念高中時的兩儀式的照片。

散亂在房間裡的不只有照片，還有像是以校園為背景的肖像畫。

雖然數目不多，但這房間充滿了以式為題材的東西。

年代從四年前的一九九五年至今，連今年一月暫時轉入禮園女子學園的照片都有。

房間裡頭除了這些之外沒有任何日常用品。

這是被兩儀式的殘骸所覆蓋、有如大海一樣的小房間。

……這是他的體內。一個人的房間等於表現那個人的世界，但若裝飾品溢出了稱為自己的容器，房間就不是世界而是那個人的體內了。

我感覺到背上竄過一股惡寒。跟這個房間的主人說不定無法用談的，那麼——我就該在他回來前先離開才是。

雖然我知道該怎麼做比較好，但自己還是想與這房間的主人談談看。不……我認為不那樣做是不行的。

於是我留在房裡，接著注意到一本放在窗旁桌上的書。

它有著綠色的封面封底，應該是日記吧？

特別擺在那種地方，感覺就是希望有人去閱讀而放置的。

「……這就是房間的心臟嗎，學長。」

我拿起了日記。

正如作者所希望的，我打開了那個禁忌之箱。

⋮

到底過了多久呢？

我佇立在充滿照片的房間裡，讀完了他的日記。

這本日記寫著殺人紀錄。

所有事情的開端，就是從四年前那場像是意外的殺人案件開始。

我深呼吸了一下，仰望天花板。

這本日記從春天寫起，最前面扉頁記載著最初相遇的時刻，這一點我記得清楚。

這是日記主人第一次看到一位少女時的記錄，是他故事的起點。

那是──

「──一九九五年四月。我和她相遇了。」

突然間……

玄關後方傳來了這句話。

「嘰嘰」的腳步聲往我的方向接近。

他慢慢帶著與以前一樣親密的笑容，舉起手來「呀──」地打個招呼回到家裡。

「好久不見，三年沒見面了吧，黑桐。」

「──」

我驚訝到無法發出聲音。

從外頭走進來的他，簡直就是式。

女用的裙子加上紅色的皮衣。隨便修剪至肩膀的頭髮，還有中性的臉龐。

只不過他頭髮是金色的，而瞳孔則像是戴著有色隱形眼鏡那般，像兔子一樣的鮮紅。

「你比我預期的還要快。老實說在我計畫中，你來到這裡還是很久以後的事呢。」

他低下了頭，彷彿感覺有些遺憾般說著。

我回了一句「是啊」，同意他的說法。

「嗯……有哪個地方出錯了嗎？最後一次和你在餐廳交談之後，我應該消除了所有可疑的跡象才對。」

「……是啊。你認為自己根本就沒錯，不過其實還是有線索的。你應該知道十一月的時候有一棟公寓被拆了吧?在那之前，我剛好有機會調查公寓的住戶，當時我看到了你的名字。這件事一直讓我很在意，因為那棟公寓很詭異。既然你住在那裡，那你一定以某種形式和那棟公寓有所牽連。

我說得沒錯吧?白純、里緒學長。」

學長拔了一下金髮，點了點頭。

「原來如此，是公寓的名冊啊?荒耶先生也真是的。搞了個無聊的小動作，多虧他，我才會這麼早跟最不想見到的對象相見。」

學長一臉困惑地笑著，走入了房裡。

……我這才察覺。

白純學長的左手徹底消失了。

「看來你已經知道一切了吧。沒錯，在三年前的這個季節，你到兩儀式家會遇到我，其實不是偶然。

為了讓你看到她的殺人現場，我才會找你吃飯。不過，我那樣做其實也是多餘的，結果我還是被荒耶先生當成了失敗品……不過，我現在依然認為我的行動是正確的，因為我不能忍受你在不清楚她本性的情況下成了犧牲品。」

白純學長坐到靠窗的椅子上，一臉懷念似地訴說著。

他的那副模樣，和我先前認識的學長沒有差別。

在讀過日記、聽到血晶片藥頭的消息後，我以為學長應該是已經改變了。

但是，這個人還是跟以前一樣，是以前那個為人善良的學長。

關於寫在日記裡的事件，責任並不全在這個人。黑桐幹也知道，事情起源自不幸的意外，而且都是那個已經不在世上、叫荒耶的人所造成的。

可是就算如此，我還是得告發這個人的罪行。

「學長，你從四年前就開始不斷地犯罪。」

我正視著他，對他說。

白純學長稍微移開了視線，但還是靜靜點了點頭。

「你說的對，但四年前暗夜殺人案件並不是我做的，那是兩儀式下的手，我只是想保護你，所以趕在她之前一步而已。」

「你說謊，學長。」

我斷然地回話之後，從口袋拿出被稱為血晶片的紙片，放開了手。

紅色的紙片緩緩地飄落到房間地上。

白純里緒用痛苦的眼神看著我的動作。

「……學長。你想要做的，就是這種事嗎？」

這位在我還是高中生時，因為找到自己的理想而自行退學的學長，默默搖頭。

「……的確，我的方向走偏了，是因為我從小就熟悉藥物，還是因為對自己的技術太有自信？我只不過想做出可以得到自己的藥物而已。

……真是的，為什麼現在會變成這樣呢？」

強忍自嘲般的笑容，白純學長用手抱住自己，感覺他像是在撐著發抖的身體。

可能是察覺到我的視線吧，學長看向自己已經不見的左手。

「這個？如你所想，是被兩儀式弄的。雖然我認為一隻手沒什麼大礙，不過這八成也沒救了。這就是所謂的殺害吧？雖然傷口可以治療，但死去的地方無法治療。荒耶先生說，復活藥是使用魔法的人才能達到的領域。」

使用魔法的人。我之前想都沒想過會從這個人嘴裡聽到這個字。

不過，這是必然的。

四年前。

那是白純里緒因為意外殺人而被荒耶宗蓮這個魔術師所救的時候，也是與式在一起的我被那個魔術師所救的時候。

從那時開始，就註定會走到這個地步。

——即使如此。

殺了人的你，還是得去贖那個罪才行。

「學長，你為什麼會一次又一次的殺人？」

聽見我的疑問，白純里緒閉上眼回答：

「……我也不是因為想殺才去殺人的。」

他痛苦地說著，並把手掌放在自己的胸口上。

他彷彿要扭掉胸口一般，在手掌上加重力道。

「我從未因為自己的意志而去殺人。」

「那是為什麼呢？」

「……黑桐，你知道起源這個東西嗎？既然在蒼崎橙子那邊工作，應該多少聽過吧？那是事物的本質，稱作存在的根源。也就是說，那是決定自己存在為何的方向性。那傢伙喚醒我的存在根源，被那個名叫荒耶宗蓮──披著人皮的惡魔。」

很遺憾，並沒有人教我什麼是起源，縱使聽見起源被人喚醒。我也不知其意義為何。

「……雖然我不太懂，但你的意思是指那就是原因嗎？」

「對。起源研究是什麼我也不是十分了解，或許蒼崎橙子知道該怎麼解決，但我想大概已經太遲了。

起源這東西。我認為簡單來說就是本能，指的是我和你所擁有的本能。這玩意在每個人身上都有不同的形狀。有那種本能完全無害的傢伙，也有像我這種擁有特殊本能的人。我的本能，很不幸地相當適合荒耶的目的。」

學長在深深嘆了口氣之後，繼續說了下去。

在如此寒冷的天氣裡，他的額頭居然冒出斗大的汗珠。

危險到絕望的氣氛，在四周緊繃。

……雖然感覺到再這樣下去我的下場不會很好，但我還是無法逃出這個地方。

「學長。你沒事吧？你的樣子很奇怪。」

「不用擔心，這只是常有的事。」

在經過像吐絲般綿密的深呼吸後，學長點了點頭。他用似乎隨時會斷掉的聲音，希望我讓他繼續說下去。

「……聽清楚了，黑桐。本能在表層意識具現化成人格時，將會驅逐所有理性，會凌駕我這個名為白純里緒的人格。畢竟對方可是我的起源啊，僅僅二十多年程度所培養出的白純里緒，不可能永遠壓抑住起源……荒耶先生說。覺醒自起源的人會受制於起源。黑桐，你應該不知道吧？我的起源，是『進食』這個現象。」

學長一邊咯咯笑著。一邊說出這番話。

他的呼吸。已經亂到讓人看不下去了。

學長似乎在忍耐噁心的感覺。手腕拚命地用力，身體的顫抖也越來越激烈，牙齒咯咯作響著。

「學長，你感覺——」

「……你別管。讓我說明下去吧。因為這可能是我最後一次進行正常的對話了。……好，具現到表層意識上的本能會讓身體產生微妙的變化，當然，不是說外表會改變，而只是重組內部構造而已。這應該叫做回歸原始吧？所以就連產生變化的本人，在改變之前都不會察覺到。」

學長壓抑笑意，把放在胸口的手舉到臉上。接著用手掌蓋著自己的臉龐。他縮起來的背部每笑一次就上下晃動著，他的身體狀況看起來跟氣喘病人一樣危急。

白純里緒忍耐的笑意，就像是吃了笑菇的人，病態到叫人看不下去。

「……哈哈，就是這麼一回事。我在不知不覺間就變成那種東西。起源是衝動，在它醒來時——我……就，不再是……我。我只能看似理所當然地去吃些什麼東西。可惡、幹也你能了解嗎？吃東西竟然是我的起源！為什麼那種東西會是我——我最大的本質啊……！

難道要我因為那種無聊的東西而讓自己消失嗎！——啊啊、我不想承認，我不想因為那種事而消失。我——要死也想以自己的身分而死。」

白純里緒口中響起嘰嘰的磨牙聲，離開桌子旁邊。

他眼裡含著淚，雙肩激烈地上下抖動，彷彿拚命為了壓抑某種凶暴的情緒而戰鬥。

「……學長，去找橙子小姐吧！如果是她，說不定能想到些辦法。」

學長跪在地上，搖搖頭。

「……沒用，因為我是特別的。」

說完這句話，學長抬起了臉。

他的痙攣越來越激烈，但表情卻十分平穩。

「……啊，你真是溫柔。是啊，不管什麼時候，只有你是白純里緒的同伴。我之所以能像現在這樣維持自己，也是因為有你在吧？……嗯，我也一樣，並不想殺你。」

學長就這樣抓住我的腳踝。他握住的力道非常強，讓我感覺就像要斷掉一樣。

但是我並不因此感到害怕，因為力量越強勁，代表白純里緒的絕望越大，我沒有辦法拋下這樣的他不管。

「白純——學長。」

我什麼也做不到，只能呆呆站在原地。

學長靠著我的大衣，撐起膝蓋。他的痙攣更加激烈，身體看起來就要裂成兩半了。

他突然低聲地說：「我……殺了人。」

像是擠出來的小小懺悔。

「嗯，是這樣沒錯。」

我看向窗外的大海回答。

「我——不是普通人。」

像是傾吐出來的小小自戒。

「——請你別這麼說。」

我看向窗外的大海回答。

「我……一點辦法也沒有。」

像是要哭出來的小小告白。

「——只要活著，就不會有那種事。」

即使如此回答，我也只能凝望窗外的大海而已。

……他的話語有如哭泣一般。

在我們倆的問答中也找不到任何重點。

我不知道這樣能給他多少的救贖。

但在最後，白純學長用像是從喉嚨擠出來般的細低聲音這麼說：

「——黑桐，請你救救我。」

……我沒有辦法回答這句話。

我這次徹底地、強烈到想要詛咒一般地了解自己的無力。

「咳——噗！」白純學長的聲音響了起來。

他高叫一聲後，就一手把我甩到牆壁上。

在「碰」一聲用力撞上牆壁後，我把視線轉回學長身上。

——白純里緒用充血的眼睛靜靜看著我。

「……不要再來找我了，下次我會殺掉你的。」

他用模糊的聲音說完後便跳上桌子。

「喀鏘！」玻璃破碎的聲音響起。

「——學長！跟我去找橙子小姐吧！這樣的話，一定可以——」

「一定可以怎樣？一來沒有治好的保證，二來就算我恢復正常也什麼都沒有了。與其要被審判殺人的罪行，不如就這樣活到最後一刻。而且我正被兩儀式追殺，我得快點逃離她才行……！」

他笑著說完之後，金髮飄逸地從窗口一躍而下。

我連忙奔至窗邊，然而眼前的港口已看不見學長的背影。

「……為什麼要做這種蠢事。」

我好不容易才平靜下來，一個人自言自語。

……就算那樣做，也無法解決任何事情。就像白純里緒找不到出口一樣，黑桐幹也同樣找不到像是出口的東西。我一邊因為無力感而緊咬下脣，一邊離開那充滿式的殘骸的房間。

雖然沒有解決的方法，但還是有著必須去做的事。我非但要找出式，而且也不能放棄學長。

……沒錯，即使沒有救贖的方法，為了白純里緒好，我不能再讓他繼續殺人了。

殺人考察／4

■

時間是八月。

自從那一天起，我就再也沒睡過一次覺。

心裡頭好害怕，甚至不敢出門。

我討厭這樣苟延殘喘的自己，因此連鏡子也不敢照。

我真是個最差勁的人。

對什麼事都提不起勁，也沒胃口吃下任何東西。

雖然身上沒有一點傷，卻已經破破爛爛。

如死人般地過活。

到第七天的時候，我發現了。

當時死去的人，不是只有他而已。

真是的，為什麼沒人告訴我這件事呢？

殺了某人，等同於殺了自己，這麼簡單的事實。

■

當我從港口回到自己房間時，天色完全暗了下來。

隔了兩天才回來的房間，當然是空無一人的。

桌上的攤開的城市地圖，留下了喝剩的咖啡的馬克杯。在這個受寂寞支配的空間裡，式的身影和她的容貌也變得稀薄了。

「……」

我不自覺地嘆了口氣。

沒錯，我是有點期待這種平凡的日常生活——當我回到房間時，式若無其事地擅自睡在人家的床上……

從去年的十月開始，式就常常做出這種沒來由地跑到我房間，然後什麼也不做就這樣睡著的奇特行為。

我擔心她是在繞圈子向我抱怨，於是便去找秋隆先生商量。

當我把式這種無法理解的行為告訴他以後，秋隆先生無言地把手放到我的肩上說「小姐就拜託你了。」這聽起來好像也是繞圈子抱怨的答案。

……現在回想起來，那還真是安穩的每一天啊。

我深信這種生活會永遠持續下去。

電話鈴聲響起。

大概是橙子小姐打來的吧。她多半打算拿請三天連假這件事來諷刺我。

「喂，我是黑桐。」我不情願地拿起話筒說。

然後，在話筒的另一端，傳來倒抽一口氣的聲音。

雖然什麼根據都沒有，

但我就是能察覺到，那是她打來的。

「……式？」

「——你這個笨蛋。」

式用緊繃的聲音打從心底怒罵著。看來她是真的很生氣，透過話筒都可以感覺到式的情緒。

「你從昨天起就跑哪去了！你知道外面很危險吧，你都沒看新聞——」

——嗎？她還沒說完便沉默了。

我當然有在看新聞，就是因為有在看，所以才無法一直待在房間裡。

「……算了，沒事就好。我暫時會到橙子那邊去睡，就這樣。」

……式只是為了告訴我這些，似乎從昨夜就一直在打電話的樣子。

現在這反而讓我感到侷促不安。

式既然知道了殺人魔的真面目，為何還不回來呢？

「式，妳現在在做什麼？」

「跟你沒關係。」

「有關係，妳在追蹤殺人魔吧？」

一陣沉默後，式答道：「沒錯。」

她的聲音非常冰冷，連話筒這一頭的我也不由得打了個冷顫。

那是僅存著殺意的恐怖聲音。

式打算把殺人魔——學長給殺掉。

「式，不行，妳回來吧。妳……不可以殺那個人。」

「哦？你見過白純了嗎？哼，那該怎麼辦呢？這樣讓我覺得更不能放過那傢伙了。」

她突然改變原本冷淡的口吻，笑出聲音來。

「式！」

「我嚴正拒絕，我的忍耐已經到達極限了，我沒有放過這頭久違了的獵物的打算。因為那個傢伙是許久沒碰上的非人類對手。」

非人對手。

去年夏天，為了自己的快樂而殺人的淺上藤乃，難道與和自己意志相反而殺人的白純學長一樣嗎？

……嗯，是一樣的。不管理由為何，他們都只因自己與生俱來的衝動而殺人。

世人一般將他們稱為殺人魔。

「……不過即使如此，就算對方是多麼罪孽深重，殺人也是不能做的事。」

「我聽膩了你的一般論，黑桐。白純里緒已經不是普通人了，那傢伙殺得太多；所以說，他是殺了也沒關係的對手。」

「世上不存在那種殺了也沒關係的人。」

「別說傻話了！那傢伙已經沒救，無法再變回人類了。」式堅決地說著。

正如她所說，或許白純里緒已經不能被稱為人。

但是即使如此——我還是希望那個人仍然是人。

「但是學長不是還跟我們一樣嗎？總之妳先回來吧，如果妳殺了學長，我可不會原諒妳的。」

……沒有回答。

她在思忖半晌之後，丟下了簡短的拒絕語句。

「不行，我做不到。」

我反問她為什麼。

她猶豫了一下，以乾枯的嗓音說：

「因為我和他一樣也是殺人魔。」

我的腦中霎時一片空白。

因為我非常不願意承認她的告白。

「……妳和他不一樣，妳不是沒有殺過人嗎？」

「那只是碰巧到現在都沒殺人而已，但我是無法改變的。幹也，你想一想。四年前的我非常接近殺人這個行為，雖然織的人格只知道殺人，但也僅只於此。織雖然只知道殺人，但他並不喜歡殺人。你只要思考一下就能明白了，我從沉眠中醒來後，明明織已經消失而只剩下式，明明沒有織卻還是想要去殺人。很簡單吧，到頭來想殺人的並不是織，而是活下來的式。」

從話筒傳來的聲音很沉重，如同在詛咒自己一般的失意語調。雖然跟式平常的聲音沒兩樣，但在我聽來卻不是如此。

「所以不行，因為我不會回去那裡了，所以你不等我也沒關係。」

式一邊害羞的笑著，一邊這麼說。

靜靜地用著哭泣般的聲音。

我沉默不語。老實說，真是有夠不爽。

「聽清楚了，式，那只是妳誤會了而已。」

她沒有回答。沒差。我自顧自地繼續說下去。

「妳不是說過嗎？人一輩子只能擔負一個人的死，妳不但很重視那件事，而且──妳比任何人都了解殺人的痛苦。」

沒錯，式從小就一直在殺害織。

妳是名為織的被害者，也是名為式的加害者──妳知道那是多麼悲哀的一件事。

因此我相信，相信那個傷痕累累，充滿哀傷的式。

「……妳沒有殺過任何人哦。只是湊巧都沒殺過人而已？別笑死人了，這種湊巧能持續到今天嗎？你是因為自己的意志而一直忍耐著。人的嗜好因人而異。式，妳的嗜好只是剛好是殺人而已。不過，妳卻一直忍耐著。所以今後，妳一定也能繼續忍耐。」

另一頭傳來咬緊牙根的聲音。

式靜靜地、卻非常激烈地開口：

「什麼叫做一定？我不了解的東西，你又憑什麼知道。」

我早就知道這個答案了。

「──那是因為妳很溫柔。」

我了解那個在三年前沒把我殺死的妳。

……式沒有回應。

兩人隔著話筒，因此我無法得知她現在的神情。

我們的交談，

只能聽得到彼此的聲音。

——然後交談在道別的話語結束了。

「……黑桐，你真是一點都沒變，我說過了，式最討厭你這樣的個性。」

說完之後她立刻掛掉電話。

話筒另一端傳來制式的電子音。最後一句話……和去年夏末，兩人被雨淋濕時說的話意義相同。

◇

二月十日，時鐘的指針指著下午七點。

或許是原本不擅長的東西，升級為厭惡的東西，因而變成了我的原動力，我忘記兩天沒睡好的事實，從房間裡離開了。

／3

時間是八月。

我越來越瘋狂了。

■

——那是因為你很溫柔。

我回想起這句無聊的話語，不由得加快了腳下的步伐。

心裡湧現的只有凶殘的情緒，我極度不悅。

「……真是個幸福的男人。」

我恨恨地咬緊牙根，在腦海裡狠狠揍了那傢伙少根筋的臉。

完全沒變！沒錯，那傢伙真的和四年前一樣，一點都沒變，依然痴痴相信兩儀式這個殺人魔，露出笨蛋的笑容面對我，像對待正常人一樣對待我，完全不覺得自己會被殺，因而才會讓我出現無聊的幻想。

……沒錯，幻想兩儀式這個異常的人，或許也可以正常地活在陽光底下。

四年之前，式對那個完全沒輒。

我現在終於了解那種感覺了。

……因為我會殺了幹也，因此必須從他的身邊遠離才行。我一直認為，我對兩儀式這個自我，一點也沒有痛苦的感覺。

……不過，如此一來，我就和以前一樣了。

看來，我沒有資格批評幹也，因為式一直以來都覺得黑桐幹也很礙眼。

跟黑桐幹也講完電話後約兩小時，我抵達了白純里緒的住處。追蹤那傢伙非常簡單，只要跟著他身上麻的味道，然後一路追蹤到起點即可。

那座位於港口，用來保管船貨的倉庫，似乎就是殺人魔的根據地。

港口空無一人。

晚上九點後，沒有會來自街道的好事者，也沒有人住在這裡。

港口所擁有的，只有來自海面的反光，以及矗立的路燈光芒而已。

——的確，如果在這裡的話，

不管做什麼都不用擔心被打擾。

我左手拿著小刀，右手拿著投擲用的刀，走向目的地的倉庫。

那棟建築跟學校的體育館一樣大，與其說是倉庫還不如說是某種工廠。高約八公尺，讓人意外地用窗戶排滿了一整面牆，雖然窗戶高達七公尺而無法看見裡面的情況，但若在白天，倉庫裡一定很明亮吧？

要用一句話來說明的話，就像是被鐵牆圍住的溫室。

我雖然打算從窗戶進入，但沒有那個必要。倉庫的入口，也就是那扇生鏽的鐵門，微微地開著。

以陷阱來說，還真是普通。

我從門縫間走進了倉庫。

——接著。

裡頭跟外頭煞風景的港口不同，呈現非常奇特的景象。

從像是天窗的窗戶裡流進了月光。

……這裡簡直跟叢林沒什麼差別。

高約五公尺的草種滿了倉庫，大部分的地面都是土，只有像通道的地方鋪上了水泥。人工創造出的熱帶園地，就是這棟倉庫的真面目。

「————」

我右手的小刀感應到什麼而顫抖了一下。

那傢伙正躲在這密林中窺視著我的行動。

……雖然也想陪他玩玩，互相觀察一下。但還是算了。看來因為與黑桐幹也對話而不爽的我，已經失去常人擁有的耐性。

我撥開茂密的草，直接走向獵物。

「————！」

那傢伙驚慌地逃開。

但已經太遲了。

我追到他的身後，並揮下左手的小刀。

在揮中的前一刻，他跳了起來。

跟昨夜一樣，朝牆壁跳躍……的確，身為人類的我，無法像鳥或蜘蛛般進行立體移動。

可是我已經看膩這種特技了。

我將右手的小刀射向敵人，把他打了下來。

然後跑到他落下的地方，跨坐在他身上。

「什——」

那傢伙——白純里緒仰望著我。

因為昨夜一戰而認為戰力相同的那個東西，現在因為無法掌控巨大的強弱差異，連話都說不出來。

與我相似的男子，什麼也不說，只是看著要揮下小刀的我。

那不是昨夜的殺人魔，而是如幹也所說，一點害處都沒有的「人類」。

「拜託，妳，等等。」

獵物自己明明都不知道意思，卻還這樣說著求饒的話。

但我對那種話沒有興趣，就這樣把小刀刺了下去——

眼前的場景，似乎和某個時候某種情況很類似。

「——咦？」

我和那個傢伙同時發出詫異之聲。

我那把——逼近那傢伙咽喉的小刀竟然停住了。

「怎麼……」

我不知道發生了什麼事，於是把氣力貫入左手。

我不會讓他逃走的，我要殺了這傢伙，並成為殺人魔。這樣一來——我一定能夠一個人活下去。就算回不去，也能毫無痛苦地自在活下去。

……明明可以的，

但我的左手，怎樣就是無法殺掉白純里緒。

「——不會原諒。」

這句話在我腦海裡迴盪著。

獵物就像蛇一樣，從我手裡逃走。

不過他的背後全是空隙。

那傢伙身上的死之線，我也看得相當清楚。

接下來只要一如往常地揮舞左手即可。

「——我不會原諒妳的。」

然而，我卻放過了最後的機會。

簡直像個小丑一樣。

明明一直渴望殺人，卻無法跨過最後那一條線。

只因為那個男人說過的那些毫無意義的話。

「那根本算不了什麼……！」

沒錯，那根本算不了什麼。

即使無法被某個人原諒也無所謂。

就算全世界的人都不原諒我也沒關係。

可是，為什麼。

「——都是那傢伙的錯。」

如痛苦般的憎惡，讓我說出了這句話。

逃走的獵物猙獰地笑了。

剛才都還很怕死的獵物，發現了我的異常，變回昨日殺人魔的模樣。

怎樣都無法下手殺死白純里緒的我，不管是打倒變回殺人魔的那個東西，或是從他身旁逃走，我都做不到。

／4

■

時間是八月。

就和荒耶先生所說的一樣。

我是對的。

因為如果發瘋了，殺人也是一件沒辦法的事。

■

……雨正在下。

淅瀝瀝的雨聲很吵，讓我睜開了原本緊閉的雙眼。

「……什麼嘛，原來我還活著啊。」

我從沉眠中醒來之後，躺臥在水泥地上看著眼前的景色。

草長得很茂盛。植物的高度高過我的身高兩倍有餘。

自高處窗戶射入的日光，由於雨的緣故呈現灰色。

即便如此，從一整排玻璃窗射入的光線依然很強，亮得讓人覺得不是在建築物裡。

在不知不覺之間，外面已經是早上了。

灰暗的植物園。

我就倒臥在那附近。

……雖然我記不太清楚，不過應該是敗給了白純里緒。我的雙手被銬上手銬，身體不聽使喚，多半是被注射了不知名的藥物。

我的意識模糊，完全無法思考，也只能就這樣被銬著手銬睡在水泥地上。

雖然我睜開了眼睛，卻什麼也看不見。

──這裡好冷。只聽得到雨聲。

我無意識地凝視著淋濕玻璃的冬雨。

或許是被注射藥物的緣故。

我的意識不存在於現在，而是觀看著三年前的遙遠過去。

⋮

……正在下著雨。

那一夜非常寒冷，彷彿連骨頭都會凍碎。

式連把傘也不撐，只是追逐著黑桐幹也。在滂沱大雨之中，憑藉著路燈的光線前進。濕漉的柏油路面折射光線，讓我看不到那傢伙的身影。

即便如此，式依然迅速追上了他。

剛才雖然遭到陌生男子阻礙，不過這一次可就沒人出手幫他了。

式朝著愣愣地佇立的黑桐幹也揮舞小刀。

少年的鮮血，滲入路面上如小河般流動的雨水裡。

……不過，小刀只是輕輕掠過罷了。

「為什麼。」

式屏住呼吸，黑桐幹也則是奔跑起來。式隨即追了上去，然後重複做著同樣的事。

這個捉迷藏遊戲，一次又一次地持續。

真是詭異。

少年奔跑一陣之後，又停下腳步，彷彿是在等待少女。

在雨中的式，就是無法殺了黑桐幹也。

「為什麼——！」

我情緒不禁激動起來，抱住了頭。

那傢伙又在遠處停下，一直被大雨淋著。

當我看到他那模樣——胸口感到一陣苦悶。

「……和黑桐在一起會感到痛苦。因為他讓我看到無法得到的事物，所以讓我如此不安穩。

因此——我必須殺了他，只要除掉他，我就不會再做夢。我必須讓這種痛苦的夢消失，恢復成以前的我——」

雖然我像小孩一樣大聲喊叫，但想哭的情緒卻越發強烈。

在雨中的式，似乎正在哭泣。

黑桐停止奔跑，和她面對面站著。

……不太會說話，個性又笨拙的幹也。那位少年竟然停了下來等待自己。

就在那時，式理解了織的想法。

……沒錯，殺了幹也，就不會再陷入痛苦，也能恢復成以前的自己。

然而，相對的——會連那個夢也沒辦法做了。

雖然做夢會感到痛苦。

可是不能做夢又是多麼可憐的事！

結果一直阻止殺害幹也的並不是式、也不是那名黑衣男子。

而是最喜歡做夢甚於一切，而且只能做夢的織。他不願破壞名為幹也的夢境。

……就算無法得到，即使再怎麼痛苦，夢正是最重要的生存意義。

——所以無法除掉他。

殺了那傢伙的話，我會更加痛苦。這顆心也無法再忍耐下去。

只要這麼做——

式往幹也的方向走了過去。

少女在距離少年有段距離的斑馬線上停下腳步。

在視線模糊的大雨之中。

遠處傳來汽車的聲響。在最後一刻，式露出了笑容。

……沒錯，答案其實很簡單。

「既然無法除掉你——那就只有讓我消失了。」

露出笑容的式，留下這樣一句話。

那是非常溫柔，非常幸福，如做夢般的微笑。

就在下一瞬間，逼近的汽車轟然地發出煞車聲，將她撞飛出去。

⋮

那是我在記憶中三年前的那一天。

在那個時候。真正該死去的其實是我。

在兩儀式體內清醒的是織。

但織代替我在那時死去了。

……如果不這麼做的話，織就無法守護自己的夢。因為這個身體如果只有織留下來，那麼他將會持續隨機殺人的行為。因為可以實現織的夢想的，不是織自己，而是式。

——在式體內的織，平時只能沉睡。

雖然我們是從最初的同一個人格分離而出，不過，只有身為式的我，才擁有身體的主導權。既然身為式的我存在著，那麼此時織也只能沉睡。

織總是一直沉睡著。

他一直懷有式披壓抑的心願，完全被限定在否定他人、傷害他人、殺害他人的方向。因為這正是他被創造出來的原因，所以織只能以殺人魔的身分存在。只有在兩儀式對當時相處的對方抱持殺意的情況下，織的人格才會在兩儀式的體內出現。

然而，織也希望他能像現在的我一樣正常生活，仔細想想，這也是理所當然的。因為我們擁有相同興趣、一起成長，甚至連憧憬的事物也是相同的。

式……身為肯定之心的我，至少還會模仿，但織連這種事都辦不到。即使如此，織還是認為，即使再怎麼受到他人的厭惡，總有一天，我們還是可以在一起。

不過，那是他無法實現的願望。

因此——織做的夢，是Siki過著幸福日子的夢。

喜歡做夢的織。

唯有在夢裡才能實現心願的織。

那也等同是式的心願。

我們在現實世界裡碰見了那個夢。

織那個可以過著幸福日子的夢。等於否定了自己存在的希望。

只要當時喜歡的那位同班同學，只要式和那個同班同學在一起，就能實現他的夢，但只要織存在，總有一天我會殺掉那個同班同學吧。

自己親手毀掉自己的夢。

織不喜歡這樣，他不想破壞黑桐幹也這個夢，他想讓Siki獲得幸福；因此選擇了唯一的手段。

——也不為什麼，只是為了守護自己的夢。

他終於獲得了幸福。

可以一直做著那個夢。

「……至少，也要讓那傢伙記住織。因為現在的我，正是織做的夢。」

因此我才會下意識使用織的話語。

如此一來，我就可以讓周圍的人把我當成織。

……雨不停地下。

我的意識仍然朦朧。

視野突然變得扭曲，一股無法抗拒的睡意侵襲而來。

在這之前，

我回想起身為另一個我的織，我想起他的心願，並且將之遺忘。

——謝謝。我沒辦法殺了你。

……感覺有些可悲，只能透過殺害這種方式和他人建立關係的式，連將這句話傳達給她想傳達的對象也無法做到。

……即使如此，我還是無法安心下來。
孤身一人太讓人不安了。
我發現，必須要擁有和我一樣的狂人同伴才行。

■

二月十一日，星期四。
一早就開始下雨，我來到了橙子的事務所。
我並非回到工作崗位上，而是為了要前往港口，有些事非得先和橙子小姐商量不可。
我講完有關白純學長的事之後，橙子一臉無趣似地彈了下手指。
「所長，妳有什麼看法呢？」
雖然我因為她擺出一副學長的事和她無關的態度，因此瞪視著她，不過她卻摘下眼鏡回瞪我。
「我沒什麼看法，既然起源覺醒是四年前發生的事，那就代表白純里緒沒得救了，他徹底變成另一種生物了吧？」

橙子一邊說著，一邊叼起了菸，單手托腮思忖著。

「不過他居然是起源覺醒者？荒耶那傢伙，留下了無聊的臨別贈禮，如果對平常人那麼做，原有人格必定會徹底遭到摧毀，白純里緒的雙面性，可以說是當然的結果。」

「所長。那個，所謂的起源，指的是什麼？雖然學長說是一種本能，可是我不認為那玩意能削弱人類的意志。」

我說完了之前一直抱持的疑問以後，橙子小姐點了點頭，把菸夾在手指上。

「個人的深層意識不可能改變肉體本身，像蒼崎橙子或黑桐幹也，僅僅二十年所培養出來的意識，當然敵不過『肉體』這個更為堅固的自我。若掌管人格的是腦髓，那表現個人的就是肉體。雖然最近出現某些說法，認為人類只要有大腦就不需要肉體，但結果也只是在輕蔑自己的人格而已。不過我覺得這種事要怎樣都無所謂啦。」

……我總覺得這番話好像離題了，而橙子小姐一陣思考之後，又提出了奇怪的問題。

「黑桐，你相信前世這種東西嗎？」

「……前世，是那個自己出生前乃是動物這種東西嗎？……該怎麼說，我兩邊都不相信。雖然並不否定，但也不肯定。」

「真像黑桐會說的答案。不過，在這裡先假設為有吧……以科學的觀點，也有所謂轉生的理論存在。所有分子都會流動吧？除了精神、靈魂、生命之類的觀念以外，所有的物體都能轉換為其他物體。

所謂的起源，便是追溯這種無秩序法則的方法。在魔術師裡，甚至也有人試著讓前世的自己附身而使用其擁有的能力。這是嘗試讓自己出生前的能力超越時代而繼承下來。而起源則是指更上一層的東西。如果有前世的話，那之前應該就還有前世吧？前世不是人，再前世甚至連東西都不是，但存在之線還是會一直延續下去。你這個靈魂的原點，創造你這個存在的場所，確實存在。但是那個地方並沒有什麼生命之類的東西，有的只是某種開始之因，決定事物的某種方向性而已。

在一切起源的漩渦之中，某種方向性如同閃電般發生。『做……』的意義流動。適合那個流動的物質集結成形體，而那個東西有時會變成人類。

在開始之因所發生的事物方向性，是指根源漩渦混沌裡所產生的『做……』、『非做……不可』之類衝動，也就是讓所有有形物體存在的絕對命令。這種混沌衝動，據說是魔術的起源。

簡單來說就是本能。例如有的人只對小孩感到興奮。雖然一般認為原因是出在兒時的經驗，不過兒時的經驗並不能扭轉成人的意識，那在出生前就已經決定好了，靈魂有所謂的起源這種模型，即使我們知道，也無法對抗其存在的方向性。」

橙子小姐就此打住不說，不過我總覺得最後的幾句有種詭辯的感覺。

……但也有我能夠接受的地方。

就算是我們不想做的行動，也無法違背欲望而不去做。

按照橙子小姐的說法，人類、植物、礦物，都具備這種方向性，且被束縛而生存著。

「這些通常無法察覺，不過也有人一出生就離起源很近。這種人和超能力者一樣，能力越是優秀，就越容易遭到社會排擠。

順帶一提，追尋死亡的式，起源是虛無；想違背常理的鮮花，起源則是禁忌。式因為離起源太近而受到那股衝動吸引，不過，鮮花不就很普通了嗎？因為起源畢竟只是原因，不至於能支配人。——只要不是因為某種因素而對那個東西產生自覺……」

橙子銳利的視線望了過來。

她想說的我也知道。

「……換句話說，一但有了自覺，自己的人格就會敗給那種方向性？」

「沒錯，從存在的一開始就累積到現在的起源方向性，光是白純里緒自身不到十七年的方向性，根本不可能有能力對抗，他也只能不停重複自己的衝動罷了。不過『吃』還真是一種特殊的方向性啊。我可以了解他為何被荒耶看上了。聽清楚了，黑桐，如果擁有『吃』這種起源，白純里緒的前世應該是捕食獵物的生物。起源覺醒者可以取得累積而來的前世，你別把白純里緒當成一個人，反而要把他視為動物集合體比較好。如果白純里緒的人格殘留著那就罷了，不過，要是那個人格消失了，他真的會變成『動物群體』。」

變成那樣其實也頗耐人尋味，橙子小姐說完之後露出諷刺的笑容。

雖然她一直是那麼冷酷，不過這次我無法默默容忍。

「——變成這樣也是那個魔術師所造成的吧。如果學長自己一個人的話，就不會產生——」

「是這樣嗎？光靠施術者本人，無法施展出讓起源覺醒的魔術。必須等到起源者有所自覺，才能夠讓他覺醒。起源覺醒這種祕術，只要施術者和受術者意見相左就無法施展。白純里緒是透過自身的意志做出抉擇。他透過自身的意志變成動物，透過自己的意志殺人。被剝奪走的生命無法償還，等他恢復成白純里緒的時候，一切為時已晚。

雖然白純里緒本人說他無法克制自己，不過那是不可能的……因為我看你似乎想幫助白純里緒，因此給你一個忠告。你聽清楚了，起源覺醒者確實會失去自身的人格，不過不會分裂成兩個。如果白純里緒的意志殘留下來，那麼殘留的意志便可克制自身的衝動。他的人格可不像雙重人格那樣自由轉換。黑桐，他是透過自身意志在吃人的！因此，你把他當成自己所認識的白純里緒，這樣的想法愚蠢至極，白純里緒只是在騙你，意圖博取你的同情而已。」

橙子小姐好像在斥責對生命惡作劇的學生一樣，目光非常嚴厲。

我原本以為她是幾乎不會擔心別人的人，不過，在這個時候，我對魔術師……橙子小姐的偏見，似乎減少了那麼一點。

看著一臉無法接受的我，橙子意外地繃起了臉。

「……黑桐你不會驚訝嗎？我說的是，白純里緒並非因為輸給衝動才會吃人喔。」

「咦……？不，我非常驚訝。」

我淡淡地答道，橙子感到無趣似地蹙起了眉頭。

「結果橙子小姐還是無法幫白純學長一把嗎？」

「嗯，這是那個男人為了追求靈魂形態而抵達根源的終極技術。我的專門領域在肉體部分。至於靈魂我就無計可施了。」

「這樣子啊……可是既然學長的人格還殘留著。我應該還能替他做些什麼吧？」

「最多只是讓他安心吧？不過那種事毫無意義可言，白純里緒的人格能留到現在，已經可以說是一種奇跡，一來，或許明天就會產生變化……二來，或許他早已放棄人類的身分。」

……是嗎？不過，即便如此，他還是說出了「救救我！」這句話。就算從很久以前開始，他的人格就不再是白純里緒，不過他想要獲得救贖仍是真實的——

「真是的，黑桐，你的想法真容易理解啊。罷了，我也不會阻撓你，不過對方可是殺人魔哦。那種玩意還是交給式就好，式不是為了解決四年前的案件而在追蹤殺人魔嗎？」

經她這麼一說，我不禁低下了頭。

……解決四年前的案件。聽上去雖然如此，不過從她的態度來看，感覺不是那麼單純。我曾經眼睜睜失去過式一次。我也了解，當時的式和昨夜電話裡的式感覺很像。情況和四年前相同，殺人魔現身了。式說自己也和殺人魔一樣，而且似乎真的開始往那一邊傾斜。

……她到底為了什麼而想殺人？

「橙子小姐，人類殺害人類的理由到底是？」

我因為再也無法忍受，因而提出這樣的問題。靠著椅背的橙子小姐說出了一個答案。

「向對方抱有的情感，超出自己的容許量的時候吧，自己能承受的感情量是一定的，有些人容量大，也有人容量很小，不論是愛情或者是憎恨，當那種感情超過自己所能容納的量，那麼超出的部分會轉變為痛苦，如此一來，便不能忍受對方的存在。不能忍受的時候該怎麼辦呢？也只能使用某種方法消除掉。不論是忘記或者離開，總之，要使其遠離自己的心。當那種方法達達極致就是殺人了，為了保護自己而喪失道德，取得虛偽的正當性。」

……對自己毫無辦法的憎恨，目的不是為了報復，而是為了從那種情感當中保護自己才去殺人……？

也就是說，無法忍受的苦痛將轉換為敵意嗎？

「不過，不是也有人會殺害無辜者嗎？」

「那不叫殺人，而是殺戮。只有在人類拿自己的尊嚴和過去比較，讓其中一個消失時才叫殺人，並擔負殺人這種意義與罪孽。殺戮就不一樣了，雖說遭到殺害的一方是人，不過殺人的一方沒有身為人類的尊嚴，也沒有隨之而來的意義和罪孽。比方說意外事故，不會有人因此擔負罪孽吧？」

……殺人這件事，

也就是殺了自己。

「那殺人魔到底是什麼呢？」

「不是正如字面上的意義嗎？因為是殺人的魔鬼，因此就和天災一樣，受到牽扯只能自認倒楣。」

……式確實說過與這句話意義相同的話。

在十天之前，和式分離的夜裡，她看到新聞之後，告訴我殺人魔並未殺人。

她說：

人一輩子只能殺一個人。

我說：

人一輩子只能背負一個人的死吧？

「我——回想起來了。」

沒錯，那兩句話的意義一樣——以前她告訴過我，那是她爺爺說的遺言。

式雖然一直很重視，而且也遵守了這個遺言，不過卻又想拋諸腦後。

是我和殺人魔把她逼到那般境地。

我不清楚式對我抱有何種情感。

但那種感情讓她痛苦，所以只能殺掉我來解決。

但是，知道殺人之苦的式，卻沒有辦法殺害任何人。

既然如此——不如變成不需擔負任何苦痛與意義的「殺人魔」，她心裡是這樣想的。

然後，殺人魔在她附近出現，並且開始進行活動。

因為那個殺人魔想讓殺人魔——兩儀式變成他的同伴。

「——我先走了。」我從椅子上起身說道。

橙子小姐一臉不悅的模樣。

「什麼嘛，你這樣就結束啦？外面還在下雨，多坐一會兒也無妨啊。」

「是的。可是我不走不行了。」

我行了一禮便邁開腳步。

背後隨即傳來這句道別的話語：

「是嗎。那麼我留你下來，未免也太不近人情了。

——黑桐，一路小心啊，有緣明天再見囉！」

／5

我做了一個讓人懷念的夢。

「人一輩子只能殺一個人。」

真是、這樣嗎？

「是的。為了到最後讓自己死去，所以我們只有殺一次人的權利。」

為了自己？

「沒錯。人一輩子只能承受一人份的人生價值，為了原諒無法走到盡頭的人生，所以大家才會用尊重的態度看待死亡，因為生命等價，即使是自己的生命，也不是自己所擁有的東西。」

那麼，爺爺呢？

「爺爺已經不行了，我殺了好多人，因為我承受了殺害他們的死亡，已經無法承受自身的死亡了。因此，爺爺的死，將會在沒有任何人承受的情況下，前往虛無之處，那是非常寂寞的。」

只能殺一次嗎？

「嗯，能殺人的次數只有一次，在那之後就不帶任何意義了。僅僅只有一次的死相當重要。如果你殺害了他人而用掉自己的死，將永遠沒辦法殺死自己，也無法做為一個人而死去。」

……爺爺你很痛苦嗎？

「嗯，我已經走到盡頭了。再見了，Siki。如果你能迎接一個平穩的死亡就好。」

……爺爺？

爺爺，你怎麼了。為什麼要帶著那麼寂寞的表情死去呢？

喂！爺爺——

⋮

響起了「啪」的一聲。

跟外頭的雨聲不同，那是黏稠而讓人厭惡的聲音。

我從夢中醒了過來，並睜開了雙眼。

在野草相當茂盛的倉庫裡，我雙手被銬著，被人丟到水泥地上。

……狀況和剛才並沒有什麼不同。身體的無力感已經開始消失，而在我眼前有個與我相像的男子。

白純——里緒。

我就這樣保持倒在地上的姿勢，確認著眼前的對手。

那個人帶著難看的笑容俯視著我。

「已經清醒了嗎？公主殿下還真是性急啊！」

白純說完之後蹲了下來，他手上拿著一根針筒。

「藥物對你來說似乎沒什麼用，我一開始就該用這個的。」

白純拉住我的手，拿著針筒刺了下去。

因為藥物而麻痺的我，甚至感覺不到疼痛。渾身使不上勁，雙手也被銬住，只能瞪著那個男人看。

「妳的眼神真是不錯，兩儀式應該就是要這樣才行。我剛剛注射的只是肌肉鬆弛劑，還要請妳在那裡乖乖躺著。」

白純里緒坐到水泥地上，以舔舐般的眼神端詳著我的身體。

我看著窗外的雨。

「……這三年還真是漫長！要是妳能理解我一直在等待的心情就好了。」

那傢伙嘴裡似乎咬著什麼。

我對白純里緒很冷漠，對方雖然也很清楚，卻兀自說著自己想說的話。

「……從荒耶的說法聽來，我似乎是失敗品，他竟然說我相反過頭了。我跟妳為什麼會完全相反呢？兩儀呀！我們明明這麼相似，妳也知道自己不是存在於這世上的一般人吧？兩個狂人，就得要彼此感情深厚才行。」

……我沒有回答。

真的，我並不是在無視他，因為兩儀式正想著另一個完全不同的人。

那個東西繼續無聊地獨白。

「……因為妳發生了意外，所以我一直苦無機會登場，之前預定讓那兩個人破壞妳的計畫，所以我得老實一點，別礙手礙腳……充分地利用他人，等到沒有用處的時候就捨棄，這一點很讓人不爽吧？可是光是靠我自己沒辦法對付荒耶，因此，我只能照他說的做，離開妳身邊。所以妳別再那麼彆扭了，妳又不是忘了所有的事。

……不過，我很清楚，荒耶無法將兩儀式逼入絕境，做得到的人，只有同為狂人的我而已……我知道這天一定會到來。」

那個東西靠近了我。

他像狗一樣的趴下，舔著兩儀式的腳。

響起了「啪」的一聲。

黏稠的聲音，潮濕的感覺。

帶刺的舌頭，一邊舔一邊往上遊走——讓人感覺想要發抖。

「——」

我發不出聲音來。

迴響在灰色倉庫裡的，只有那個粗重的喘息聲。

我的身體明明無法動彈，感覺卻變得更加敏銳。

宛如身處熱帶夜晚一樣，我不停地出汗，像是被水淋過一樣，全身溶進汗水裡。

「——」

腳邊的和服下襬被撕裂了。

那個叫做白純里緒的生物吐著熱氣，繼續埋頭於舔舐的行為。

沾滿唾液的舌頭，緩緩從膝蓋往上游走。

他很仔細地一直舔到大腿內側，不斷重複發出黏稠的聲者。

那糖水般的液體，附著在肌膚上的感覺非常噁心。

「——」

……我只能忍著不發出聲音。

於是那個吸附在我肌膚上的東西，用非常緩慢的動作，從腳爬到了腰部。他的舌頭一點也沒損害到和服下襬，單純在布料上爬行著。

「咻嚕」、「啪擦」。

黏稠的聲響讓人感到不悅。

不斷流出的唾液，從我的衣服外側滲透到身上。

……被鑄住的雙手非常的痛。

野獸般的舌頭仔細沿著我的胸部來到脖子。

他從臉頰一路舔到眼睛。

呼呼呼的喘息聲，不斷在我耳邊迴響著。

想到自己的身體滿是唾液，聞到散發動物惡臭的呼吸，讓我開始噁心作嘔。

「——死狗。」

我如此罵道。

那生物開心地笑著，使勁咬住我的咽喉。

「啊——」

因藥物變得敏銳的感覺，現在極為強烈。

像是腦髓被千刀萬剮，我發出了尖銳的慘叫。

或許是白純里緒因此感到滿足，於是他移開了嘴巴。

我的脖子上留下野獸的齒印，沿著脖子流下的血，都有種淫靡的感覺。

「……還不行，還不到吃的時候。因為那會讓妳無法恢復原狀。」

那個東西低聲唸著，然後站了起來。

「因為白純里緒愛妳，所以要慎重對待妳……吃東西是我的起源，當那股衝動湧現時，我就見一個吃一個地吃下周圍的人。但是，應該因此消失的白純里緒竟然還存在於此。我才不會輸給衝動，因為有妳這個同伴，所以我才會放過白純里緒一馬。」

白純里緒像是在逃避自己的欲望一樣離開了我身邊。

「……但是！昨夜妳竟然還沒辦法動手殺我。到頭來，妳還是連一個人都沒有好好殺過。殺掉荒耶那種不是人的傢伙也沒用。妳明明是遠勝於我的殺人魔，為什麼——連一次都沒有殺過人！」

白純里緒的氣息依然紊亂，望向倒臥在地面上的我。

「這樣讓我很困擾啊……！我不能沒有同伴，這樣會讓我無法安心下來，心裡總是侷促不安！明明……明明我只承認妳是我的同伴，結果卻遭到妳的狠心背叛。再這樣下去，白純里緒不就會被起源吞噬嗎？」

……這種誤解真是愚蠢至極。

自稱為白純里緒的那個物體，踩著靜靜的步伐在草叢中消失。

「……妳等著，我立刻——除去束縛妳的原因。」

只留下這樣的一句話。我雖然知道那句話的意義，但就是無法思考那會帶來怎麼樣的結果。

……這必定是因為藥物的緣故。

我就在這種意識不清楚的狀態之下，盡是想些沒完沒了又毫無意義的事情。猶如被窗戶玻璃彈開的雨滴數量，或是明天的自己會變得怎樣……

話說回來，我到底為了什麼會去找殺人魔？

最近發生了不少事，因而讓我忘卻了初衷。

我——確實是，

確實是因為想安心下來，因此才跑到城裡去。

再次發生的殺人案件，加上四年前的模糊回憶。

……我擔心自己可能又會殺了那個人。

「——原來如此啊，若是真有殺人魔存在，那麼我就不是殺人魔了。」

我說完之後，發現自己泫然欲泣。

我好想回到過去。

真想過著清醒之後的這半年以來，和那個人度過的每一天。

我想要證明自己也可以像凡人一樣活下去，因此必須和殺人魔這個對手了斷。然而，我卻忘了這個目的。

我一直潛伏在暗巷之中追蹤殺人魔，也坦承自己內心有殺人衝動。

就在自己也弄不清楚的狀態之下追蹤白純里緒，然後讓自己陷入現在這種綁手綁腳的困窘。

若是以前的我——若是三年前的我，就算殺人魔再現我也不會在意吧？

……我變得軟弱了。

只能一個人躺著，厭惡自己沾滿白純里緒唾液的身體。

外頭下著雨。

我覺得自己真是非常愚蠢又淒慘。

我實在無法原諒他，可惡、真讓人不爽，如果讓我變成這樣的原因在這裡的話，我真想抱怨個兩句。

因為我並沒有什麼錯。讓我變成這樣的責任，全部在那個人身上。

……沒錯，

全是那個人的錯。

因為有那個人，我才會變成這樣。

因為有那個人，所以我變得軟弱。

如果沒有那個人，就不會有這樣的自己。

所以，

——如果那個人不在了，我也會活不下去——

「……我這個笨蛋。」

由於藥物的效力，腦袋一直不是很清楚。

我的身體熱到讓人喘不過氣，汗水如同眼淚般流著。

這種模樣要是被人看到，我可是會羞恥而死。

……所以，不快點去不行。

我不能一直待在這種地方做這種事。

這裡不是我想待的地方。

……我得快點回去才行，回去自己的家，那個我該回去的地方。

然而，不可思議的是，

當我這麼想的時候，腦海裡所描繪出來的，並不是兩儀家的宅邸，而是黑桐幹也在裡頭等著的，那棟平凡無奇的公寓——

殺人考察／6

——最後。

我來到了那棟倉庫。

從橙子的事務所離開之後，大概兩小時的路程，就能抵達港口的無人倉庫。

在去找橙子之前，我就已查出此處就是白純學長的真正住所，也是他藏藥的地方。

在雨中，我靠近那棟即使在倉庫街裡也算很大的建築物。

倉庫的正面的鐵門關上了，看來是沒辦法從那裡進入。這種尺寸比自己大上幾倍的鐵門，用螺絲起子不可能撬得開，於是我試圖繞到倉庫另一邊。

……倉庫牆壁上裝設了滿滿的玻璃窗，雖然可以從那邊進去，可是玻璃窗距離地面有五公尺高，如果沒有梯子，連碰都碰不到。

倉庫實際上比看上去還大，像是學校的體育館一樣。

所以我想一定有後門之類的地方。我邊走邊找，很快就找到一扇門。

在鉛色的牆上有一個狀似普通房門的入口。

於是我一聲不響地靠近並轉開門把。

門沒有上鎖，我就這樣溜了進去。

……那裡是個像雜物間般的狹窄空間。

在眼前有另一扇通往倉庫內的門。

當我走向那扇門的同時，響起了「鏗」的一聲。

「——好痛。」

我抱住頭。

在察覺自己被人從後面敲了一記之前，我的身體就倒在地面上。

⋮

某種物體咕嚕一聲從喉嚨滑下。

等到原本一片漆黑的視野稍微變得清晰之後，我從地面上抬起了頭。

……我人還在原地，時間應該只過了幾分鐘吧？

不過我卻感覺很冷，身體不斷發顫。

我打算站起身子，一隻手卻感到疼痛。

我左手手肘往詭異的方向扭曲。非但如此，兩腿的膝蓋內側也遭到刀刃劃傷。

……那個位置是以前受過重傷的部位，現在連跑步都感到痛。現在那個部位被劃傷，如果打算站起來，應該會出現讓我感到幾乎昏眩的劇痛。

不過，如果只是這樣平躺，倒是不會感到疼痛。傷口堵住了，血也沒有流出來。再加上那隻形狀扭曲的手，骨頭部分也不會痛，現在感覺似乎撐得下去。

要說異常，就只有身體那股膨脹的感覺了。

……剛剛吞下去的是藥吧？
沒錯，那應該像是止痛藥之類的東西，不過能夠一吞下就馬上生效止痛的，我倒是沒聽過。
這種非常具有效果、又猶如魔術般的藥物。
「……」
我觀察起房間的狀況，發現某個人就在牆邊。
那個人蹲坐在一堆瓦礫上。
「不好意思，因為我個人沒有綑綁男人的嗜好，所以只好使用這種方法了。」
他說完之後走到我的身邊。
我的腦袋因為藥物而一片空白，感覺身體發燙，連眼前的景象都是一片白茫茫。
但即使如此，我還是清楚知道他到底是誰。
「白純——學長。」
「黑桐，你還不受教啊。我不是跟你說過，你不要再來找我嗎？你就是因為這麼不聽話才會落得這種下場……不過，我也有點開心，因為這讓我知道，你果然站在我白純里緒這邊……哎呀，對了。把你讓給兩儀真是太可惜了。為什麼我沒有發現呢，要是讓你變成我的同伴就好了。」
學長說話的口吻和以前的他不一樣。
學長以猶如他人的口吻，態度高傲地說。
……不過，就我個人聽起來，覺得那只是在演戲罷了。

「……你是沒辦法製造夥伴的。」

在我開口說話的剎那，劇烈的疼痛感讓我吐不出半句話。

雖然感覺不痛，不過我的身體的問題卻很嚴重。我忍著每開一次口，腦袋就像要燒掉的疼痛，繼續說下去：

「因為學長製造的藥從來也沒成功過不是嗎？」倉庫內的氣氛為之凍結。

白純里緒咬緊牙根瞪著我看。

「……我真沒想到。黑桐，沒想到你可以了解到這種程度。一切正如你所說的，我並非為了取悅那些笨蛋才送他們藥的。你說得沒錯，在我一時衝動吃了人以後，那玩意可以讓他們閉上嘴巴。對那些笨蛋而言，我是免費送他們藥的大好人啊。基本上不論我怎麼做，他們都不會多嘴，不過這也只是其次。」

他聳了聳肩，閉上了嘴。

若是他不再繼續說下去，那麼只有由我主動來說。

「……你賣的並不是藥。」

白純里緒沉著臉嘆了口氣。

「嗯，你說得一點都沒錯。我想要找到和我一樣的傢伙，但那種傢伙卻只有兩儀而已。那麼，我就只能採取人工的方式製造了吧？這間倉庫的大麻，是我從荒耶那裡拿到手的，這種大麻和其他的大麻有些不同，既沒有成癮性，也不會產生耐受性，但是那是人體無法分解的毒啊！只要用上幾十次之後，理性就會完全遭到破壞，是一種究極的興奮劑。」

「……遇到那種用了幾十次的對象，你就會給他血晶片吧？」

「應該說是看上去有希望的對象，血晶片是我用自己的血特別製造出來的，起源覺醒者會受到起源束縛。這種人的血不是普通的血了，結論雖不中亦不遠矣。有的人只會感覺像一般的藥物，也有人承受不了因此死亡。真可惜，如果能承受得住，一定就會變成我的同類。結果害我還得處理一點也不想吃的屍體。」

「……你明明說過不是因為想殺人才殺的。」

我用著好似要燒焦的喉嚨說出很愚蠢的話。

白純里緒的臉暗了下來，彷彿在說：「你怎麼這麼說？」

「因藥物而死並不是我的錯，想要藥的人是他們，受不了而死的責任在他們身上，我是感到同情啦，因為他們如果像我一樣特別，那就不會死了。」

我的頭感到一陣暈眩。剛剛吞下的藥，似乎讓我的意識變得很零碎。

「不過都持續了兩年，卻連一個成功的傢伙也沒有，於是我想放棄了。就在此時，兩儀清醒過來了，你應該很高興吧？我也很高興。沒錯，我們是同伴？在這種意義上，白純里緒和黑桐幹也是同伴，原因在於──」

白純里緒嘿嘿冷笑。我只能一直看著他。

「沒錯，三年前讓她毀掉的人就是我和你。你破壞了式的內在，我則是破壞了她的周圍。」

……果然是這麼回事。

我和白純里緒兩人，只要缺少其中一個，式就不會變成那個模樣……正如他所說的，在這層意義上，我和他可說合作無間。
「黑桐，事情很簡單的。兩儀喜歡在半夜行動的性格，實在是很好利用，我只要尾隨在她身後，在她即將要去的地方殺人就可以了！一開始還曾經被別人看見，不過幾次下來之後我就很熟練了。那天和你吃完飯分開之後，我不是完美地先趕到兩儀家的宅邸去嗎？那是我故意要讓你看到才特意準備的。」
我無法聽清楚白純里緒的話，呼吸不順暢，感覺像是心臟著火一般。
……我不知道、呼吸竟然也能這麼困難。
「……星期一連續殺了四個人的人，也是你吧？」
不過，我居然在說話。
他點了點頭。
「真是受不了，我好不容易安排他們襲擊兩儀，她卻只讓那些傢伙無法動彈，沒能跨越最後那一道界線，還讓我必須負責善後。不過，看起來那件事多少也發揮了效果。」
白純里緒回到了牆邊。
「時間也差不多了。幹也，不好意思讓你受苦了。沒關係的，如果是你的話，很快就可以解脫了。」
他拿起瓦礫上的東西……那是一柄小刀以及棒狀物……那把小刀，是式的。
「……你難道把式給……」
「不。我對她什麼也沒做，因為我知道我需要的是你。她的事現在已經無所謂了。雖然我現在讓她在隔壁的倉庫沉睡，但明天就會讓她回去。」

他用一隻手俐落地拿著那兩個東西，再度來到我身旁。

「那麼就開始吧。放心，沒什麼好擔憂的。因為至今失敗的理由，在於只給藥物而已。荒耶也說過，要讓起源覺醒得要雙方同意才能達成……沒錯，所以這次會成功。只要你想的話就能得到一切，絕對不會失敗。幹也，你可以變得很特別哦。」

……白純里緒有點鑽牛角尖地說著。

我只是搖了搖頭。

「自己明明會因此消失也要變得特別……？你不是討厭這種事嗎？」

「傻瓜，你竟然相信那種話，當然不可能會討厭的吧？因為起源覺醒的緣故，我變得很特別。不但力量變強，也能辦到普通人辦不到的事。

我不會輸給任何人，也不會讓別人說我軟弱。

我能做想做的事，照自己的意思活下去。

這些快樂的事——是四年前的白純里緒做不到的。」

想要變得特別、想要比別人優秀，這就是他的願望。

但這應該是每個人都有的願望吧？若說這個人有罪，絕不是因為這件事。而是——

「當然，我並沒有消失，我仍然是白純里緒。幹也，衝動是可以抑制的，根本沒什麼好怕。我只是因為想吃才去吃而已。不是因為起源的意志，是因為我自己的意志而希望去吃人。」

『……白純里緒只不過為了引發你的同情而在騙你罷了。』

橙子小姐曾經這麼說過。

真是這樣子嗎——

「……什麼?你不覺得驚訝嗎?我倒是很想看看你詫異的表情呢。真是怪了,幹也,你為什麼不覺得驚訝呢?」

白純里緒感到不可思議般地問道。

因為這種事——

「我從一開始就知道了。」

「——咦?」

感到詫異的人是他。

是的,這種事我從一開始就知道了。

自從讀了那本日記之後,我就完全理解了。

不管是這個人早就放棄身為一個人類,或是白純里緒已經不在的事實。

但即使如此,因為「請你救救我」這句話,是四年前的白純里緒遺留下來的,因此即使只有我一個人也好,我也要去拯救他。

「……你犯下殺人的罪行,為了逃離那罪行而捨棄自己。以前愛著兩儀式的白純里緒,現在只為了讓自己正常化而追求式。其中並不存在任何愛情,你——」

「吵死了!」

白純里緒放聲大吼,猛力踹起我的身體。

還好我的痛覺早已麻痺,沒有任何感覺。

「我的事沒什麼好提的,現在可是在說你的事。」

白純里緒不悅地說完之後，揮舞手上的小刀。他用式的小刀，把棒狀物切下小指般大小的一塊，然後塞進自己的嘴裡。

「雖然連續服用對身體不好，不過也沒辦法，因為你實在太倔強了。」

他粗暴地抓住我的頭髮，把我的臉抬了起來。

白純里緒就這樣把嘴脣貼在我嘴上。

我用來抵抗的舌頭被推開，他把嘴裡咀嚼的東西送到我的嘴裡，硬是要我吞下去。

……我沒辦法抵抗，只能乖乖吞下。

「這樣就萬事俱備了。」

移開了嘴後，白純里緒一臉平穩地說著。

「這次的藥，藥效高達十倍，你的身體應該會受不了吧？但你要在那之前吞下這個。幹也，你得用自己的意志，捨棄掉目前為止的自己。」

他拿出紅色的紙片。

……我的視野模糊一片，看不清楚見眼前的景象。

「你在幹什麼。這是可以讓你變得特別的東西喲！讓你可以從那種到處可見的普通生活裡解放出來！明明可以那麼快樂，為什麼不肯聽我的話。吞下它！幹也。如果不是你，我才不給呢！」

他拉起我沒斷掉的那隻手，硬是將血晶片塞到我手中。

白純里緒看見黑桐幹也沒有反應，情緒非常焦躁。

「你給我吞下去，幹也，剛才你吞下的藥物的藥效，你的身體怎樣都承受不了。你聽清楚了，不吞下去可是會死喔！很普通的死和很特別的活，哪一種比較棒應該連想都不用想吧！」

的確連想都不必想。

我搖了搖頭。

「——為什麼。」他的聲音彷彿勉強擠出般細微。

明明不理他也行，然而我卻回答了他。

「因為感覺好像不太有趣。」

白純里緒臉上的表情凍結了。

空氣彷彿「啪嚓」一聲出現裂痕。

……我真是自己找死啊。

「……嗯，因為從學長你的經驗來看，感覺好像不怎麼有趣。而且我比較想保持學長說的普通狀態，我不想成為特別的存在。」

白純里緒看著我的雙眼裡已經失去了人性……這個人因為剛剛那句話，已經把我當成了敵人。

「……你在說什麼。你到底是什麼意思……？

聽清楚了，你不吞下去可是會死喔！你已經沒有其他選擇了！當時的白純里緒也一樣！明明每個人都——都想變得特別，都想比別人優秀，但你卻……！」

他激動地直說不能相信。然後，他露出微笑凝視著我。

那個笑容不知道是因為恐怖，或者因為極度不悅造成的。

「為什麼？我真是無法置信，黑桐，你為什麼會這麼說？我知道你不是逞強才這麼說，也沒有輸給任何人的感覺。你是——真的這麼希望、但是，再這樣下去真的會死。在耍什麼帥啊！可惡，你根本就不正常。你不是普通人，怎麼想都覺得你不正常！」

「——不正常的是你吧，學長。」像是被胃部湧上的噁心感催促一樣，我說出這句話。

……若是我更懂得察言觀色，或許還可以活得久一點。

「你現在已經活得不正常了。殺人的你，不敢正視自身的罪孽，一直在逃避。你用自己發瘋了的藉口對自己催眠。既然已經發瘋了，那麼殺人也是無可奈何的事，你說不正常的人自然會做出不正常的事，其實你只是自己騙自己……！

……不過，這和因為覺得不爽就打人的理由一樣，完全沒有正當性可言。你卻為了正當化裝瘋，直到現在還一直在逃避。」

……沒錯。自從第一次下手殺人，受到荒耶宗蓮誘惑開始，白純里緒就消失了。

他用化為狂人自己方能存在的理論，把自己武裝起來，並且緊追著同為殺人魔的兩儀式。因為如果有和自己相同的殺人魔存在，自己的行為就能夠正當化，可以因為擁有一樣不正常的夥伴而感到心安。

「……吵……死了。」白純里緒瞇細著眼看著我。

不過，我如果不把話說完，那麼就失去了來到這裡的意義。

「……從出生起，就沒來由地喜愛好殺人的式，還有為了保護自己，自認喜愛殺人的白純里緒。」

……天然產品與人工物品。

……與生俱來的東西和後天捏造的東西。

我很清楚，如果我不說的話，學長是不會了解差異何在。

「以殺人魔這種名稱來稱呼你不對，你並未背負式所背負的痛苦。因為你沒有那種想捨棄卻無法捨棄的情感。」

「……黑桐，你很煩啊！」

「所以你和式絕對不一樣的，根本就是完全相反的兩個人。殺了人之後還不承認是自己的罪孽，只會一味地逃避，你不過是個連殺人犯，或者殺人魔都算不上的逃避者——這才是你的真面目啊，學長。」

即使如此，就因為你說想要有人救你。

所以我才想將誤認只剩下瘋狂這個選項能選的你，拉回到這邊的世界來。

「……我說你很煩啊！」

那是充滿怨懟，如同詛咒般的憤怒之聲。

我沒辦法阻止，只能默默地看著他舉起小刀的動作。

◇

他舉起小刀。

充滿情緒性地用無法停下的力道，往黑桐幹也的頭部一刀砍下。

從額頭左邊俐落切下的小刀，把黑桐幹也與世界徹底分開了。

／6

幹也「咚」的一聲往地面倒落而下。

他伏在地面上不動，頭部不停地流血，濡濕了水泥地。

我愣愣地看著手裡的小刀，渾身動彈不得。

我對幹也的屍體感到害怕，甚至連接近他都辦不到。

因為，幹也已經死了。

「對不起，我原本沒打算這麼做。」

即使我這麼說了，回應我的也只有雨聲。

我哭了出來。

在很久以前，當白純里緒還是學生時所留下的感情，現在正在不斷地變淡。

像是那個時候。

在白純里緒要退學的時候，每個人都認為我做了一件蠢事。他們笑我高中輟學還可以有什麼打算？但是，只有黑桐幹也不一樣，他衷心地要我好好加油。

我不可能會忘記的，當時的喜悅，直到現在還存留在白純里緒心裡。

然而，我卻殺了那個給了我喜悅的人。

我因為一時激動殺了他……我明知道人類很容易因為一點小事就死亡，但是令人絕望的是，白純里緒沒有躲過那種事的運氣。明明在第一次殺人就已經知道了……！

不過，錯不在我。

「……黑桐，你為什麼要反抗我。你不是任何時候都站在我這邊嗎？你不是一直都很了解我嗎？

所以——明明只有你不可以反抗我，你卻……！」

沒錯，即使世界上每個人都不認同。

只要你願意認同，一切就無所謂了。

明明只要有你在，無論變得如何都無所謂……！

……里緒接受了黑桐所說的話。

——白純里緒並不是愛上了兩儀式。

緊追著兩儀式的是身為殺人魔的我，如果她成為和我同樣的存在，那麼她就沒有任何用處了。

所謂特別的存在，是因為只有一個人，所以才叫特別，因此我早就下了決定，當她恢復成殺人魔之後，我就立刻讓她死。

可是，在失去之後，我這才發現。

我所需要的同伴，對我來說必要的是他。白純里緒這種存在之所以還能留存下來，應該是因為黑桐幹也的關係。

我——只有在黑桐幹也面前，才能恢復成白純里緒。

但是現在，連那個人都不在了。

我就像是失去了另外一半的身體。

隨著以前占據我一半世界的人物一同消失了。

對不起，黑桐。你所信任的我，看起來要在這裡消失了。

「——還剩下另外一半。」

因此沒問題，我可以活下去。

白純里緒和兩儀式，只要她能恢復成殺人魔，我就可以繼續安心地存在了。

……嗯，沒錯。

我才不需要黑桐幹也。從一開始，我不就是這樣想嗎？為了讓自己消失在內部的「衝動」，想要因為同為殺人魔的她存在，讓自己感到安心。

我從房裡離開。回到倉庫之後，又開始往大麻園而去。

式——我以前強烈眷戀的女孩。

她比任何事物都更特別，是渴望鮮血的殺人魔。

她即將成為我的人。

我不由得笑了出來。腦海裡浮現她沾滿汗水和唾液的模樣，這種快感讓人受不了。

我想——早點動手。

只要開口說殺了黑桐，她必定會變回原來的模樣。

真正的殺人魔會攻擊我。

那是非常誘人的光景，再加上她身上的藥效未退，如果可以從手指開始吃起，吃掉那個站也站不起來的殺人魔——有誰能創造出比這更美好的光景？
沒錯，沒有人做得到，唯有我才有能力做到。
我的舌頭不斷蠢動，看來它也想盡情吸吮她的汗水，快些品嚐她肌肉的滋味。
「——可是……汗水？」
我在大麻園裡停了腳步。
汗水？汗水怎麼了嗎？
的確，注射藥物時會流汗。
然而——她的出汗量異常，而且她注射的不過是一般的肌肉鬆弛劑，不應該會流汗才是。
汗水量很大，異常發汗的情況，就像是要排出體內的毒素一樣。
「——騙人的吧！」
我立刻奔跑起來，連忙趕往兩儀式倒臥的區域。我撥開草叢拚命奔馳。不到十秒鐘時間，我就抵達了目的地，也見到預料之中的情景。
「…………」
我感動得說不出話。
因為，在倉庫附近唯一沒種大麻的水泥地廣場上。
理應無法站立的兩儀式，露出惡魔般的眼神，幽然地佇立在那裡……

/7

◇

兩儀式的樣子，美麗到讓人覺得淒絕。
白純里緒連呼吸都忘了，看得入神。
束縛她的手銬已經失去了效用……不過不是解開，而是她弄斷了。
手銬像是大型裝飾品般掛在式的右手腕上，而手銬上一點傷痕也沒有。
有傷的只有她的左手。
式——為了解開手銬，用自己的嘴咬斷左手大拇指以及根部周圍的肉。

◇

「——哈、哈哈、哈！」
白純里緒笑了。
「——妳真是最棒的。」
……就連他的笑聲，我也覺得刺耳。
「——最完美的殺人魔。」
他喉嚨抖動著，看來正在演戲。

而我也已經聽夠這隻死狗的聲音了。

……我可沒有時間，在這裡做這種事。

「那麼——開始吧，兩儀。只有妳能讓我待在這個世界裡。」

那個東西像被捕蚊燈吸引的蚊子，往我這邊走了過來。

但我連看也不看他一眼。

「去找別人吧，我可不幹。」

我勉強開了口。

那個東西無法了解我所說的意思，停下來眨著眼。

「……妳說什麼？」

「我說我沒空理你。」

沒錯，我並不需要殺人魔之類的稱號。

那種東西就留給這傢伙吧，因為我知道，我早已獲得我所需要的東西。

我胸口的大洞——空洞的洞穴被填補了起來。

雖然我的殺人衝動永遠不會消失。不過我一定能忍受下去。

織殺人的理由，和式殺人的理由並不相同，我不是早在夏天那個事件發生的時候，就已經很清楚這一點了嗎？

我是為了獲得活著的真實感，才會賭上性命。

不過現在那個理由已經淡去了，即使不賭命去體會活著的實感，我也漸漸感到滿足。

因為現在的我，不是以前的式了。

我只要回到那裡，並不斷和兩儀式戰鬥就好。

雖然輸了就到那兒為止，但也不能因此逃避到殺人魔這種過於方便的東西裡。

為了填補我胸口空洞的他，

以及還有為了我的幸福而消失的——另一個織。

「妳騙人的吧，兩儀？」

「再見，殺人魔。」

我隨即邁開了腳步。

帶著因藥物而麻痺的身體，還有咬斷的左手，我就像與陌生人擦肩而過一般，從白純里緒身邊走了過去。

那個東西則站在原地，呼吸越來越激烈地盯著我的背影。

「——連妳也要背叛我嗎？」

他說的話，消失在雨聲裡。

我只是聽著雨聲。

「……我絕不原諒妳，妳竟然捨棄了因為妳殺人、因為妳才走到今天這個地步的我？如果是這樣，白純里緒就再也不存在了。現在只有妳是挽留白純里緒的存在而已！」

我強撐無力的腿行走。頭也不回地，打算離開這個草園。

——直到我聽見下一句話為止。

「……是嗎，妳想回幹也那裡去嗎？兩儀。」

他低聲、帶著笑聲說道。

——我的雙腳，停了下來。

「那妳沒必要出去了，因為那傢伙就在這裡。」

我猛然吐出一口氣。

眼前的景色開始搖晃，感覺像是要倒下一般。

我什麼也無法思考了。

……但是，為什麼。

只有那句話語，我能完全理解呢……？

「你——」

我發不出聲音來。

原本決定不再回頭，我卻回過頭去。

明明已經——打算不再殺人而生活下去的。

「這都是妳的錯，兩儀。都是因為妳一直拖拖拉拉，我只好代替妳去做了。」

我聽不懂他話中的意思。耳朵好像出了什麼問題。

「沒錯，這是妳的小刀吧？雖然弄髒有點不好意思，但還是還妳吧！」

「鏗」一聲，我的小刀掉落在地上。

銀白色的銳利刃身，被紅色的鮮血給弄髒了。

我的小刀上沾了某個人的血液。

我很清楚那是誰的血……那個人血的氣味，我不可能會認錯，因為讓我一直無法忘卻。

「……啊，你這傢伙，死了嗎？」

我說完之後，往前踏出步伐。

因為我必須撿起那把掉落在水泥地上的小刀。

「對，是我殺的，是我為了要讓你自由……！黑桐那傢伙，到最後還裝出一副好人的樣子囉嗦個不停。說什麼我跟妳是相反的！很可笑吧？我們明明是這麼相似的兩個人……！」

……雨聲，聽起來真吵。

我走到小刀的位置，蹲到水泥地上。

沾在刀刃上的血跡還很新……這把凶器染血，時間上來說應該是幾分鐘前的事吧？

——啊。

在這麼接近的地方，這麼接近的時間裡。

我失去了那個傢伙。

「……笨蛋，我不是要你老實待在橙子那裡嗎？你連死法都如此脫線，還真像你的風格啊。」

「如果妳殺了學長，我是不會原諒妳的，式。」

一直用這句話束縛我的男人，現在被他所保護的動物殺死了。

……到底為什麼。

他明明是我的東西。

明明能殺他的，只有我而已。

「——」

我拿起小刀。用兩手握著它站了起來。低著頭，只是將小刀抱在胸前站著。

我維持臉朝下的姿勢，開口說道。

「——好啊，動手吧。」

我低著頭，看也不看對方一眼。

抬頭也沒用。

因為我從剛才開始——就沒再看過那隻野獸一眼了。

「——你說絕不原諒我。白純，在這點上我們的確是很像。」

野獸跑了過來。

我還是低著頭，不去理會牠。

賭命之類的行動，待會再說。

現在我還想——多多感受一下。趁刀上還殘留他的溫暖。

◇

白純里緒的軀體一躍而起。

面對呈一直線襲擊來的敵人，她依然一動也不動。
只聽到「刷」的一聲，動物利爪削下她臂上的肉。
即使流著鮮血，即使敵人飛身掠過，式仍然低著頭。
她的雙手溫柔地拿著小刀。
像是對待無可取代的寶物般呵護、慎重。

熟悉的溫暖越來越少。
就像是自己的體溫，或觸碰時的肌膚溫度。
這樣的我，多多少少也是有心存在的，而且我也相信那個人的心。
鮮血淌落、受到傷害、身體逐漸冰冷。
不過，卻不會感到疼痛。
因為我很清楚，還有更讓人難以承受的疼痛。
……我們淋著冰冷的雨，一次又一次地相互追逐。
——對，只有凍結的吐息帶有溫度。
　彼此都像是快窒息似的。

「刷」的一聲，肉又被削下了一塊。
敵人感覺像在享受狩獵的快感，玩弄動也不動的我。
他用肉眼看不清楚的速度奔跑，每擦身一次就帶走一塊肉。

……外頭的雨仍舊沒停。
雖然這只是不值一提的小事，但對我卻是讓人興奮的事物。

——在雨天。
如同白霧般來臨的放學時間，聽你吹著口哨。

第三次，腿受了傷。
「啪」的一聲，沾濕了水泥地面。
深掘至骨頭的爪子在腳上和地面塗上了鮮血，連站著都讓人感到痛苦。
……沒錯。連只是站著，都讓人喘不過氣來。
但我想，有時還是會以笑臉相對。
因為織喜歡你。

——在黃昏。
在充滿燃燒色彩的教室裡，我跟你聊著天。

敵人的能力，不是以前的牠所能比擬的，不管速度或準確，都超越了真正的野獸。
相對的，我已經成為一個空殼。我的心凍結著，身體在不久後也會無法動彈了吧？
但是，這事實卻讓我無藥可救地覺得快樂。

因為手還能動，在牠下次靠近，我要確實解決牠。

——只要有你在，只有你微笑，那就是幸福。

牠第四次衝了過來。
敵人的目標是右手。
我雖然知道，但卻動也不動。
……因為我不能殺人。

——只要有你在，光是並肩而行我都覺得高興。

血流得太多，我的意識有點模糊。
身體很快就要倒下了吧？
但是，我卻還遵守著那個人的話。
……不可以殺白純里緒。
就算死了，他的話也還在我心中活著。
……因為我想一直守護那種溫暖。

——只是短短的時間。

因為林縫間的陽光似乎很暖和而停下腳步。

不過，我很高興。
你把我當作普通人一般對待。
我很高興你認真告訴我：「不可以殺人。」
雖然我沒有說出來。
但就我來看，我覺得你美麗的像奇跡一樣。

——你笑著說，總有一天我們能站在同樣的地方。

第五次的爪子接近了。
那肯定是我的死期了。
敵人應該會攻擊我的脖子吧。
想解決掉就算不管也會因出血而死的我，只要攻擊頸動脈就足夠了。

——我一直希望，有某人能這樣跟我說。

……死亡逐漸逼近。
回想的盡是以前發生過的快樂的事，臉上的表情不禁得意起來。

先前過往的一年，以及這段僅有半年的日子。
時間飛逝的速度，想抓都抓不住。不過我很感激美好得猶如謊言般的幸福。
接下來也不會更好的無聊高中生活。
過著沒有爭吵，平和的每一天。

——那真的是，
　猶如夢境般的日子。

謝謝你。但是，對不起。
……我抬起了頭，眼睜睜地看著那傢伙的死亡。
我明白會消失，
那個你相信的我，以及你所喜愛的我。
即使知道會消失，我依然要殺了牠。
即使因而讓從以前到現在的自己完全消失，也一定不會有人陪在我身邊。
即便如此——即便如此，我也不能原諒這個殺死你的傢伙——

——她看著朝自己逼近的敵人。
　如此一來，事情就簡單了。
　猶如飛離水面的白鳥。

走到結局，僅是瞬間的事。

◇

結局來的速度非常之快。

白純里緒那隻伸向她頸項的手，眨眼之間被她切斷了。

她順勢砍斷敵人的雙腳，將小刀插入白純里緒如氣球般飄浮著的身軀，無情地將他摔落至地面。

那把小刀如墓碑般貫穿他的心臟。

白純里緒「哇！」呼出一口氣，一切就此結束。

他臉上留下詫異的神情。

白純里緒尚未察覺自己被迅如雷電般的速度殺死，生命活動就此終止。

◇

小刀如墓碑般插在白純里緒胸前。

用雙手握住小刀的她，一直保持跪姿不動。

陽光從窗戶斜斜照了進來。

被灰色亮光映照的模樣，有如替死者送別的神父般，不帶有任何的色彩。

白純里緒的屍體沒有流血。

四散在倉庫裡的鮮豔紅色，都是從她身體流出來的。

……不，如果是兩儀式的話，她可以讓幾分鐘的性命延長許多倍，並藉由接受治療而完全恢復。

但她卻不想那麼做。她放開小刀，往後倒了下去。

雙唇「哈」地嘆出了一口氣。

只要她把呼吸的間隔更加延長，並切斷傷口附近的神經，用這種方式讓身體休息的話，就能恢復到足以去求援的體力。

「……不過，還是算了。」

說完，式仰望著天空。

從窗戶裡看出去的景色，總是在下雨。

在冬天這季節，總是在這種天空下，弄髒了自己的雙手。

……這副模樣沒辦法回家。

全身髒兮兮的回家，也只會被罵而已。

「即使如此，還是會等著我。」

……明明會一起散步。

……明明會握著我骯髒的手，走在回家的路上。

……明明有那些像是夢境般的每一天。

「真的，好像騙人的一樣。」

呼吸停止了。

意識有如蠟燭的火焰般搖擺不定。

即將消失的生命，彷彿海市蜃樓般美麗至極。

她調整呼吸。

不是為了要活下去，而是為了安眠。

那雙看著天空的眼眸流著眼淚。

……我曾經下過決心。

如果我要哭泣，就得在那個人死的時候才能哭。

我輕閉眼眸，讓呼吸越來越平穩。

心裡不太後悔，只是靜靜思忖著。

……如果我沒有了幹也，就失去了活下去的意義了。

就像是野獸了解火的溫暖之後，再也無法回去一樣，我已無法回到以前那個空洞的自己了。

殺人考察／7

……世界，遭到斷絕了。

最初我只能這麼認為。

咕哇一聲，我的喉嚨吐出了胃裡的東西。

用衝擊來拉回失去理性的意志，是身體想要求生存的機能。

我以單手的力量，好不容易撐起了上半身，雙腿還不太能使力，我爬到牆邊，扶著牆壁站了起來。

視覺終於恢復了，但能看到的只有輪廓，世界白茫茫一片，一切都顯得曖昧不清。

「……好痛。」

雖然我不知道是哪裡在痛，反正就是很痛。

我摸了摸左眼。

……出血只剩一點了，或許是白純里緒逼我吃的藥也特別具有促進新陳代謝的功效吧？現在絕大部分的傷口都凝結了，至少不會因為出血過多死掉了。

但傷口本身並沒有治好……這也是當然的，被一把小刀從頭顱砍到臉頰，整個左眼都被切斷了。

我還活著已經非常幸運，而且右眼並未因為左眼的傷而連帶失去功能，這一點也很幸運。如果我還希望自己左眼沒事，那應該會遭到天譴吧？

我好不容易倚著牆壁走到倉庫去。

……倉庫長滿了草，我完全不知道那裡發生了什麼事。

疼痛與出血，再加上藥效，我只能想著一件事。

「——式。」

我邁開了腳下的步伐。

倉庫的空間很寬廣，草叢也很擋路，讓我找不到。

我每踏出一步，就會因疼痛而讓意識模糊。

我失去意識，不過很快又恢復，然後再踏出一步。

拚命地重複這個動作，但是，我到底在幹什麼呢？

拖曳著沾滿鮮血的軀體，連自己是死是活都不知道。

「…………」

我突然跪了下去，倒落在地面上。地面是種著草皮的泥土，因此傷口沒裂得很嚴重。

既然膝蓋掛了，那我就用爬的。

但倉庫的空間實在太寬闊了，讓我遍尋不著。

左眼發燙，右眼也看不見，我一點也沒辦法。

……稍稍休息一下吧？畢竟也不能保證式一定會在這裡，也不能保證我不是在自尋死路。

腦袋明明這麼冷靜地思考，可是我卻沒有停下來。

「為什麼呢？」

……當然是想見到式。

但如果找到了式，可是她已經解決了白純里緒，那我該怎麼辦呢？

——如果妳殺了學長，我不會原諒妳的，式。我確實這麼說過。

……沒錯，我不會原諒的。

唯有殺人這件事我不准妳做。

即使不是式的某個人殺了某個人，我也覺得無所謂。我只是單純地不希望式殺人。

因為我喜歡妳。

因為我想要一直喜歡妳。

因為我希望妳能獲得幸福。

我不希望妳再受到傷害。

……人性真是不得了啊。

即使對方是式，我還是恨犯下殺人罪孽的人。

我相信式，這還真是一句很好用的話。

我只是單純想相信罷了。如果有人害她殺了人，我就會無法原諒式了。

「……如果妳殺了學長，我就不原諒你。」

我像在夢囈般地說著話，繼續往前方行進。

我撥開了草叢，到達一個什麼也沒有的地方。

水泥鋪成的地板，那個廣場照進了一整片的陽光。式在那裡。

她旁邊倒著白純里緒的身體。

倒在地上的兩個人，看來不像還活著。

「……」

妳殺了學長嗎？式。

心裡充滿了懊悔，但那不是相同的東西。

我——現在看得見式，其他什麼也看不到。

我緩緩爬到式的身邊。

……她臉上的表情很祥和。她身上到處是傷痕、沾滿了鮮血。蒼白的臉色感受不到體溫，不過，她還有呼吸。

——啊，她還活著。

我安下了心，向白純里緒道歉。

他真的死了，我想，不論發生了什麼事，最後都是式殺了他。這種結果是只屬於你一個人的結局。

因為被害者是你，我認為只有你才有權力悲傷。

即使如此，我依然很高興式還活著。學長，我不覺得你很可憐，相反的，我有點恨你。

因為如此一來，式就——

這時候，白皙的手指觸碰著我。

纖細的手指輕撫我的臉頰。
如輕輕掠過般撫摸著我，那是她的手指。
「黑桐，你在哭嗎？」
式以虛弱的眼神如此說道。
她帶著「你這笨蛋」的意識，摸著失去一隻眼睛的黑桐幹也。
我所流的血，在她看來說不定像是淚水。
式無法抬起身體。而我連抱住她都做不到。

在雨中。冰冷的吐氣帶著溫熱。
我們彼此看著對方即將要停止的微弱呼吸。

「我殺了白純里緒。」式說道。
「嗯，我知道。」我點了點頭。
式瞥了白純里緒的屍體一眼，一臉茫然地仰望天際。
「這下子我失去很多東西了。」
她的聲音帶有空虛和悲傷。
她所失去的東西。
像是重要的回憶、以前的自己，或許還包括我在內。
最重要的是——如此一來，式就無法殺害她自己了。

她無法去擔負那個罪孽。

如同她爺爺所說的一樣。遵守那句教誨的她，得和爺爺一樣，孤零零地迎向死亡。往寂寞、空虛的死人行列而去。

「沒關係啦，我不是曾經說過，我要替妳擔負罪孽嗎？」

赤紅色的鮮血，滴落到式的臉頰上。

左眼汩汩流出的鮮血，看上去的確像是淚水。

……就在夏季結束之際，我對第一次露出笑容的妳發誓。

我要替妳擔負罪孽。因此——

——我會殺妳。

到妳死之前，直到妳死去那一刻，我都絕不會讓妳孤零零的。

「……我可是殺了人喔。」

式茫然似乎不帶感情地低吟。

像是責備失去一切的自己，有如要哭出來的小孩一樣。

她知道。

那是永遠不會消失的罪孽，無論怎樣道歉都不被原諒的悲哀。

……因為連我也不能原諒這件事。

不論是誰我都無法原諒。

「……我不是說過不可以殺人嗎？但是妳卻笨到不遵守我的話，這次我真的生氣了，我如果生氣了，就算妳哭也沒用的。」

「……什麼嘛，就算我哭也不肯原諒我啊。」

「是啊，絕對不會被妳敷衍過去的。」

我說著不著邊際的話。

如果我這樣做能讓式感到安心，要我怎麼胡扯都行。

式輕輕地……真的輕輕地露出微笑後，靜靜地閉上眼眸。

她的表情像是睡著般地安穩。

……紅色的鮮血沿著她的臉頰流下。

我用已經失去知覺的手，抱起全身是傷的她。

如果沒人可以原諒這道創傷，連妳自己都無法原諒自己的話，至少我可以待在妳身邊。

我用盡力氣，拿出彷彿會讓我們兩人都死去的力量緊抱著她。

在意識消失前，我說出了最後的誓言。

「式，我——一輩子都不會原諒（放開）妳。」

話語在落下的雨聲之中消失。

的確，留下來的，只有像是相互緊擁般的指尖。

／8

⋮

即使二月結束了，街上依然殘留著冬天的氣息。
溫度非常低，新聞甚至報導明天出現四年以來的初雪。
三月份剛開始，冬天的餘韻還纏繞著肌膚。
這樣看來，春天真正到來會是很久以後的事。

⋮

在城裡引起大騷動的殺人魔事件，最後以藥物中毒告終。
白純里緒的遺體遭到警方回收，兩儀式和黑桐幹也兩人，則是被害者的身分送醫，結果總算是活了下來。
……雖說幹也直接被送到醫院，不過我可不能按照他的方式送醫。
因為我自己咬斷的手是橙子做的義肢。
我不能就這樣大剌剌地前去醫院治療。藉由兩儀家的力量，我被轉到了私人醫院，然後在橙子的地方接受照顧。

我的身體在二月中康復了，可是幹也到今天都還在住院。幹也身上的傷和排出體內藥物的療程，讓他住院三星期之久。

不過那也只到今天為止了。

雖然以他的身體狀況來看還是得住院，但幹也以醫院很無聊的理由，選擇在今天出院。

因此，我才會佇立在這個寒空下。

佇立在國立醫院的大門口。

我站在離圓環廣場有一段距離的大樹下，監視從那裡進出的人影。

經過兩個小時後，有一道漆黑的人影走出了醫院。

他的褲子和上衣都是黑色，只有一隻手綁著的繃帶才是白色。

一身黑色衣裝的男子走出玄關，向護士和醫生打過招呼之後，直接就往我的方向走了過來。

我沒出聲，只是靜靜地等候。

「……真是的，結果妳連一次都沒來探病耶？」

黑桐幹也一臉不滿地說。

「鮮花生氣了。她說，要是我出現在病房，她就會親手殺了我，讓我連想去探病的念頭都沒了。」

我也一臉不悅地回答他。

幹也嘴裡唸著那就沒辦法了，但還是一副不滿的模樣。

「走吧。要搭計程車嗎？」
「從這裡到車站也不遠，用走的吧。」
「……算了，這樣也好。」
幹也補充了一句：「不過這對剛痊癒的病人有點辛苦就是了。」
他說完以後，便跟著我走了起來。
我陪伴在他旁邊走著，然後一如往常地閒聊，走下前往車站的坡道。
我瞥了幹也的側臉一眼。
……他的頭髮留長了。
不過其實只有左前方的頭髮留長，還稱不上是長髮。
正好可以遮住左眼的長髮，讓他變成漆黑的人影。
「左眼。」
我說完之後。
幹也若無其事地告訴我左眼不行了。
「就和靜音小姐說的一樣，妳記得嗎？就是在夏天的時候，那個在紅茶店裡聊了一小時的女人。」
「那個可以透視未來的女人吧？我還記得。」
「嗯，她曾經說過，如果和式扯上關係，下場就會非常淒慘，結果真被她說中了。下場真的滿淒慘的。」
不知道他神經到底有多大條，幹也竟然一臉快樂地說出這一番話。

……我覺得有點不悅。

這時候是要我做出怎樣表情啦？笨蛋！

「不過我的右眼沒事，所以不算嚴重啦！只是距離感有點失衡而已。因為這個緣故，你能不能靠在我的左邊？因為我還不習慣，所以對左邊還不是很安心。」

幹也在說完之前，就把我拉到他的左邊去，而且竟然還貼了上來。

「你在幹麼啊？」

我有點詫異，不過還是冷靜地回了他一句。

幹也又一臉不悅直盯著我看。

「妳說我幹麼？用來取代拐杖啊，因為在我習慣前的這個星期，一切都要靠式幫忙了，請多多指教。」

幹也一副理所當然的模樣。不過究竟是要我指教什麼？

我繃著一張臉瞪了回去。

「你在說什麼鬼，為什麼我一定要做那種事。」

「因為我希望妳做。如果式妳覺得討厭，那麼就算了。」

……幹也在醫院裡發生了什麼事嗎？他居然能在不知不覺間說出這種讓我背脊發寒的話。

他凝視著我的眼眸純淨無瑕。

為了隱藏染上紅霞的臉，我不禁移開了視線。

「……我也不會討厭啦。」

我低聲回答，幹也愉悅地笑了起來。

……他還真是個幸福的傢伙。真是的，為何連我也有那種感覺呢？

「可是，我從明天開始要去上學耶。」

「那妳就蹺課吧！反正很快就放春假了，老師們也會原諒妳的。」

「——受不了你！」

明明平時都在囉唆別人要認真上課，現在竟然說出這種不負責任的話。

……真是的，看樣子，想必是醫院裡發生了什麼事。當我想到「待會我要逼問出來」的話題時，臉上不由得露出了笑容。

「式，妳怎麼了？」

「唉，你真是個任性的傢伙。」

幹也愣了一會兒之後笑了出來。

「就是啊！從好幾年前開始，我就任性地喜歡上妳。現在也是一樣，即使式討厭我，我也要任性地決定讓妳照顧我。」

他又不害臊地說出這種讓人害臊的話。

我雖然打算回他一句慣用的抱怨；不過，這樣也好。

老實說，連以前的式，其實也——

「咦？妳怎麼了，式。妳不是拿這種說詞沒辦法嗎？到現在，妳不知道說過多少次妳很不擅長這些了，不是嗎？」

看來我的反應似乎出乎他的意料之外。幹也像是替自己挖了個墳墓。

我原本打算不說的，不過現在改變想法了……嗯，反正起碼也得說出自己真正的心情一次兩次嘛。

「其實並不是那樣。」

幹也「咦」的一聲，似乎感到很詫異。

我為了不面對面看著他，於是把頭轉到旁邊，隨即補上了一句。

「幹也，我是說，現在的式，其實不討厭諸如此類的話語。」

……可惡，果然還是讓人難為情，我再也不說這種蠢話了！

我偷瞥幹也臉上的表情。

不過，看來幹也受到的精神衝擊似乎更嚴重，他像是看到鯨魚飛天般整個人愣住了。

我覺得這個狀況怪怪的，握住了幹也的手。

我拉著緩緩步行的他，加快速度步下坡道。

看，車站就在眼前不遠的地方。

我握住手的那隻掌心，不知不覺地感受到一股比我還要大的力道。

──不知何故，這些瑣碎的芝麻小事卻讓我很開心。

我冷靜地抑制浮現在臉頰的微笑，朝坡道下方邁開步伐。

最後終於抵達了車站，我們回到了那個我們非常熟悉的城鎮。

彎曲的歸途。

即使路途遙遠，即使是讓人覺得會迷失的道路，也有個人牽著自己的手一路同行。

我想要的，並非是小刀或者其他物品，僅僅只是那隻手掌而已。我想，不論以後遇到什麼事，我都不會鬆開自己的手。

我的故事至此結束。

我接受了現在的自己和以前的式，過著日復一日的普通生活。

然後，就如同這個季節……

靜靜地等待那個嚴冬結束，新春到來的時刻——

／殺人考察（後）・完

空之境界

空之境界／

◇

城鎮裡飄落著四年以來的第一場大雪。

三月的降雪，寒冷得彷彿要凍結整個季節。

入夜之後，白色結晶仍然落個不停，城鎮猶如進入冰河期般一片死寂。

深夜零時。

街道上看不到半條人影，只有路燈發出的光線抵抗著雪幕。

在那原本該是灰暗，卻被染得雪白的闇黑之中，他決定出去散步。

不是因為有什麼特殊的目的。

只是出現一種預感，因此去了那個地方。

撐著一把黑色的傘，在下個不停的雪中行走。

她果然就在那裡。

如同四年前的那一天。

在四下無人的白色夜晚，身穿和服的少女，若有所思，凝視著眼前的闇黑。

「——黑桐，好久不見。」

陌生的少女，彷彿和他認識已久，臉上浮現柔和的笑容。

……

「──黑桐，好久不見了。」

這位名叫兩儀式的少女，以冷淡的口吻和他打招呼。

佇立那裡的人，不是他所熟知的式，更不是織，而是某個讓人捉摸不住的人。

「果然是妳……我總覺得會見到妳，一切如我所料呢。式沉睡了嗎？」

「對啊，現在只有我和你兩個人。」

她露出了笑容。

那個微笑，彷彿是為了女性這種存在具現而成的，完美無瑕。

「妳究竟是誰？」他開口問道。

「我就是我。不是任何一個Siki，是那個存在伽藍洞之中的我。也許可以說，伽藍洞就是我。」

她的手放在胸口，閉上了雙眼這麼說。

如果來者不拒完全接受，那麼就不會受到傷害。

即使是自己看不慣的事物，就算是自己厭惡的事物，即使是自己不能認同的事物，只要毫不抵抗加以接受，那麼就不會受到傷害。

不過，相反的狀態也是成立的。

如果來者皆拒都不接受，那麼就註定會受到傷害。

即使是自己習慣的事物，就算是自己喜歡的事物，即使自己可以認同的事物，如果不願同意而加以排斥，那麼註定會受到傷害。

……那就是過去的她自己、名為式和織的人格的存在方式。

「只有肯定和否定的心固然完整，卻也因此而孤立。是這樣吧。不染塵垢的單色無法混合，也就無法變色，永遠保持著原有的單色。那就是他們。名為Siki的人格就像是位於同一個根基之上兩端的極點吧。兩點中間一無所有。因此我才存在於那個中間點。」

「這樣啊。原來在中間點的是妳。那我應該怎樣叫妳呢？那個……我還是叫妳Siki可以嗎？」

他歪著頭思考的神情很詭異，讓她不由得笑了出來。

「不，兩儀式是我的名字。不過，你如果叫我Siki，我會很高興。這樣一來，我等待你就有意義了。」

露出微笑的她，可以當作小孩看待，也可以當作成人看待。

⋮

他和她不著邊際地談著一些小事。

他一如往常地說著，她就很開心地聽他說。

兩人之間的關係與一直以來的關係，沒有一點改變。只是她不一樣了。

她逐漸領悟到與他之間的差異，有著不可能混雜的絕望。

「對了，式她記得四年前的事情嗎？」

他突然提出這個問題。

那還是在他高中的時候。他對式說，他以前曾經和她見過一面，可是式卻記不起來。
「是的，因為我和她們都不同。織和式互相為鄰，因此相互了解。可是我卻是她們無法察知的自我，因此今天發生的事，式也不會記得。」
「是嗎。」他感到遺憾似地低喃。

——在四年前，一九九五年三月。
　他邂逅了她。

契機不過是一件小小的事。
中學最後那個飄雪的夜晚，走這條路回家的他，邂逅了一名少女。
那名少女佇立在這條路上，兀自靜靜地仰望天際。
他就這麼回家，入睡前突然回想起那名少女。於是他就出門散步，順道往那邊看看。
到那裡之後，少女依然佇立在那裡，他向少女打了招呼。
「晚安。」口吻非常自然，彷彿兩人是擁有十年交情的好友。
一定是因為那場美不勝收的雪。
即使是素未謀面的陌生人，也不禁想要共享美景。

⋯⋯

「黑桐，我有事想問你。雖然有點遺憾，不過在我問了之後，我們今天的交談就此結束吧。我也是為了這個才會來到這裡。」

她那雙比外表成熟的眼眸，一直凝視著他。

「你想得到什麼？」

這個問題太過突然，讓他無法回答。

她的表情如機械般毫無情感。

「黑桐，說出你的心願。一般來說，只要是心願，我都可以實現。式好像滿喜歡你的，我的權利就是你的東西。

——告訴我，你的心願是什麼？」

伸出手的她，有一雙澄澈透明的眼眸，無盡深邃。

彷彿能看到人心深處的瞳孔之中，欠缺了人性，感覺對方具有類似神靈的氣質。

他稍加思忖，眼睛凝視著她，透過眼神去回應她。

他並不是無欲無求，也不是不相信她。

不過，他的回答卻是：「我不需要。」

「這樣啊——」

她閉上了眼眸，嘆了一口氣。感覺她好像非常遺憾，卻似乎帶著安心般的憐愛。

「……也是，其實這我早就知道了。」

於是她把視線從他身上移開，愣愣地凝視著白色的闇黑。

「妳應該不是Siki吧。」

他哀傷地說，她嗯了一聲點點頭。

「——欸，黑桐，所謂的人格究竟存在於哪裡呢？」

像是在問明天的天氣如何，只是個單純的提問。

她的口氣像是對對方的回答毫不關心，只不過隨口問問罷了。

即使如此，他還是用手摸著嘴角，認真地思考起來。

「……這該怎麼說呢？所謂的人格說是一種知性，應該是在頭部吧。」

在頭部，也就是說知性棲宿於腦中。

他這麼說了，不過她搖頭說了不是。

「……靈魂棲宿於大腦之中。如果可以只讓腦髓存活，那麼人類根本不需要肉體。只需從外部施以電流刺激，就可以讓腦一直做夢活下去——式曾經提到一個魔術師。他也和你一樣，回答說在頭部。

但那是不對的。

舉例而言，就以黑桐你這個人為例，你的人格，你的靈魂，能將之具現化的，是由你各種經歷累積而成的意識，以及你那如空殼般的軀體。光是孕育意識的大腦，無法產生人格。雖然只有腦也可以活下去，但我們必須先擁有肉體才能產生自我意識。有了肉體之後，和肉體一起培養，就有了現在的人格。喜愛自己肉體的人，應該屬於社交型人格，而厭惡自己肉體的人，則屬於內向型人格。雖然光有意識也可以培養出人格，但那樣的人格是無法認識自己的，一般來說，心靈就會長成為別的東西。那樣的話，已經不能稱之為人格，和電腦沒有什麼不同。如果有誰只是一個腦，那個人就必須創造出一個『只有腦的自己』的人格。必須捨棄肉體這個大我，而保存意識這個小我。

不是有了知性才有肉體。

而是，有了肉體之後，知性才得以誕生。

然而，做為知性的根本的肉體，其實算不上是知性。肉體只是一種存在。只是，肉體本身也有人格。因為我就是那個和肉體共生，培養出知性的人格。」

啊！他不由得拉高了嗓門。

……據說人類是由三種要素組合而成的生物——精神、靈魂，以及肉體。

若是精神棲宿於大腦，靈魂棲宿於肉體，那麼，她就是 Siki 的本質。

所謂的 Siki，是沒有心，僅有肉體的人格。

兩儀式緩緩點了點頭。

「確實是這麼回事。我並不是從知性產生的人格，而是肉體自身的人格。式和織就是在『兩儀式』的起源性格之中進行人格交換。職司這一切的便是『兩儀式』。她們二人既是兩儀，自然還有一個太極存在。象徵太極的圓形輪廓就是我。我創造了和我同等的我。不！既然有意志這種具有方向性的存在，她們兩人可以說是比我高了一等的我吧。兩個截然不同的人格，卻擁有相同的思考迴路，追根究柢或許是因為她們是『兩儀式內心的善與惡』。源自於自我，也終結於自我。否則，她們兩個不可能方向互異，卻又能獨立存在。」

她露出了笑容。

她凝視著他的眼神當中，充滿著前所未有的——冷冽殺意。

「……雖然我聽不太懂，不過，妳的意思是說，妳是兩個 Siki 的原型。」

「是的。我就是兩儀式的本質。而且是絕不會外顯的本質。只是肉體的我無法思考，我本該是就那樣到腐朽為止的。因為身為『　』的我正因為身為『　』，所以既沒有知性也沒有意義。

但是兩儀家的人，卻把知性給了我這個空殼。他們為了把兩儀式塑成萬能的超人，硬是把各種人格拼湊進來。於是，身為知性原型的我被喚醒了，然後占據了所有地盤，創造出了式和織。」

啊！他不由得發出聲音。

式與織，陰與陽，善與惡。不因為對立而分離。名叫蒼崎橙子的魔術師曾經這麼說過，分離是因為要包含更多的屬性。

「好笑吧？其實，我應該會變成未成熟的胎兒而消失，結果就這樣獲得所謂的自我。剛出生的動物擁有赤子之身，以及相對應的知性之芽。可是，像我這樣什麼都沒有而直接出生的東西，理應是會直接死亡的。本來趨近於『　』的生命，不可能擁有身體而出生。你應該聽橙子小姐說過吧？世界會防止導致其自身毀滅的事物發生，因此，一般來說，我即使發生了也不會出生。

像我這樣直接從『　』中流出的生物，結果只能是死於母親的胎盤之中——可是，兩儀一族卻擁有使之存活下去的技術。因此我就出生了，不過意識卻未萌芽。『　』就是無，即便是知性也不具備。我原本就該對外界維持那種狀態，一無所知地存活下去。

然而，他們卻把我喚醒了。他們不是把既成人格植入我體內，而是喚醒我『　』的起源。外面的世界，硬是被推到了我的面前，由於實在是太麻煩，因此我決定把一切丟給了式處理。

——這不是理所當然的嗎？外面的世界發生的事，盡是些一目瞭然、窮極無聊的事啊。」

純真無邪的眼神露出笑意。

那是帶著冷酷，暗藏嘲諷的模樣。

⋮

「——不過，妳擁有自己的意志。」

對他來說，她很讓人痛心，於是他這麼說。

她點了點頭。

「沒錯。不論是什麼人，肉體都擁有人格，但肉體本身卻不會對自己產生認識。因為在此之前，腦已經創造出知性。

腦的運作所產生的知性，形成了人格，把肉體也統括進去。從那時候開始，棲宿於肉體的人格完全變成無意義。

腦明明是身體的一部分，所謂的知性卻將孕育自己的腦和肉體作出區分，完全將大腦當成特別的存在處理？軟體失去了硬體之後，就已經不具備形體。然而，硬體失去了軟體，也無法獨立運作。所謂人格這種的知性，甚至不知道創造出自己的肉體，認為是人格創造出自己。只是我的順序和別人不同而已。

即便如此，現在在此處和你說話的我，也是因為具有Siki的人格，才能這樣和你說話。如果沒有Siki，我連語言的意義都不能理解，因為畢竟我只是一具肉體。」

「……是這樣啊。沒有式的人格，你就無法對外界產生認識。不過——」

「沒錯。我就是沒插電源的硬體，如果沒有Siki這個軟體的話，我就只是一個空殼。只能凝視著內部，只和死相連接的容器。魔術師們雖然說那是和根源相連，但那種事對我而言根本毫無價值。」

她悄悄地往前走了一步，伸手去摸他的臉。

白皙的手指輕輕晃動他額頭上的髮。髮絲之下有一處傷痕。

「……不過，現在我覺得有那麼一丁點價值。如果是我，我可以替你治好這點傷。成為某個人的力量，和外面的世界就會產生關聯……不過，你什麼都不需要呢。」

「因為式擅長破壞啊。勉強去做這種事，我怕自己反而會吃到苦頭。」

不知他話裡帶著幾分認真，他露出穩重的笑容。

她像是一隻閃避陽光照射的蝴蝶別開了目光，放下手指的動作比落下的雪花更柔緩。

「……也是呢。式除了破壞什麼也不會。在你看來，我究竟還是式呢。」

「——式？」

「……因為我的起源是虛無，因此擁有我這個身體的式，就可以看得見死亡。因為在兩年期間的昏睡狀態中，我看不到外界，只持續凝視著兩儀式這個虛無，式終於了解死的觸感。

式那時一直漂浮在稱之為根源漩渦的海上哦。孤單一人，在『　』之中，具有式的形體。」

……確實，如果所謂的虛無是根源的話，她應該會想把一切復歸於虛無吧。

所以，式能毫無例外地殺死所有事物。

即使式這個人格想否定，但那卻是她靈魂的原型。正因為是虛無，所以才有「希望所有事物死亡」的方向性存在——

「是的，那就是式的能力。和淺上藤乃一樣，有一雙特別的眼睛，可以看見別人看不見的東西的特殊管道，可以窺見根源漩渦這個世界的縮影。

不過，我卻可以潛入更深的地方。不——或許我自己就是那個漩渦。」

她凝視著他，用不安定的聲音繼續說了下去。

似乎在訴說著誰也無法了解、哀傷的感情。

「……根源漩渦。一切的原因交雜在一起的地方，在那一切都存在，所以那是個什麼都沒有的地方。那就是真正的我。雖然只是與那裡有所連接，但我也是那裡的一部分。換句話說，我和那裡是相同的存在，不是嗎？

所以我什麼都能做到……是啊，重組肉眼無法看見的細小物質的法則；回溯起源改變生物的系統樹，這種事情也能夠做得到。即使要重新安排現在這世界的秩序也很容易。不是重建這個世界，而是以新的世界，破壞舊的世界。」

說著說著，她露出微笑。

彷彿在蔑視自己，嘴角滑稽地扭曲。

「……可是，那又有何意義呢。只不過會讓我感到疲憊罷了，就和做夢沒什麼差別。因此我什麼也不看，什麼也不想，做著連夢都稱不上的夢……不過，看起來我和 Siki 做了不一樣的夢。

Siki 說她討厭孤零零一個。你不認為這是一個無聊的夢嗎?

是啊，你說 Siki 多無聊。多麼無聊的現實。多麼無聊的——我。」

她低聲說著，凝視遠方的黑夜。彷彿那是非常重要的、以後再也見不到的景物。

「那也是沒辦法的事啊。因為我只不過是肉體。反正和她就是同為一體，只好陪她一起做夢了。

Siki 凝視著外面，而我則是凝視內部。兩儀式的肉體不是連接著稱之為根源的地方嗎?

因為我只能夠看著內部，因此知曉一切。那既痛苦又無聊，而且毫無意義，因此我閉上眼睛……然而一切仍然持續著，和以前沒什麼差別。

如果能夠一直睡著的話就好了。連夢也不做，什麼都不用想，一直那樣下去。最好是直到某個時候，到了這個肉體腐朽消失時，也察覺不到夢的終結。」

話語像是被紛紛降下的雪埋葬，靜靜地溶入了黑暗之中。

他什麼都無法說出口，只是凝視著她的側臉。

好像是責怪自己說了那些話，她用小而柔和的聲音說道:

「看我真是個傻瓜。你可別介意啊……不過呢，我今天心情好，再給你個獎賞吧!

式並不是喜歡殺人。她自己搞錯了。因為她的殺人衝動是從我這裡產生的，那就不能算是她本人的嗜好吧?所以你放心好了，黑桐。就算真有什麼殺人魔，也是指我。過去想要殺掉你的不是別人正是我呀。」

她像是在惡作劇地微微一笑，像是說「對式可要保密喲」。

他只能點了點頭。

……僅為容器的肉體。

但是又是形成自我，又促其成長的根本存在。統括了名為Siki的種種一切，位於無意識下的意識。

這種事，即使說出來也不會有人接受。說到底，人類只不過是在自己這個空殼中做著夢而已。明明是那麼地顯而易見的。

⋮

「……我得走了。那個，黑桐。你真的是什麼都不需要呢。與白純里緒對峙的時候也是，死亡就在身旁仍然選擇了中立。我覺得那真是太不可思議了。難道你就不想要一個比今天更快樂的明天嗎？」

「……因為我現在已經很快樂了。我覺得這已經夠了。」

這樣啊……她喃喃低語著。

她用一種類似羨慕的眼神，凝視著看起來再普通不過的他。

……她心想，沒有任何特徵，不希望自己成為特別的存在而活著的人是不存在的。無論是誰都抱持著各種想法，對立的意見以及相反的疑問而活著。

如果說那樣的化身是兩儀式這個人，他就是那種性質特別淡泊的人——

不會去傷害任何人，因此自己也不受傷。不會去奪取任何東西，因此什麼也得不到。不起波瀾，像是融入時間一樣，做為芸芸眾生的平均數而活著，靜靜地呼吸著自己的空氣。

平淡無奇，平穩無礙的人生。

但是如果能夠在社會上這樣生活的話，那並非是一種理所當然的生活方式。

不與任何事物產生爭執，不對任何人帶有憎恨地活著是不可能的。

大部分的人並不是出於自己的願望要過那樣的生活。想要成為特別的存在卻無法實現，這種形式才是真正的平凡人生。

所以說——從一開始就打算過這樣生活，比任何事情都要來得困難。

如此一來，本身就是「特別」的存在。

結果，不特別的人畢竟還是不存在。

人就是在每一個人都互不相同的意義上存在的生物。

只憑藉著身為同一種類這種依靠，為了將無法相互理解的隔閡，淡化為「空」之境界而活下去。

明明知道那一日不會到來，卻依然做著那樣的夢而活著。

這個必定才是無人能夠例外的，唯一的理所當然。

……長時間的寂靜過後。

她緩緩將視線移回灰白寬廣的夜之盡頭。

任誰都無法理解的特別性，任誰都不去理解的普遍性。

正因為任誰看來都是普通的緣故，誰都不去深入理解他。
不為任何人討厭，誰都不被他所吸引的，這樣一個人。
他就像是幸福時光的結晶。那麼，孤單一人的到底是誰呢……？
——那種事一定沒有人明白。
凝視著飄搖的雪之海洋，她的瞳孔中暗藏著浪濤一般的傷感。
不是向任何人說話，話語低聲從脣間漏出。
「理所當然地活著，理所當然地死去。」

啊，那真是——

「多麼孤獨——」

凝視著沒有終點，甚至也沒有起點的闇黑。
彷彿宣告著兩人分離時刻的來臨，兩儀式如此說道。

◇

於是，他目送著她離自己遠去。
他心裡明白，永遠不會再和她相見。

雪不停地下，白色碎片埋藏著闇黑。

飄飄晃晃，猶如羽毛落下。

——再見了，黑桐。

她如此說道，他什麼話都說不出來。

——我還真笨。又不是明天就見不到了。

她如此說道，他什麼話都說不出來。

他彷彿某些時候的她，兀自在雪地裡凝視夜空。

直到破曉之前，代替她一直凝視天際。

雪不停地下，當整個世界被灰色包圍時，他獨自走上了歸途。

那把黑色的傘，在沒有行人往來的路上，緩緩地淡入遠方。

白色的雪景之中。

在朝霞消失的黑色，如同夜晚走過的痕跡。

搖晃著、孤寂地消失。

那道不露一絲寂寞的黑影，不停歇地走在回去的路上。

和四年前初次和她邂逅時相同。

獨自一個人靜靜地，歌頌著雪走上歸途。

解說

笠井 潔

《空之境界》這個故事的反派人物，是一位名叫荒耶宗蓮的魔術師。荒耶是個企圖與「根源漩渦」結合的人物。而幫助兩儀式、與荒耶戰鬥的魔術師蒼崎橙子，對於「根源漩渦」是這麼解釋的：「魔術師們的最終目的，是抵達『根源漩渦』這件事。也有人稱之為阿卡夏記錄，不過也許想成漩渦一端所擁有的機能更妥當一些。／根源漩渦這個名稱，大概就是指一切的原因。從那裡流出全部的現象。知道原因的話結果也自然而然地計算出來了。對於存在體來說那是『究極的知識』。」

德國的神祕思想家史代納（Rudolf Steiner）曾著有《Aus der Akasha-Chronik》一作。阿卡夏記錄就是該書的英文譯名。「根源漩渦」可能是奈須磨菇從史代納的阿卡夏記錄理論中得到靈感而誕生的。從柏拉圖主義到史代納的人智學（Anthroposophie）為止，可以看出神祕思想（Sophia）和神祕學（Occultism）的概念有著共通之處。

也就是在我們肉眼所見的世界背後，還有一個看不見（隱藏（神祕））的世界；而不可視的世界反而比可視的世界更接近根源。我們所看見的事物只不過是假象，真實則是位於不可視的一側。

即使我們的眼睛把眼前的水當作水來看待，也不能稱之為「真實」。我們從感官中接觸到的水，製造出「這是水」的假象時，必須足以映照出究極的實在，我們才能感受到水是真實的。口渴時一杯下肚的水是真實的，但是在潛意識情況下喝到的水，我們可能就不會將其視作為「水」。

所謂的真實，可以用「活生生的」這個詞彙來形容。雖然不如神祕思想和神祕學追求得那麼徹底，靈療法和心靈主義也是基於追求「活生生」事物的人類欲望之產物吧。

為什麼我們會對「活生生的」事物產生渴望呢?這個世界不是真實的世界，這個自我不是真實的自我，有時候人們會體驗到這種痛切的感受。渴望達到真實的世界、真實自我的慾望，會將人們緊緊束縛住。幻想著自己是棄兒，真正的雙親不是現在的雙親；人們在童年時期，會萌生出類似上述那種想法，認為現實世界(自己)是虛幻的，而更接近真實、「活生生的」真實世界應該是隱藏在現實之下。

無論是冒險或是戀愛，我們之所以會深受非日常的幻想故事所吸引，是因為我們會將自己代入活在戲劇性的冒險或戀愛的主角上。近代小說是由騎士道故事發展出來的。身為主角的騎士在歷經磨難和冒險的最後找到了聖杯，而所謂的聖杯在各種故事中擁有不同的名字，也許叫做知識(柏拉圖)，或是太一(普羅提諾)，或是阿卡夏記錄；也就是這個世上超越性次元的象徵。

保留騎士道故事的架構，而將背景搬到近代，就成為歌德的《威廉·邁斯特的漫遊年代》這一類的教育小說了。而教育小說中的主角，在經過重重磨練後達到的真實自我、真正的自我，也就是經過近代化的聖杯。

在《空之境界》中，不是只有荒耶一人追尋著「根源漩渦」。兩儀一族也是為了到達根源漩渦這個最終目標，而不斷重複著「血」的實驗。女主角兩儀式就是在實驗下產生的超人，為了抵達「根源漩渦」而構成的精密系統。因此荒耶才企圖將式歸為己有。

這因為這一點，荒耶才配得上是故事的主角。因為渴望到達「根源漩渦」而戰的魔術師，可以和追求真實世界（自我）而歷經重重危難的騎士，以及教育小說主角的子孫相提並論。

善惡雙方爭奪著隱藏神祕力量的物品，人們對這種故事總是樂此不疲。比方說像是史蒂芬史匹柏的「法櫃奇兵」系列第一集的摩西聖櫃，或是在第三集中成為爭奪目標的基督聖杯。

鎖定物品的惡人，野心不外乎是藉其威力獲得無上的財富、權利或名譽。「法櫃奇兵」的第一集和第三集，都是將反派描寫成極為世俗的人物。跟印地安那瓊斯為敵的納粹考古學家，在我眼中完全符合反派的條件。我認為，獲取財富、權力和名譽，才是反派追尋的目標。

但是荒耶沒有世俗的野心。他不是為了支配世界的野心，才去試圖利用從根源漩渦得到的超自然威力。荒耶僅僅是以一個修行者的身分，希望能夠達到究極的實在。

無法忍受以到達「根源漩渦」、真實世界（自我）為目標的艱苦修行，在中途打退堂鼓的女修行者（橙子）；對於自我存在的意義毫無自覺的空泛系統（式）；和上述兩者搏命爭鬥，為了爭奪聖杯而陷入艱苦戰鬥的英雄；《空之境界》描寫的，也許就是這樣的故事。但是奈須磨菇卻大膽地推翻掉包含教育小說到傳奇小說在內的故事常識。

我如此斷言的根據，可以從下面橙子對荒耶說的話中窺探到：「你雖然說人類是活著的汙垢，但你本人卻不可能那樣生活，連想要邊承認自己醜陋、沒有價值地苟活下去都做不到。如果不認定自己特別，不認定只有自己才能拯救這衰老的世界，彷彿就無法繼續存在。」

人之所以尋求真實的世界和真實的自我，只不過是因為無法忍受這個鄙陋的世界而已。而這份連忍受都做不到的軟弱，催生出「真實的世界就是我自己」這種沒有根據的概念。只要相信這種倒錯的觀念，就能成為無敵。現實中的弱者在一瞬間就會轉變成觀念上的強者了。

得知這個祕密的橙子，因而不再執著於「根源漩渦」。擁有織這個殺人鬼替代人格的式，她的情況也和橙子相當類似。「式」就是「式神的式。數式的式。只能去完美解決被決定的事情的系統。擁有無數的人格，道德觀念也好常識也好，都被寫入了人格的空虛的人偶。」

即使是討厭人類的式，也沒有辦法無視傾心於自己的少年的存在。雖然如此，式還是與少年保持距離。如果接受幹也的心情，被設計成抽象系統的自己，就只剩下崩壞一途可走。

為了避開自我的破綻，遭到追趕的式襲擊了幹也。可是凶器沒有送進那位少年體內。「如果你消失了——我也只能跟著消失。」於是式選擇自己跳向汽車而身受重傷。等到式從昏迷狀態醒來時，已經失去了那一晚的記憶；而體內的交換人格「織」也消失了。

就像是和只知道殺人的織的死亡作交換，式得到了「直死之魔眼」。

「萬物都有其破綻。人類自然不用說，而包含大氣、意志甚至連時間都有。我的眼睛呢，『看』得到萬物之死。」式能夠看見萬物的死之線這種不可視的境界。得到「直死之魔眼」的少女，化身為破壞和殺戮的超人。

以托馬斯・曼的《托尼奧・克律格》做為典型，後世許多教育小說都在故事中描寫市儈的父親和堅持理想的兒子的對立場面。這個架構在《空之境界》中，轉化為荒耶宗蓮（非常）和黑桐幹也（平常）的對立關係。能力屬於「非常」這一側的橙子和式，則是在價值觀上肯定「平常」的中立角色。

話說回來，拋開理想主義的觀念性倒錯的作者，反而能夠接納平庸的世俗之理。在故事的尾聲，式在幹也這位少年的面前說了下面這段話：

平淡無奇，平穩無礙的人生。

但是如果能夠在社會上這樣生活的話，那並非是一種理所當然的生活方式。不與任何事物產生爭執，不對任何人帶有憎恨地活著是不可能的。

大部分的人並不是出於自己的願望要過那樣的生活。想要成為特別的存在卻無法實現，這種形式才是真正的平凡人生。

所以說——從一開始就打算過這樣生活，比任何事情都要來得困難。

這樣一來，本身就是「特別」的存在。

式的身上存在著異於織的第三人格。幹也第一次邂逅的那位少女，就是式體內連繫著「根源漩渦」的第三人格。幹也之所以被這位少女所吸引，也是因為幹也並非和超越性的欲望無緣吧。在故事最後，式的第三人格再一次單獨出現在幹也面前。

——再見了，黑桐。

她這樣說道，他什麼都說不出口。

——我真笨。明天又不是見不到。

她這樣說道，他什麼都說不出口。

能夠再次相會的是第一人格的式，而不是第三人格。「根源漩渦」，也就是「神」在少年面前現身了一瞬間，隨即又消失了。但是「他什麼都說不出口」。他一直站著「什麼都」說不出口，這種極致的被動性大概就是幹也這個人的「行」吧。主動去獲取神的領域，這種事情他辦不到。因為這是荒耶宗蓮的道，是觀念倒錯的道。

人類只能等待神明降臨。但即使這是唯一可行的手段，人類還是無法忘卻「根源漩渦」。荒耶宗蓮跟黑桐幹也的對立，不在於非常與平常、理想和現實，或是特別跟平凡。而是在面對真實世界與真實自我時，選擇了兩種不同的態度和道路而產生的對立衝突。

無法容忍虛偽的世界跟虛偽的自我，不由得去追求「真實」的倒錯觀念，在名為二十世紀的世界大戰與大量殺戮時代中終結了。不，即使到了二十一世紀的今天，在自我探詢、靈療法和心靈主義的流行潮流之中，依舊一點一點地產生了無數的荒耶微粒。

雖然真實的自我並不存在，但我們還是不可免俗地去追求真實的自我。因此，雙重束縛或許是我們這個時代的宿命，但是果敢地對此起而反抗，就是本作的寫作原由了。

浮文字

空之境界（下）

（原名：空の境界（下））

作者／奈須蘑菇　插畫／武內崇
執行長／陳君平　榮譽發行人／黃鎮隆
協理／洪琇菁　國際版權／黃令歡
執行編輯／石書豪　美術編輯／李政儀
企劃宣傳／陳品萱
發行／英屬蓋曼群島商家庭傳媒股份有限公司城邦分公司　尖端出版
台北市南港區昆陽街十六號八樓
電話：（〇二）二五〇〇—七六〇〇（代表號）
傳真：（〇二）二五〇〇—一九七九
中部以北經銷／楨彥有限公司
電話：（〇二）八九一九—三三六九
傳真：（〇二）八九一四—五五二四
雲嘉經銷／智豐圖書股份有限公司　嘉義公司
電話：（〇五）二三三—三八五二
傳真：（〇五）二三三—三八六三
南部經銷／智豐圖書股份有限公司　高雄公司
電話：（〇七）三七三—〇〇七九
傳真：（〇七）三七三—〇〇八七
一代匯集／香港九龍旺角塘尾道六十四號龍駒企業大廈十樓B&D室
電話：（八五二）二七八三—八一〇二
傳真：（八五二）二七八二—一五二九
馬新經銷／城邦（馬新）出版集團　Cite(M)Sdn.Bhd. (458372U)
E-mail：Cite@cite com my
法律顧問／王子文律師　元禾法律事務所
北市羅斯福路三段三十七號十五樓
二〇一〇年六月一版一刷
二〇二四年六月一版十七刷

■中文版■

郵購注意事項：
1. 填妥劃撥單資料：帳號：50003021戶名：英屬蓋曼群島商家庭傳媒(股)公司城邦分公司。2. 通信欄內註明訂購書名與冊數。3. 劃撥金額低於500元，請加附掛號郵資50元。如劃撥日起 10～14日，仍未收到書時，請洽劃撥組。劃撥專線TEL：(03) 312-4212 ・ FAX：(03) 322-4621。E-mail：marketing@spp.com.tw

國家圖書館出版品預行編目資料

空之境界 / 奈須蘑菇 著； 鄭翠婷 譯.--1版.
--臺北市：尖端出版, 2010.03 冊 ; 公分.--(浮文字)
譯自:**空の境界**
ISBN 978-957-10-4253-4(上冊：平裝)
ISBN 978-957-10-4254-1(中冊：平裝)
ISBN 978-957-10-4255-8(下冊：平裝)

861.57 99000796